幻∞
INFINITY FANTASY

幻 想 一 切 可 能

独角兽书系编委会

主　编：E伯爵（罗琳）

本册编委：邹　禾　唐弋淄　魏映雪　崔明睿

主编简介：

E伯爵，本名罗琳，资深编辑，著名幻想作家，中国作协成员，热爱幻想、推理类文学。主要作品有小说《天鹅奏鸣曲》《七重纱舞》《异乡人》《重庆迷城之雾中诡事》《天幕尽头》《格罗威尔先生和龙》等。在推理和幻想文学界，曾多次获得奖项。

E伯爵受独角兽书系特别邀请，担任《幻镜·神话今变》主编。

New Interpretation of Chinese Mythology

幻镜

神话今变

独角兽书系编委会——编

MIRROR ILLUSION

重慶出版集團 重慶出版社

INFINITY FANTASY

图书在版编目（CIP）数据

幻镜. 神话今变 / 独角兽书系编委会编. -- 重庆：重庆出版社，2024. 11. -- ISBN 978-7-229-18807-8

I. I247.7

中国国家版本馆CIP数据核字第2024LR3843号

幻镜·神话今变
HUANJING · SHENHUA JINBIAN

独角兽书系编委会　编

责任编辑：邹　禾　唐弋淄　魏映雪　崔明睿
装帧设计：谢颖设计工作室
封面绘图：林于思
版式设计：杨维晨
责任校对：杨　婧
排　　版：池胜祥

重庆出版集团　出版
重庆出版社

重庆市南岸区南滨路162号1幢　邮政编码：400061　http://www.cqph.com
重庆豪森印务有限公司　印刷
重庆出版集团图书发行有限公司　发行
邮购电话：023-61520646
全国新华书店经销

开本：880mm×1230mm　1/32　印张：9.625　插页：8　字数：190千
2024年11月第1版　2024年11月第1次印刷
ISBN 978-7-229-18807-8
定价：78.00元

如有印装质量问题，请向本集团图书发行有限公司调换：023-61520678

版权所有　侵权必究

当我们开始幻想……

幻想诞生于人类的智慧产生的那一刻，在人类的大脑可以虚构并不存在的东西并口口相传的时候，幻想就变成了文学，成为人类对现实和未知世界的理解。

如今，人类经过了跌跌撞撞的探索，逐渐获得了对世界的新认知。人类已经知道了雷电的产生并非源自宙斯的神力，太阳从最开始就没有十个，更没有小精灵会在晚上偷走人类的婴儿。但人类依然会去幻想并为此写下故事，不光是幻想着半人马座附近有星球孕育着智慧生命，幻想宇宙尽头高高兴兴去死的牛，还会回过头重新描述曾经被笃信过又忘却的雷神。

为什么人类无法停止幻想？

很简单，如果没有幻想，人类是无法走到今天的。在我的理解中，幻想是有两个位面的，一个是反应现实，一个是超越现实，我们一半生活在现实中，另外一半生活在想象中，没有幻想，人类失去的是一种憧憬的能力，更重要的是向前走的动力。

从这个角度来说，当我们动笔写下我们的幻想故事时，究竟与现实有多少重叠，或者是用了什么方式来想象未来，这都不重要，重要的是，我们在幻想，并且在幻想中重塑我们对世界的认知。

在这个基础上，想象究竟用什么样的形式、依据什么线索呈现变得不那么重要，幻想的故事是什么模样的才是重点。我们将关注点放在幻想故事本身，鼓励在现实之外的表达，放弃写作和阅读中有意识的分类，减少作者对自己的设限。同时，将关于幻想的内涵变得更具有包容性，希望能有一些本源的东西让读者感受到。

那么我们开始需要一些重建的平台，也可以理解为新的平台。在并不太遥远的十年、二十年前，中国的幻想文学存在于许多杂志出版物上，在那个时候，幻想文学的长短并不是最重要的，只有幻想本身的魅力成为其生命力的佐证，但很可惜现实的摧毁力量让大量短篇、中篇的幻想作品失去了机会，而新媒介给作者的选择和机会也不太多，那么读者可看到的相应变得更狭窄了。

我常常觉得，一个类型文学的存在是依赖着爱好者的，这个爱好者包括了创作者，也包括读者和评论者、研究者。我们欣喜地看到科幻文学作为幻想的分支正在变得繁荣，而相反，作为另外一个方向的奇幻文学则在凋零。

为什么幻想不能打破藩篱？

我们需要一个分明的界线吗？

然后我们思考的答案是：回归到故事本身，只要它带着超现实的魅力，那么它就是我们关注的作品，不管那其中的想象来自于何处。我们只想让所有幻想作品在一个新的平台上聚集、被看见。所以我们会选择科幻、奇幻，我们这里会有外星人、量子生命，也会有雷神、漂泊的灵魂，会有机械生命的海洋，会有意识上传后的空间，也会有烟波浩渺陌生之国，人们与法术共存。

如果你不拘泥于幻想的来处，那么你会获得一些不一样的感受，从这本新书之中。

在给这本书和后面可能还有的书命名时，我们团队头疼了好一阵子，到底要怎么样来表达我们专注于幻想文学这件事，最后终于确定了"幻镜"这个词。

因为正如镜子一般，幻想照出了现实，包括过去、现在和未来。

我们会坚决地反对"幻想文学是虚假的""幻想不真实"这种陈旧的误解。正如吉尔摩·德·托罗说的："幻想是反映现实的最好手段。"但我们并不觉得幻想文学又一定要跟现实绑死，它总还承担着理想的表达。

我们希望幻想和文学的魅力能够在这些书中得到一点展现。但比较遗憾的是，这可能是一个漫长而且很难把控的过程。在许许多多来稿中，每一期能选择出的幻想作品只是一部分，而精彩的作品是可遇不可求的，从创作者和选编的两个角度来说，都是如此。我们很期待有非常多的作品，能从各个不同的角度来展现幻想文学的魅力，我们希望每篇文章都有打动人心的力量……但这些都是最终所期待的,现实往往会低于我们的期待。

不过从另外一个角度来说,这也是一种遗憾的魅力,同时让我们可以进一步期待未来,想象未来,让我们明白自己可以做得更多。

不管怎么说,我们起步了,为幻想文学的创作者和阅读者再次打造一个归宿之地。在深夜灯下,每一个凡尘角落,它就是一面可以窥探的镜子,让我们看到另外那头非同一般的大千景象。

E伯爵

目录
Contents

小说

2 伏羲与句芒
　　骑桶人

124 精卫填海
　　大　彭

162 伐鬼方
　　索何夫

230 织女
　　张　震

杂的文

297　重返我们的神话
　　　　　　舒飞廉

303　幻想的现实之道
　　　　　　姜振宇

图

145　不周仙　作品
149　猫小犬　作品
153　张　渥　作品
157　仇　英　作品

小说

织女

伐鬼方

精卫填海

伏羲与句芒

第一篇
伏羲与句芒

中篇小说

伏羲与句芒

作者：骑桶人

第一章

雷 泽

雷泽是一个巨大的湖泊，它的确切位置我们现在已经无法知晓，因为时间已经太过久远。

雷泽的大小，超乎我们现在对于湖泊的认知，如果把它看成是一个淡水的海，也未尝不可。在这个湖泊的南岸，生长着茂密的雨林，雨林中沼泽星罗棋布；西岸是连绵的高山和森林，山顶上冰川闪耀银光，密林间雪水汇成山溪，流淌到山崖下，汇聚成道道河流；北岸是辽阔的草原，草原上野马成群；东岸则是丘陵、谷地和平原，丘陵间是绿色的小湖，湖与湖之间有小河连通。

羽人在南岸的雨林里生活，他们遍身毛羽，背生双翼，可以在雨林之上飞翔，毫不畏惧雨林地带无休无止的暴雨；蛇人在西岸的高山上生活，他们更喜欢寒冷一些的气候，他们行动迅捷，既擅长爬树，也擅长游泳，是天生的渔猎者；北岸是牛头人的领地，他们在草原上生活，随着牧草的生长而迁徙；东岸则是泥人的家园，他们在森林里狩猎、采集野果，也在湖上捕鱼。

在女娲离去之后的日子里，每个种族的人类都渐渐形成了自己固有的生活方式，他们之间很少交往，但也绝不是对别族漠不关心，羽人有时会带着他们的干果，飞越雷泽，去拜访别的种族，蛇人中的擅游者，也偶尔会到草原或雨林地带去，用他们的特产交换一些珍奇的物品。

雷神的足印

在雷泽西岸的山林里，生活着许多蛇人，他们又分了许多氏族，每个氏族的人数，多则上百，少则数十，这些蛇人大多在山洞里居住，晴朗的夜晚，他们也常常在树上睡觉。他们用石块和削尖的长矛捕猎，在河流里追逐鱼群，冬天（太阳光焰的消长形成四季）到来的时候，他们中的年老和年幼者会进入冬眠。他们是卵生的，怀孕的蛇人在足月之后会生出一个或两个硬壳的卵，卵的大小大约相当于人的头颅，这些卵会在春天到来的时候一起被孵化出来。

在西岸最靠近雷泽的地方，有一个蛇人氏族，后来的人称这个氏族为华胥氏，但其实当时的人们并不这样称呼他们，当然现在我们也无法确知这个氏族的名称了，所以姑且按习惯称其为华胥氏族好了。这个氏族中的一个少女，还没有婚配，更没有产过卵，她健壮、美丽，同时又天真而富于好奇心。夏天的清晨，她在树上醒来，看到浓雾笼罩了森林和湖泊。她伸了一个长长的懒腰，从树上下来，穿过浓雾，慢慢向湖岸边爬去，仿佛冥冥中有什么人在召唤她。她轻灵而迅捷地向前爬行，穿过森林，进入到开阔的湖滩上，她抬眼四顾，这里的雾要淡一些，透过雾气，可以望到雷泽的湖水，平静而又辽阔。天空还是暗蓝色的，太阳还没有升起，只是在东边的地平线上，亮起了一小片银黄的光。

虽然光线黯淡，但蛇人的目力是极好的，少女远远看见，在湖滩上，有一个巨大的足印，这个足印肯定是在昨夜才踩上去的，因为少女记得昨天白天的时候，这里还什么也没有。少女向这个足印爬去。这个足印是如此之大，就算是长毛象的足印，跟这个足印比起来也小得很，就像马的足印跟长毛象的足印相比一样。足印深深地陷入湖滩的泥里。站在足印边，少女仿佛还能嗅到足印主人的气息——一种野蛮而又强大的气息，只有在荒蛮的森林、险峻的高山和深广的湖泊里生活了千万年，才有可能带上这样的气息。

不知道为什么，少女并不害怕，她的心里只有无法抑制的好奇，她探头望了望足印的底部，然后掉过身子，用长尾试了试，就倒退着爬进了足印里。那野蛮而又强大的气息一下就吞没了她，她有些眩晕，身子有些发软，但这状态没有持续多久，她清醒过来，惊慌地从足印里爬了出来。穿过湖滩，向森林里爬去，她一边爬行还一边不断地回头，生怕那个足印的主人会突然出现，并紧跟在她的身后。

她没敢把这事告诉族人，而其他的族人似乎也没有发现这个足印。过了几天，她再去寻找那个足印，但再也找不到了。

到了秋天，她发现自己怀孕了。她的母亲感到很奇怪，因为婚配的节日还没有到来——这个节日是在第一场雪下起的那个夜晚举行的，附近几十座山的蛇人少男少女会聚到一个最大最深的山洞里去，他们在那里狂欢并寻找合意的配偶。

少女也不知道自己怎么就怀上了身孕，母亲把她带去见族长，族长问她是否曾遇到过什么奇怪的事，少女就把见到那个巨大足印的事说了出来。族长听了之后，把族里的巫也叫来了，巫听了之后，说少女看见的是雷神的足印，而少女怀上的是雷神的孩子。

雷　神

雷泽里有雷神，"雷泽"之名正是因雷神而来。在雷泽西岸的山林里，尤其是在夏季，雷神是常常会出现的。他出现时总是伴随着狂风暴雨和雷鸣电闪，他是巨大而又狂暴的神明。人们说，他有龙的身躯，但同时却有一张人的面孔。人们还说，他的双眼会放出闪电，当他用长尾敲打自己的肚子，雷声就会响起。

雷神的孩子

巫闭上眼睛,沉默了很久,大约她是在计算,又或者是在冥思。最后,她终于睁开双眼,说:"这个孩子会为我们氏族带来灾祸,但我们不能伤害他,伤害他会激怒雷神,只有一个办法:等孩子出生了,就将孩子放逐。"

蛇人的妊娠期是三个月,在这三个月里,少女一直待在山洞里,哪儿也没去,这是族长的命令,因为族长担心她外出的话,就有可能使她肚子里的孩子受到伤害。然而三个月之后,少女并没有将肚子里的卵生出来,一直到入了冬,年老和年幼者都进到山洞的最深处冬眠了,少女才把这个让她苦恼的卵生了出来——她怀孕的时间足足比正常时间长了三倍。卵在冬天是无法孵化的,必须等到春天才行。蛇人们小心翼翼地保护这个卵——它比一般的卵大得多,颜色也不太一样,一般的卵是白色的,而这个卵却是青黑色的,它的硬度也大得多,像是最坚硬的石头。

春天到了,没有人敢替代少女去孵化这个卵,少女只有自己来。她从未孵过卵,干起来笨手笨脚,但她知道这件事只有自己能做,而且,在经历了长久的妊娠之后,她已经爱上了这个卵,即便它还没有被孵化出来。

一般一个卵被孵一个月之后,卵里的生命就会破壳而出,但这个卵与别的卵都不同,少女孵了足足三个月,直到整个春天都过去了,炎热的夏天到来,她才感觉到卵里有隐隐的振动,几天之后,在一个雷雨交加的夜晚,小生命终于破壳而出。山洞里阴暗无光，少女看不到她的新生孩子的模样。这个孩子一从壳里出来，就爬到少女的怀里，少女感觉得到那颗小小心脏的跳动。

天一微微亮起，少女就低下头去看她怀里的孩子。他果然与别的蛇人都不相同，他有长长的身躯和长长的尾，他有四足，每足有四趾，如果只看他的身躯和尾，无疑他就是一条龙，唯一让少女感到安慰的，是他仍然有一张蛇人的脸，但仔细看去，这张脸与蛇人的脸也不完全相同——他的眼睛是竖着长的。

族人们都来到少女身边，默默地看她怀里的孩子，少女不由自主地把孩子抱紧。孩子从睡梦里醒了过来，发出洪亮的哭泣声，这哭泣声在山洞里回响、滚动，听起来真有点像雷鸣。

族长和巫都来了。

少女把孩子交给巫，巫抱着他向洞外爬去，少女犹豫了一下，也跟了上去，族人们也渐渐地跟上来。

巫爬出洞，向湖滩边爬去。巫太老了，身上的鳞片都脱落了，牙也掉光了，爬行起来异常的艰难缓慢。她似乎早就想好了。在湖岸边，有一棵老葫芦藤，这老葫芦藤的年纪比族里最老的蛇人的年纪还老，巫从老葫芦藤上摘下一个最大的葫芦，抽出腰间的石刀，用力把葫芦劈成两半，然后把孩子放入其中的一半里。葫芦很大，孩子躺在里面绰绰有余。巫爬到湖边，把那一半装着孩子的葫芦放在湖水上，嘴里默默地念叨着什么，然后把葫芦推了出去。

湖上的风立刻就抓住了葫芦,把葫芦和葫芦里的孩子一起向湖中心推去。

巫来到少女身边,像是安慰,又像是辩解,她低声对少女说:"他是雷神的孩子,雷神会保佑他。"

在雷泽东岸

在雷泽的东岸,生活着许多泥人氏族,其中有一个泥人氏族,他们的山洞位于一个深入雷泽的半岛上,这个氏族主要是以在雷泽上捕鱼和在湖滩上挖蚌为生。当然,在天气晴朗而又温暖的日子里,他们也会到雷泽东边的丘陵地带去采摘野果、到山里的小溪去捞螺蛳,甚至和周围的几个泥人氏族一起去围猎山猪或麋鹿。这个氏族的人数不算少,有一百多口人,其中有一大半是女性,她们的族长和巫也都是女性——那时还是女人当氏族首领的时代。

夏天过去了,秋天即将来临,为了过冬,泥人们必须尽量多地准备食物,尤其是干肉。族里最健壮、狩猎经验最丰富的十几个人已经去围猎山猪去了,其余的人则每天天一亮就到湖滩上去挖蚌。这也是湖蚌最肥美的时候,把蚌从湖滩的泥里挖出来之后,立即用石头把蚌壳砸碎,把蚌肉摊在湖边的巨石上晾晒,初秋的阳光还十分灼热,很快就能把蚌肉晒干,这样才能保存得更久。

一个泥人少女,蹲在湖滩上用尖树枝挖蚌,她的手上全是泥,脸上和身上也全是泥。当她累的时候,她会站起来，呆呆地望着湖面，她并不指望能在湖面上看到什么新奇的东西，但湖水至少比烂泥有意思一些，能勾引起她的遐思。

有一回，当她又站起来，无聊地望着湖面的时候，突然看到一个大葫芦在慢慢地向湖岸边漂过来，少女兴奋地大叫，扑进湖水里，向葫芦游去。

当少女把葫芦拉回岸边的时候，其余的人已经围了过来。其中为首的一个是她们的族长，她已经有快三十岁，年纪在氏族里算是最老的几个之一了，她性格果决坚定，狩猎和采集的经验都很丰富，同时又十分善良，很得到族人们的尊敬和喜爱。族长看到葫芦里有一个人不像人龙不像龙的孩子，沉思起来。

或许果然是得到了雷神的庇佑，在横越了整个雷泽之后，这孩子竟然还活着，虽然他已经很瘦并且也很虚弱了，但他仍然能够发出婴儿特有的哭泣声，这哭泣声激起了女人们的母性。

族长命令大家先把孩子连葫芦一起搬回山洞去，同时让还在哺乳期的女人给这个孩子喂奶。

族里的巫，是整个氏族里年纪最大的一位，她已经有将近五十岁了，族里的绝大多数人都是她的子辈或孙辈，她非常睿智，性格谨小慎微，正是在她的保护下，这个氏族才得以渐渐兴旺，成为雷泽东岸人数最多的泥人氏族之一。

巫对族人们说，这个孩子是雷神之子，现在族人们必须做一个抉择,如果把这个孩子留下,那么这个孩子长大之后,总有一天,会祸害到整个氏族,但是如果把他杀死,那同样会激怒雷神,或许唯一的办法就是将他放逐,让他继续流浪。

族人们争议起来。有说把孩子留下的,有说把孩子杀死的,也有说把孩子放逐的。最后,大家都看着族长,希望由她来做决定。

族长把孩子抱起。孩子已经喝饱了奶,正在沉睡,发出安稳的呼吸声,他蜷在族长的怀里,一双竖着长的眼紧闭着,完全不知道自己的生死正由族长来决定。

族长小心翼翼地把他放回葫芦里,说:"你们有谁能鼓起勇气,搬起石头来砸这个孩子吗?像砸碎一个蚌壳一样把他的头砸碎。如果你们不能,我也不能!那么我们是不是可以把他放逐,就像他曾经被将他生出来的氏族放逐那样?可能这是一个好办法,但这样也有可能会招来更大的灾祸。我决定先把他留下,不要急着做决定,我们有足够的食物多养一个婴儿。"

羽人的商队

每年入秋之后,羽人的商队都会来到这个半岛,这一年他们依然如期而至。

商队的首领是一个精明狡黠的男性羽人,二十多岁,非常瘦,雷泽东岸的泥人都称他为"电",这不仅仅是因为他飞行起来快如闪电,更因为他心思活络,别人与他交谈时，常常会跟不上他的思路。

电带来了十个羽人，每个羽人都背着一个兽皮做的大袋子，里面有各种货物：骨针、骨笄、干果、肉脯、用鸟羽织成的衣服、鲸鱼的牙等等，这一次他们甚至还带来了建木的果肉，这是十分难得的美味。

除了这十个羽人，电还带来了一个只有两三岁的小羽人。这个小羽人长相奇特，一般羽人只是身上有羽毛，但脸是光滑的，但这个小羽人连脸上也长满了细细的茸羽，不仅如此，他还有一个尖尖的鸟喙，他的双眼也与众不同，如果仔细看的话，可以看出他的每只眼睛里都有两个瞳仁。

除了货物和奇怪的小羽人，电也带来了不少新消息，最让泥人们关心的，就是关于雷神之子的新闻：雷泽西边的华胥氏族，是一个古老的蛇人氏族，他们中的一个少女，因为踏入了雷神的足印而怀上了雷神之子，并且还把他生了出来。正如人们所料，华胥氏族把这个雷神之子放逐了，据说是放在了一个大葫芦里，让雷泽上的风把他带入了雷泽之中。

族长让羽人们在山洞外与泥人交易，把电独自带进山洞里，让电看那个正在山洞深处沉睡的雷神之子。巫和一个哺乳期的女人一起守着他。

电立即就明白了族长带他进山洞的目的。

"这种药很难得，"电说，"你想用什么来交换？"

族长笑了笑："你带来的那个男孩，他可以留在我们这里，我会把他当成我们氏族的一员。"

电不动声色："我可没说要留下他。"

族长说："你可以带他到别的氏族去试试，看看有没有人愿意收留他。"

电笑了，转身走出山洞，族长没有跟出去，仍留在山洞里。在族长与电说话的时候，巫并没有出声。但电一离开，巫就说："把他送走是最稳妥的，留下他，却又不让他继承雷神的血……"

族长说："我们不能杀死他，我做不到，可是如果让他继续流浪下去，总会有想要称王称霸的氏族冒险养大他，那时情况只会更糟。"

电回来了，从怀里掏出一个干草织成的袋子，递给族长："一天喂一次，连喂七天，这七天里不能让他见光、见风、见水，也不能让他碰到泥土和石头。"

族长接过袋子，点了点头。

羽人的商队只在半岛上停留了一天，第二天他们就飞走了，而那个羽人男孩却留了下来。

雷神的血脉

生活在雷泽岸边的所有氏族，包括羽人、泥人、蛇人和牛头人氏族，都知道这么一个传说：雷神会通过各种办法，把他的血脉注入到人类少女的身体里，并通过这个人类少女把他的孩子生出来。这个孩子出生之后，长得跟雷神一模一样，同时也具有雷神的能力，能够召唤闪电，发出雷鸣，呼风唤雨，他与雷神的区别只有一个，就是他不能像雷神那样永生。拥有这个雷神之子的氏族，将获得别的氏族无法匹敌的力量，因为雷神之子是无敌的。别的氏族只能听命于这个氏族，向这个氏族进贡，为这个氏族作战，而这个氏族在获得雷神之子后，也必须付出代价——他们要向雷神献出血祭，或者是鹿，或者是山猪，或者是人。

但雷神之子终究会老，会死，一旦雷神之子死去，这个氏族就会被反噬，别的氏族在被欺压了多年之后，必定会一起攻击这个氏族，这个氏族除了被灭族，没有别的结局可选。

这样的事，千万年来，已经在雷泽东南西北岸发生了多次，所以每个氏族一旦发现自己族中的少女生出了雷神之子，大都会迫不及待地把他送走，除非这个氏族十分弱小，同时又充满了野心，那时他们就会悄悄把雷神之子养大，然后依靠他的力量，向别的氏族发起战争。

重

大概是因为生了重瞳，所以那个羽人男孩被人们称为"重"。他的母亲是一个羽人少女。同样是在一个夏日清晨，这个羽人少女被清脆、嘹亮而又悠扬的鸟鸣吸引，独自向雨林最深处飞去，在一株极高极大的梧桐树上，她看见了一只色彩斑斓的巨鸟，回来之后，就怀上了重。羽人与蛇人一样，也是卵生的。少女悄悄把卵生了出来，又悄悄把卵孵化。重一出生就与别的羽人都不一样,他不仅生着重瞳,满脸细羽,而且还长着一个尖尖的鸟喙。重的母亲把自己的孩子带回氏族去,但人们常常议论他,说他是妖怪,要打死他,重的母亲才找电求助,请求电把重带走。

葫　芦

羽人商队离开的次日,在山洞的最深处,这里没有光也没有风,同时也是干燥清爽的,一点也不潮湿,这里有一块凸起的大石,顶部十分平坦,再垫上厚厚的干草,躺在上面就十分舒服,雷神的孩子就在这里吃奶和睡觉。日落之后,族长给这个孩子吃了第一次药。

这药只有羽人才有,来自于雨林中的一种名叫嘉荣的植物,这种植物的叶子尖锐而又锋利,直指着天空,它开出的花层层叠叠如同柱子,它的花有一个特别的功效,就是能够抑制雷神的血,传说中就算是强大的雷神吃了嘉荣的花也会感到痛苦,要沉睡三天三夜才能醒来。

雷神在雷泽南岸活动的时间最多,大约是因为他更喜欢潮湿炎热的气候,所以羽人氏族里常常会生出雷神之子,对此羽人很有经验,一旦生出雷神之子,他们就会喂雷神之子吃这种药,而不是将其放逐,雷神之子吃了药之后,体内的雷神之血就会被压制,七天之后,他的羽人血脉就会显现出来,他会变成一个羽人,与别的羽人没有差别,甚至可能还比别的羽人更会飞翔。

相比于南岸和东岸，雷神在雷泽西岸的活动要少得多，蛇人中生出雷神之子不能说十分罕见，但也并不很常见。

这个生着一双竖眼，有着人的脸和龙的身躯的小小婴儿，在吃了药之后就号哭起来，他一定是感受到了超乎他的承受能力的疼痛，他的身体热得像火，像可怕的、可以把人变成灰的火，只有雷神才能把火制造出来，而这个雷神的孩子，此刻大约就觉得自己正在被无边的大火焚烧。

这哭声持续了七天七夜。在这七天七夜里，泥人们都沉默着，就算说话也压低了声音，好像如果高声说话，就会把深藏在山洞深处的怪物给引出来。这个怪物身躯虽小，但哭起来却像打雷，而且还是无穷无尽永不止息的雷。

七天之后，哭声终于停止了，人们以为他死了，但他又活了过来，虽然仍是奄奄一息。干草上全是血，还有脱落下来的龙鳞。现在他是一个小小的蛇人，他的四足消失了，他有蛇一样的下半身和泥人一样的上半身，他的眼睛是平着长的，他也有泥人才有的灵活的双手。

因为他是葫芦带来的，泥人们就称他为"葫芦"。

第二章

雷泽东岸的泥人是怎么生活的

在雷泽东岸的丘陵、平原和谷地里,生活着几十个泥人氏族。虽然女娲已经离去了千万年之久,但人类仍然还没有学会使用火,网和弓箭也还没有被发明出来,文字的出现更是很久很久以后的事了。人们还只能生活在山洞里,因为房屋也还没有被发明出来,而没有火的陪伴,在野外过夜不仅潮湿、寒冷,更有可能被野兽吞食。

雷泽东岸的几十个泥人氏族,有像葫芦和重的氏族那样,主要以采摘、打鱼和捕捞为生的;也有以采摘和狩猎为生的氏族。有些氏族则很特殊,是以打制和磨制石器为生,例如生活在石头山的山洞里的石刀氏族,他们制造的石器很有名,周围的泥人氏族每年都要带着肉和干果去找他们交换石器,石刀氏族就靠着用石器交换来的食物生存。

收养了蛇人葫芦和羽人重的氏族,被泥人们称为黑鱼氏。在所有生活在雷泽岸边、主要以捕鱼为生的氏族里,黑鱼氏族的人口是最多的,他们的人口常年都保持在一百多人,在温暖而且渔获丰盛的年份里,他们的人口甚至可以超过两百。黑鱼氏族所生活的半岛被称为黑鱼半岛,黑鱼半岛周围的湖面、滩涂以及山林都被看作是黑鱼氏的地盘，别的氏族如果到这里来渔猎必须先得到黑鱼氏族族长的同意，否则就会引发争斗。

在泥人氏族之间，小规模的争斗经常会发生，泥人用棍棒、矛和石斧打仗。争斗发生的原因千奇百怪，大多数是为了食物，但也有很多争斗是说不清楚原因的，就算有原因，到了后来也往往会被遗忘，最后只余下年复一年无法消解的仇恨。

争斗是残酷的，死去的人往往会被割下头颅，获胜者把头颅带回山洞，在祭祀了先祖之后，这些头颅会被制作成饮器。那时还没有陶器，而石杯的制作又很麻烦，用敌人的头颅制成的骨杯是人们最喜爱的用具，骨杯不仅轻便耐用，最重要的是，用骨杯喝敌人的血，对于战士来说是一件荣耀的事。

对于生活于雷泽东岸的泥人来说，还有一件事让他们烦恼。冬天的时候，遇上特别寒冷的年份，雷泽北岸的牛头人会成群结队地南下劫掠，饥饿的他们几乎什么都吃，而他们的身躯又特别的高大，至少要比普通泥人高大两倍，泥人们碰到他们只有逃命的份，泥人与牛头人的战争，总是以泥人的失败甚至被吃告终。

秋天是黑鱼氏族的泥人们最忙碌的时候，在湖湾里，擅长游泳和潜水的族人，会手持鱼叉潜入水中追逐鱼群。鱼叉用鹿角或兽骨制成，十分宝贵，整个黑鱼氏族也只拥有十几杆鱼叉而已。更多的人则在湖边用手捉小鱼小虾，或者挖湖蚌，又或者到山里去摘野果、挖块茎、捞螺蛳。

在山洞里，年纪比较大身体又弱的人，或者用骨针和兽皮制作越冬的衣服，或者把树皮的纤维捻成线，再织成粗糙的布，裁制成树皮衣。

猎山猪

秋天，在雷泽东岸的丘陵地带，泥人们在围猎山猪。

秋天是围猎山猪的好季节，春天生出的小山猪已经长大，吃得滚圆，浑身都是脂肪，老山猪也为了过冬而吃得太肥，跑都跑不动，降低了围猎的难度和危险性，而且这时的山猪肉也更肥腻可口。

一共有五个泥人氏族来到这里围猎山猪，每个氏族都派了十几个最强壮的族人过来，加起来一共有接近六十个猎手。黑鱼氏族也派了十三个猎手来到这里，葫芦和重也在其中。

葫芦虽然才十岁，但蛇人的身躯比泥人的身躯大得多也强壮得多，葫芦虽然还没成年，他的体格却与成年的泥人差不多，甚至还更强壮一些。重十二岁了，虽然他也还没有成年，但因为他会飞翔，给围猎带来了很多方便，因此自从他七岁起，每次黑鱼氏族去参加围猎都会带上他。

黑鱼氏族并不以狩猎见长，因此每次围猎山猪，他们都听其他氏族的安排。这一次轮到象齿氏族来带队，黑鱼氏族的十三个人被安排在小山西南面的山脚下，这里地形陡峭，山猪不太可能往这个方向逃窜。不久之后，响起了号角声，黑鱼氏族的十二个人排成弧形，慢慢向山上爬去。重没有在这些人里面,他飞在天空上,查看山猪的动向。

作为一个蛇人,葫芦天生就是狩猎的高手,他长长的身躯非常适合在山林里穿梭爬行,他的目力极好,嗅觉和听觉也非常灵敏,因为爬行的缘故,他对地面传来的振动也更敏感,这一切都使他能更快地发现猎物,同时也能更容易地追踪到猎物,往往在天上的重还没有发现山猪,葫芦倒已经先确定了山猪的位置、头数和大小。

这一次也不例外,葫芦手握长矛(锋利的矛尖在水里浸过)冲在了最前面,抢在所有人之前把山猪从窝里驱赶出来。一共有七头山猪,两头老山猪五头小山猪,每头都又肥又壮。在一头最强壮的公猪的带领下,这七头山猪排成一列向东北方向逃窜。天空上的重吹起了用螺壳做的号角,提醒东北方的猎手们注意,山猪已经过来了。人们迅速向东北方集结,试图缩小包围圈。东北方向是由象齿氏族的猎手把守的,他们的猎手强壮而且经验丰富,但这一头公猪实在太凶猛,它长长的獠牙一撩,竟然把挡在它前面的一个猎手撩翻在地,冲了过去。万幸的是,其余的六头山猪还是被挡住了,不久之后,所有猎手都来了,合力把六头山猪都猎杀了。

葫芦并没有留下围捕这六头山猪,他独自去追那头公猪去了。当人们喜气洋洋地用石刀分割这六头山猪的肉时,葫芦气喘吁吁地回来了,拖着那头公山猪,他的长矛深深地扎入山猪的背里。

这一次围猎，黑鱼氏族分到了最多最好的肉，其他氏族还约好了，下次围猎，黑鱼氏族还要再来，而且必须带上葫芦。

黑鱼氏族的十三个人，欢天喜地地带上分给他们的山猪肉回山洞去。这些新鲜又肥嫩的山猪肉被包在枯荷叶里，小心地背在他们的背上。这时候他们还不能享受这些美食，必须带回山洞去，给族长过目之后，再由族长来分配。

傍晚，他们终于回到湖边。在半岛最狭窄的地方，黑鱼氏族建起了一道石头墙，这石墙有五个泥人那么高，非常的厚，墙的中间有一道用粗木造的大门。守卫石墙的族人远远看到猎手们回来了，就打开大门放他们进来。这些族人看到猎手们背在背上的肉，都欢呼起来。

捕黑鱼

大巫说，明天就是捕黑鱼的日子了，大家要准备好！

于是每个人都忙碌起来，把鱼叉磨锋利，把割肉的石刀磨锋利，把装鱼的皮囊清理干净，把藏鱼的地窖空出来……

对于黑鱼氏族来说，捕黑鱼的日子是一年里最重要的一天。这一天并不固定，大约总是在秋天的末尾，大巫会根据星象和物候来推算，自从大巫成为巫以来，她的推算从没有错过。

在属于大巫的那一面石墙上，悬挂着许多绳子，绳子用树皮纤维编成，每根绳子上都打了许多结，大巫用这些打了结的绳子记事。当然，每根绳子究竟用来记哪类事，以及又究竟记了什么事，只有大巫自己才知道。靠着这些绳子，大巫能回想起很久以前发生过的事，甚至连这些事最微不足道的细节，她也能准确地说出来，或许，正是靠着这些绳子，大巫才能每次都准确推算出黑鱼来到的日子。

黑鱼氏族所说的黑鱼，与我们现在所说的黑鱼大不相同。他们所要捕捉的黑鱼，是一种迁徙性的鱼类，每年都在雷泽与大海之间往来，它们在秋天来到雷泽南岸产卵，春天又带着刚出生的小黑鱼回到大海去，而雷泽半岛就是它们迁往雷泽南岸的必经之地。每年，黑鱼氏族有一天的时间可以捕捉这些肥美的黑鱼，如果错过了这一天，就要等到下一年才有机会了。而如果失去了这一天的渔获，那么接下来的冬天将会非常难过。

天还没亮，捕鱼的人们就排成队列，带着渔具，走出了石墙，往黑鱼滩的方向去。黑鱼滩是一片浅滩，位于黑鱼半岛的南面，那里的水很浅，最深处也不过没到人的胸口，非常适合捕鱼。

当黑鱼氏族来到黑鱼滩前的时候，天才微微亮起。附近几个泥人氏族也来了，黑鱼滩上大约聚集了几百人。除了泥人氏族，一起来到黑鱼滩捕鱼的还有几个黑熊家族。几十年来，因为大巫的关系，黑鱼氏族一直和黑熊合作捕捉黑鱼，这已经成为黑鱼氏族的传统。捕鱼的地块早就划分好了，包括黑熊们也有专属于它们的捕鱼区，其中黑鱼氏族占据了最靠前又最大的一块，其他氏族则或前或后，各有不同。

自从葫芦来到黑鱼氏族，还在他才六七岁的时候，就成了捕鱼队伍里不可或缺的一员。连别的泥人氏族也知道了他，每年这一天，别的氏族就会来探问："那个蛇人来了吗？"

如果他们得到肯定的回答，就会很高兴地回去，很快，他们的队伍里就会传出欢呼声。

太阳慢慢从雷泽东岸的丘陵上冒出头来，深秋的晨风又干又冷。几十个水性最好的泥人集中在湖岸边一块巨岩上，岩下就是深深的湖水。领头的是才十岁的蛇人葫芦，他浑身赤裸，手中握着骨质鱼叉，鱼叉的尖端十分锋利，他抬起头，遥望天空。终于，他看到羽人重出现在天空上，用手势向他示意黑鱼群的方向。他一扬手，率先跃入湖中。他的身后，泥人们也接二连三地跳了下去，其中有男人也有女人，每人手里都握着鱼叉。一跃入水中，每个人的水性就区分出来，葫芦游在最前面，他的身后，有几个水性最好的泥人勉强跟上，其余的人都三五成群地游在后面。这群驱鱼人迎面向鱼群游去，一接近鱼群，他们就散开形成一个半弧形，把鱼群向浅滩的方向驱赶。人越多，所能驱赶的鱼群就越大，但如果过于贪婪，想要驱赶太大的鱼群，也有可能让鱼群从人们的包围中挣脱出去，最后一条鱼也不能捕到，所以领头人的判断非常重要。自从葫芦来到了黑鱼氏族，并参与到驱鱼这个工作里来，泥人们所能驱赶的鱼群至少比葫芦没来之前大了三分之一，因为他水性极好，游速又快，而且可以闭气很久，他一个人就可以顶十个泥人。

鱼群被顺利驱赶到浅滩上来，泥人们和黑熊们按照各自早就划分好的区域捕起鱼来，有用鱼叉叉的，也有用手抓的，黑熊们也又咬又扑，不亦乐乎。

大巫熊

不知道从哪一年开始，人们将巫熊尊称为"大巫"。不仅略去了她的名，还在原本就已经是尊称的"巫"前面又加了一个"大"。

但"熊"这个人，原本并不属于黑鱼氏族，她是一个外来者。

在很久以前的一个捕黑鱼日里，她随着黑熊们一起来到黑鱼滩边，那时她还只是一个很小很小的孩子，骑在黑熊背上，像小熊一样吼叫。黑鱼氏族的上一个巫——她的名字叫"鹿"——把这个熊窝里的孩子抱回了山洞，给她起名为"熊"，把她养大，还教导她，使她成为黑鱼氏族的下一任巫。

巫熊的寿命很长，可能是黑鱼氏族的巫里活得最长的一个，她在黑鱼氏族生了很多孩子，这些孩子又生下很多孩子，如今的黑鱼氏族有将近一半的成员是巫熊的子孙。但这并不是巫熊获得"大巫"这一尊称的最主要的原因，人们之所以称她为"大巫",是因为越到后来,人们就越离不开她,不仅是黑鱼氏族的成员如此,雷泽东岸的所有泥人氏族也都离不开她——常常有别的氏族的巫来到黑鱼氏族的山洞里向大巫请教,而大巫穿着最柔软最暖和的鹿皮衣,坐在厚厚的狼皮上,无牙的嘴里慢慢咀嚼着别人献给她的鹿脯,有一句没一句地回答别人的问题。

她几乎是无所不知的,而如果有什么问题连大巫也不知道答案,那么也不会有旁的人知道答案了。

她不仅能预测天气,还能计算节气,她知道桃花会在哪一天开,知道黑鱼会在哪一天来,她知道黑鱼半岛周围每一座山上都生长着什么果树和草药,她能用草药给人治病,也能用树枝给人接骨,她能用石头占卜预测未来,她了解雷泽里的每一种鱼,她清楚雷泽东岸每个泥人氏族的历史,她讲起故事来十天十夜也讲不完,她的歌声能让人流泪也能让人欢笑,她熟悉雷泽的每一个神明,她知道如何讨好这些神明,也知道如何杀死这些神明……

大巫的年纪越来越大,身体也越来越糟,人们开始担心下一任巫的人选。没有巫,人们就无法生活下去,巫不仅是氏族的眼睛,还是氏族的头脑。族长向大巫推荐了好几个人作为她的接班人,但大巫都没有接受。

在重六岁那一年的春天,大巫一大早就离开山洞,独自一人到占卜石那里去。她下命令说,任何人都不可以靠近她。占卜石是一块灰白色的石灰岩,位于山洞西北方大约几百步的地方,那里十分僻静,被大树包围。大巫捡起一块鹅卵石，用力砸向占卜石，然后仔细查看占卜石上被砸出的纹路。她时而喃喃自语，时而皱眉沉思，忽而她点头拍掌，忽而又摇头否定。她就这样在占卜石前坐了一天，直到天快黑时才回到山洞里。一走进山洞，她就召集所有人，宣布了她的决定：她死后，重将成为黑鱼氏族的下一任巫。

大巫是在巫重十五岁那年死的，她仿佛一直在等待巫重成年，一旦巫重十五岁了，可以正式接任巫的职位，大巫熊，这位黑鱼氏族有史以来最伟大的巫，就死去了。

她死前一天的夜里，黑熊们仿佛早就知道了一般，提前来到了黑鱼氏族的山洞前。几十头黑熊聚在那里，吼叫、踱步、沉默、玩弄树枝、互相嗅对方的身体、抱在一起摔跤。大巫已经老得不能再老了，主持巫重的成年仪式真把她给累坏了，天一黑她就钻进狼皮里躺下。第二天清晨，熊们一起在山洞外吼叫起来，人们去唤醒大巫的时候，发现她已经永远睡去。

依照大巫的吩咐，人们把她抬到雷泽边，抬到黑熊第一次把她带出树林的地方，就是人们捕黑鱼的那个浅滩旁，在那里人们找了一块向阳面水的坡地，把她埋了下去，她被裹在她平常睡的狼皮里，死去的她轻得像一片羽毛，又重得像一块岩石。

来送葬的人挤满了浅滩，不仅是黑鱼氏族的人来了，别的氏族的泥人也来了，看到这么多人聚在这里，很多人都被吓了一跳，他们根本没有想到，原来雷泽东岸竟然有那么多的泥人，多到他们根本数不清。

后来，大巫的坟墓周围，慢慢就形成了一片墓地，黑鱼氏族的成员死后埋在了这里，附近几个氏族的成员死后也愿意被埋在这里。很久以后，这几个氏族先是结成了氏族联盟，然后又组成了一个大的部落，人们把这个部落称为黑熊部落。

巫　重

从六岁到十五岁，重在大巫身边学习了十年。

他从最简单的编绳结绳开始学起。常常，他一边笨手笨足地捻着树皮绳，一边听大巫讲述泥人和黑鱼氏族的历史，从盘古开天辟地，到天地崩坏，到女娲娘娘造人补天，到仙人与石人之战，再到雷泽形成、各族安居，每一个绳结都代表一个故事，不同的绳结组合起来，又形成了一个更大的新故事。大巫还讲天空、星辰、日月，讲建木和生活在建木之上的仙人如何在天穹之上飞翔，讲遥远东方海上的巨大石人如何钓起比山还大的巨鳌，讲羽人、蛇人和牛头人的历史以及恩怨。

大巫的头脑里有无穷无尽的故事可以讲，有无穷无尽的知识要教给重。

每天一大早，才刚六岁的重就呵欠连天地坐在山洞里，听大巫滔滔不绝地讲故事，然后他还要把这些故事背诵下来，再讲述给大巫听，如果有一个地方讲错，大巫就要用树枝抽打他。

等重稍稍大了一些，大巫就带重到山上去、到湖边去，去认识树、认识云、认识草、认识兽、认识鱼……大巫一样一样地指给重看，告诉他这种草的生长特性和药用，告诉他这种动物的大小和习性，告诉他这朵云是雨云？是晴云？

大巫年纪已老，步履蹒跚，而重因为身生双翼，也不擅长步行，一老一少，摇摇晃晃地在山上、在湖边艰难行走，日复一日，年复一年，一个耐心传授，一个刻苦学习。

最初，黑鱼氏族的人对大巫选择重为接班人感到不满，毕竟，重是一个来历不明的孩子，而且还是羽人中的怪物，但因为大巫自己本来也就是一个来历不明的孩子，是在黑熊的哺育下长大的，所以人们并不敢把自己的不满明着说出来，当然，人们心里想什么，大巫自然是知道的。

不过几年之后，人们就不得不承认，大巫的选择是正确的。重不仅心思灵敏，记起东西来特别快，他还擅长歌唱——这或许也与他有一个鸟舌有关。大巫自己就擅长歌唱，在夜里，听大巫低吟泥人的歌谣，是大家最快乐也最期盼的事。自从重来了之后，大家的乐趣就增加了一项：听重唱歌。重的歌声与大巫不同，大巫的嗓音低沉，重的嗓音则清脆嘹亮，有少年人的稚气和朝气。

但这一切都不是最重要的，重之所以在他十岁之后就被人们称为"巫重"，是因为人们发现他听得懂鸟语。

重并不是天生就能听懂鸟语，他也有一个学习的过程，就如同他学人说话一样。因为天天随着大巫进山学习，重接触的鸟类多了起来，在不知不觉间，他学会了鸟语，最初只是听懂了几个最简单的词语，比如"快来""走了""你好"之类，后来能听懂的越来越多。到他十岁的时候，有一天，他告诉大巫，他听鸟儿们说，有一个被鸟儿们称为"大爪"的猛禽，它的窝筑在悬崖上，它的卵被蛇偷吃了，猛禽正与蛇在打架。大巫大吃一惊。能听懂鸟语的人，以前并非没有，但极少见，而且多出现在羽人中，泥人氏族里简直从没听说过。大巫带重到悬崖边去，果然远远看见在崖壁上，一只大鹰在反复扑抓一条巨蟒。

　　因为能听懂鸟语，重仿佛多了许多耳目，他坐在山洞前，就能知道哪里的山果熟了，哪里的山花开了，哪里有猛兽经过，哪里有猴群觅食……

　　等巫重又长大了些，他甚至还能与禽鸟说话。黑鱼半岛周围的鸟类都成了巫重的朋友，每次巫重出去，鸟儿们都围着他上下翻飞。巫重会把吃剩的食物喂给鸟儿，也会帮鸟儿们寻找食物驱赶天敌。每天清晨，黑鱼氏族的山洞前聚满大大小小的鸟儿，它们的吱喳声杂乱而又动听。只有等巫重出来了，它们才会安静下来。巫重用鸟语向它们问好，下命令给它们，比如黄莺去哪座山吃什么果，燕子去哪片水面上捕蚊虫，乌鸦去哪棵树下那里有死去已久的鹿的残骸等等。巫重不仅是黑鱼氏族的巫，也是黑鱼半岛上的鸟儿们的巫。

雷泽东岸的诸神

雷泽上并非只有雷神一个神灵,还有很多别的神灵。

在雷泽东岸,与黑鱼氏族关系最紧密的,是生活在黑鱼滩上的黑鱼之神。黑鱼之神是一条老黑鱼,几百年前就生活在这里,祂不必随着黑鱼群迁徙,因为在寒冷的冬天里,当湖水结冰的时候,雷泽东岸的各个氏族会用干肉来祭祀祂——泥人们把干肉投进老黑鱼藏身的岩穴里,并大声祈祷黑鱼之神保佑他们。泥人们相信,只要这条黑鱼之神一直在这岩穴里生活下去,黑鱼群就不会消失,黑鱼迁徙时也不会改道,他们就能每年都在这浅滩上捕到大量的黑鱼。

人们还相信,在密林的最深处,生活着一头老黑熊,这头老黑熊是雷泽东岸所有黑熊共同的神明,祂从不出现在人们的面前,但大巫知道祂的存在,而且大巫还能用神秘的方式与黑熊之神对话,正因为有黑熊之神的护佑,大巫才能通晓那么多山林中的事情。

从黑鱼半岛出发,向东南方走上一天,就会进入一个山谷,山谷里长满桃树,一到春天,那里就遍地桃花盛开,山谷变成花海。几个月之后,桃子成熟,每个泥人氏族都会派人到那里去摘桃子,和泥人们一起摘桃子的还有雷泽东岸的猴群,即便如此桃子仍然摘不完,许多烂熟的桃子掉在地上,变成了酒,泥人们和猴子们吃了这样的桃子就会在桃树下醉倒。在山谷最深处,有一棵最大的桃树，祂的树冠方圆极大，就算所有摘桃子的泥人都站在树下，仍然都能得到祂的荫蔽。泥人们都相约不采摘这棵桃树上的果实，任由猴子和鸟去吃，或者掉在树下烂成了酒。

以打制和磨制石器为生的石刀氏族，祭祀着一个石头神，他们相信石头神就生活在雷泽东岸的所有石头里，每块石头都是祂的身体的一部分，所以每当石刀氏族的成员要从山石上敲下一片石头来磨制石器时，他们就要先默默地祈祷，祈求石头神原谅他们的行为，因为对于他们来说，这是迫不得已的——没有用石头打制和磨制出来的斧、刀、锛等等工具，人类就不可能生存下去。

还有很多大大小小的神灵，如果我们要一一列举下去，可能十天十夜也讲不完。不过所有这些神灵都没有雷神的力量大，雷神所拥有的伟力，足以决定所有这些神灵的生死，因为雷神可以放出闪电，而闪电能造出火来，火是一切自然之力中最伟大者，它能烧干湖泊，能令树木成灰，能熔化石头，能吓退猛兽，能带来温暖和光明，也能带来黑暗和死亡……

所有生活在雷泽边的人类和神灵，都小心翼翼地奉祀着雷神，既崇拜祂，又畏惧祂。

族长长矛

黑鱼氏族的族长是一个身材瘦削而又高大的女人，她的头发又粗又长，脸很粗糙，同时又轮廓分明，好像是用石头打制出来的一样。在蛇人葫芦长大之前,她一直是黑鱼氏族里最强壮的人,她的水性也是黑鱼氏族里除了葫芦之外最好的。她的强壮和勇敢让她在整个雷泽东岸声名显赫,许多其他氏族的男人来找她,想要与她亲近,但她从不与男人亲近。她与大巫恰恰相反,大巫生了很多孩子,而族长长矛却一个孩子也没生,直到她最终死于雷神的闪电之下,她始终是一个处女。

她使用一杆石矛头的长矛,那个石矛头是用最坚硬的黑燧石磨制的,光滑、尖锐,轻轻一刺就能洞穿鳄鱼的肚子,所以也有很多人叫她"石矛"。她还拥有很多别的名字。比如有些别族的男人会用一种略带轻蔑同时又有些畏惧的口气称她为"石女",这多半是因为这些男人追求失败但又不敢报复才这样称呼她。还有人叫她"大鱼",因为她水性极好,在水里就像一条大鱼一样。族里的人有时会叫她"沉默的族长",因为她很少说话,除非非说不可。

她的性格果决而又沉稳。虽然族人都很尊敬她,但她并不独断,另一方面,她决定下来的事,不管谁反对,她都会坚持,比如收养葫芦,就算大巫明确表示反对,她也毫不理会。

她的最后一个名字,也是在她死后最被人们记住的一个名字,叫"雷神之敌"。她不是第一个死于雷神的闪电之下的人类,但却是第一个敢于挑战雷神的人类。

她生前所做的一切,后人很难评判,有人喜欢她,觉得她给所有人带来了希望,也有人仇恨她,认为后来的所有灾祸都源于她的狂妄自大。

但无论如何,在她活着的时候,她是黑鱼氏族最受人爱戴的族长,只要有她在,即便是面对牛头人的进攻,人们也毫不畏惧。

牛头人

牛头人生活在雷泽北岸的草原上。最初,女娲娘娘是用泥和石头将他们造出来。他们像泥人一样,也有双手双足,他们的身高大约是泥人的两到三倍,体重和力气也是,他们和泥人最大的不同之处,是他们有一个牛一样的头颅:圆圆的牛眼、宽而扁的牛鼻、尖尖的牛耳、以及弯弯的牛角。当女娲娘娘刚把他们造出来时,他们像牛一样以草为食,后来他们学会了饮用牛乳、马乳和鹿乳,而且还掌握了在草原上放牧牛马的技能。

在正常的年份,牛头人很少南下骚扰泥人们的生活。但是,在有些年份里,太阳的光焰与一般的年份相比起来会更弱一些,这一年的冬天就会变得寒冷而又漫长,连雷泽南岸雨林里的羽人都会感觉到寒意而不得不向南迁徙,西岸的蛇人们大部分会把山洞口全堵住进入冬眠,而在雷泽的东岸,近岸的湖水也会被冻住,到处都结了冰,泥人们只能躲在山洞深处,挤在一起取暖。在这样的冬天里,雷泽北岸的草原会被厚厚的冰雪覆盖,大雪下上一个冬天也不会停止,牛头人放牧的牛马全都因为寒冷和没有草吃冻饿而死,而牛头人自己也只能沿着雷泽东岸南下去寻找食物。

　　牛头人的性格原本是非常温和的，但这些饥饿的牛头人却变得非常可怕，巨大的牛一样的眼睛里冒着疯狂的绿光，性格也变得凶狠而残忍。为了充饥他们几乎什么都吃，他们经过的地方，冰雪下的草根会被挖出来吃掉，树皮也会被剥下来吃掉，他们劫掠泥人的山洞，把泥人用来过冬的食物全都吃掉，如果泥人反抗，他们就杀死泥人。他们食量惊人，体格高大健壮，战斗的时候，十个泥人也未必打得过一个牛头人。

　　为了防备牛头人在冬天南下劫掠，雷泽东岸的每个泥人氏族都建起了石墙。在荒野上和牛头人作战无异于自寻死路，只有依靠石墙挡住他们，等待饥饿的他们离去，才是唯一的办法。

　　葫芦八岁、重十岁的那一年的秋天，与往年都不同，显得格外的阴寒，族长长矛在秋末时下了命令，让大家为牛头人的到来做好准备。

　　越冬的食物收藏在山洞深处几个干燥的地窖里，只要精打细算，已足够族人们度过整个寒冬。在即将入冬前的那几个晴朗的秋日里，除了老弱病残，黑鱼氏族的所有人都来到石墙前，他们必须把好几年都没用到的石墙修补好，还要尽量把石墙垒得更高、更厚。

　　族人里还有不少是经历过上一次牛头人来袭的，那可怕的记忆至今仍让他们一想起就怕得发抖。牛头人原本是不吃肉的，但被饥饿驱使的他们不仅吃肉，甚至还吃人，那些从石墙上掉下去的泥人，常常会被牛头人撕成碎片活活吞吃下去。

石墙垒起来，足有六个泥人那么高，一根长矛那么厚，在靠近大门的地方，更是比两边的石墙又高了一个泥人，厚了三分之一。大门也重新打造过，新砍下的巨木，树皮都没有剥下来，粗藤条用水浸泡后缠在巨木上，把巨木牢牢绑在一起，需要四五个泥人才能勉强推开这扇巨大而又沉重的门。在入冬之后，黑鱼氏族索性用石头把门堵上，所有人都用绳索吊上吊下地出入，虽然不方便，但总比被牛头人突然冲进来好。

曾经有一个氏族，因为防备不严，被牛头人趁着黑夜冲进他们的石墙里，还没来得及抵抗就灭亡了。

然而入了冬之后，牛头人却迟迟不来。这个冬天确实格外寒冷，雪花堆在洞口，快把山洞口都堵住了。

对于泥人来说，冬天是最难熬的，特别是这样寒冷的冬天，这一年生下来的孩子，还没能等到春天，就会因为寒冷而死去。泥人们并没有什么御寒的本事，他们只能挤在山洞的最深处取暖，老人和孩子在中间，耐寒的成年人在外围，最能保暖的兽皮都交给老人和孩子御寒了。即使这样，一个冬天下来，往往也要死上十几二十个人，这还是有食物可以充饥的情况下，如果食物不足，那么可能一整个氏族都会死去。到春天冰雪融化的时候，别的氏族的人进入他们的山洞时，只会看到层层叠叠冻饿而死的尸体。

族长长矛决不会坐以待毙。以她的经验，在这样寒冷的冬天里，牛头人不可能坐在草原上等死。她派出了几个最强壮耐寒的泥人，穿上最暖和的皮衣，足蹬最厚的兽皮靴，沿着雷泽东岸向北去探听消息。几天之后，这几个泥人回来了，还带回来十几个白鸟氏族的人。这十几个白鸟氏族的人都十分虚弱，有些还受了伤。白鸟氏族原本有差不多一百人，如今只剩下这十几个人了。大约有三十个牛头人在他们的山洞里，估计那里的食物还够他们吃上几天，随后他们就会继续南下，下一个目标就是黑鱼氏族。

连八岁的葫芦和十岁的重也被派上了石墙。警戒的战士裹着厚厚的狼皮，轮番值守，害怕牛头人会趁着黑夜攻上来。

三天之后，一个下着雪的午后，第一个牛头人出现了，他高大、健壮，身上乱七八糟裹着兽皮，头顶上的两只弯角如同黑色石刃，在雪地里格外醒目。

牛头人陆续到来。这是葫芦第一次见到牛头人，却与他想象中的大不相同。在泥人的讲述里，牛头人都是恶魔一样的怪物，但当葫芦真的见到他们的时候，却发现原来他们也一样的有老人，有小孩，有男有女，有健壮也有残弱。他们站在雪地里，有些小牛头人就坐在他们父亲的肩上，有些女牛头人怀里还抱着正在吃奶的婴儿。除了身量特别的高，除了头上顶着两只弯角，他们似乎与泥人也没有太大的区别。

然而，当牛头人嗷嗷叫着，开始向石墙进攻的时候，葫芦的感受就完全不同了。他们从雪坡上冲下来，有些手里挥舞着大棒，有些手里拿着巨大的石块，有些则是赤手空拳。即便是一个牛头人少年，其体格也足以碾压泥人中的壮年人。当他们冲到距离石墙不远的地方，他们就停下向石墙扔巨大的石头，扔完石头后，他们就闷着头冲到石墙之下，一些牛头人蹲下来，另一些牛头人则站到他们的肩膀上，蹲下的牛头人一站起来，他们肩膀上的牛头人的眼睛就几乎与石墙齐平了，他们高举着木棒一挥，墙上的泥人就被打落下去。

幸好黑鱼氏族的石墙建得足够高，也幸好他们准备了足够多的石块和长矛，当牛头人冲过来时，他们就把石块往下砸，同时用长矛往牛头人的脸上乱搠，牛头人攻击了几波都没能攻上石墙，反倒有好几个牛头人受了伤，脸上全是血，有的可能眼睛都被搠瞎了。牛头人放弃了进攻，在天黑前退回了白鸟氏族的山洞，在寒冷的野外过夜是极其危险的。

第二天，出去侦察的人回来报告说，牛头人已经离开了白鸟氏族的山洞，越过黑鱼半岛向南去了。

火

在冬天，人们总是渴望春天的到来，渴望听到那殷殷的雷声从南山的山坡上滚过，渴望看到闪电劈打在枯死的树木上，点燃红红的火。

人们既渴望火，又害怕火。与其他所有东西都不一样,火太神秘,也太神奇,人们甚至都弄不清火是由什么构成的。它不像树木,有叶、有枝、有根、有果;也不像石头,有固定的形体。它像水一样变动不拘,但又不像水一样受大地的拘缚。它像风一样轻盈,总是要往天上飘去,但人们看不到风却能看到火,火是有形的,同时又是无形的。火像猛兽,能吞噬人,但它比猛兽更凶猛,猛兽只吃有血有肉的东西,而火却能吞噬万物,将万物都变成残灰。

一直以来,人们都相信火是只属于雷神的。它只听雷神的话,别的神不能掌控它,人类更不能。但人类又喜欢火,火不仅能烧灼人的肌肤,也能给人带来温暖。火是大地上的太阳,在寒冷的冬天,如果有一团火在人的身边,冬天就不再令人畏惧和难以忍受。火能带来的不仅仅是温暖,还有干爽的山洞,被火烤过的山洞不再潮湿,不再生满菌类,毒虫也会远离。最重要的是,火还能带来安全,猛兽害怕火,只要有火在身边,即便是独自一人在黑暗的野外,也不用担心猛兽来袭。人们还知道,火能带来易消化而又美味的肉,在那些被火烧过的山林里,往往能捡拾到死去的松鼠、山猪、鹿甚至长毛象,如果幸运的话,这些动物的身躯的一些部分,还没有完全炭化,那里的肉就会成为美味,那样的美味是任何一个人都无法抵抗的。

即便有这么多的好处,但还从来没有一个氏族——无论是泥人、牛头人、蛇人还是羽人,还从来没有一个氏族敢主动去接近火,更谈不上利用它。火带来的痛苦比它所带来的好处要大得多，而且雷神也禁止人类使用火，那些胆大妄为，想要把火搬回山洞去的人，都遭到了雷神的惩罚，死在了祂的闪电之下。

长矛族长与雷神的战斗及其死亡

长矛族长决定要把火偷回山洞。那是葫芦十四岁那年夏天的事。那时大巫熊已经死了，黑鱼氏族里是年轻的重在担任巫。巫重反对族长把火偷回山洞，但族长一意孤行，其实即使大巫熊还在也没有用，族长决定的事，谁反对都没用。

那一年族长长矛四十二岁了，她的身子仍然挺拔，但背已有点驼，她的嘴角微微地向下弯，额上已爬满皱纹，曾经乌黑的长发也已花白。她知道自己活不了多久了。很少有族长能活到四十二岁，她已经算是泥人氏族的族长里最长命的一个。这或许是她要把火偷回山洞的最主要的原因——她一定要在自己死前尝试一下这事。

葫芦的成长很快，已经成为人们心目中的下一任族长，所以族长长矛完全可以放心大胆地去冒险。

熊熊的大火已在南山的老林子里燃烧了两天。那是一片极其茂密的树林，里面有榉树、桉树、枫树、樟树、椿树、荆树、杞树……许多都是已经生长了几百甚至上千年的老树，这些老树紧紧地挤在一起，树冠之下是又黑又深的腐土——那是年复一年的落叶化成的。雷神总会用祂的闪电点燃这样的树林子。祂像一个审判者，判决那些年老的树林死亡，同时祂也是死刑的执行者，祂用闪电点燃大火，把年老的树林烧毁，最后，祂也是一个催生者，新的树林在死去的树林的坟场上生长起来，甚至那些深埋入地底的老树的根还在燃烧的时候，新的树苗就已从黑黑的泥里探出头来。

族长长矛已经在燃烧着的树林边探索了两天。虽然隔着一条宽阔的溪流，但热浪仍滚滚而来，令人难以忍受，每隔一段时间，族长长矛就要跳入溪水中给自己降一降温。她在寻找和等待，等一条能让她进入到火里的小径出现，这条小径不仅能让她进到火里，还必须保证她能带着火从火里出来。

年复一年，族长长矛在雷泽东岸观察雷神点燃的火，她对火已有充分的了解。她曾经用干的小树枝从火的身体里窃出火来——这真是太神奇了，火不会因为被分离出去而变小，恰恰相反，被分离出去的火越多，火就会变得越大。她也曾经用火烤自己猎到的山猪，不止一次，她品尝自己烤出来的山猪肉，并带回去给大巫品尝，但每次大巫都拒绝。

大巫熊早就知道族长长矛想要把火窃取回山洞的野心。关于这事，大巫熊是坚决反对的，从占卜石的纹路里，大巫熊看到了这事所带来的无穷无尽的未知，未知总是意味着灾难，火给人类带来的未知，已经大大超过了大巫熊的认知能力，甚至也超过了大巫熊的想象力。

但族长长矛决定要做的事，谁也没法阻拦，就算是雷神也不能。

她独自一人去做这事。她早就想好了,如果雷神要惩罚,那就让雷神的闪电落在她一个人身上。她跳进小溪,把自己弄得湿淋淋的,她脚上穿着厚底的树皮鞋,虽然是夏天,但她身上仍裹着厚厚的兽皮,她的手上也戴着用树皮纤维织出的厚手套,她沿着早已确定下来的小径慢慢地向被烧得焦黑的树林深处走,在那里,在一块乌黑的巨石旁边,一棵老树仍在猎猎地烧着。她向火伸出她早已准备好的一根松枝,这是一根被松油浸泡了好几天的松枝,据她的观察,这样的松枝能燃得极久。松枝被点燃,她高擎着这火往回走,她不能走得太快,以免火被风吹熄,也不能走得太慢,否则在她还没走回山洞前松枝就会烧尽。她走进小溪里,尽力把火举得高高的,她知道不能让火碰到水,她知道水会杀死火。她的脚步稳当又轻捷,这条从小溪边回到山洞去的小路她已经走过无数次,即便闭着眼她也不会走错。

族里的人迎上来,既害怕,又期待,但族长长矛不让他们参与到这事里来,她独自举着火,走进山洞里,在山洞里一个背风又宽敞的地方,她早已经备好干燥的木柴,她把燃烧的松枝慢慢放进堆起的木柴里,早已经因为饥饿而变得瘦弱的火,在得到了食物之后又渐渐地壮大起来,最后,所有木柴都被点燃,火烈烈燃烧,山洞里回响着火毕毕剥剥的歌声,人们的脸上,全都是被火烤出来的汗珠子。

族长长矛把一些已经被点燃的木柴从火里取出，用水浇灭，只留下两根干木让火食用，于是火变小了，它的歌声变弱了，它所散发的热量也变少了。

在族长长矛做这一切的时候，蛇人葫芦一直在旁边看着，默默地学习她的动作。蛇人葫芦知道，这堆小小的火是族长用自己的生命换来的，他必须尽量让这堆火活久一些。

这天晚上，黑鱼氏族的所有成员共同分享了一头烤山猪。这是一头母山猪，夏天的丰饶把它养得浑身全是油脂，当它被放在石头上烤的时候，金黄的油不断滴落下来，在火堆里滋拉滋拉响。山猪肉的香味飘满山洞，连山洞外也聚满了循香而至的狼和鬣狗，它们远远地看着山洞里的火光，虽然被香味勾引但又因为害怕火而不敢靠近。人们的嘴里不断生出唾沫又不断被吞下去。孩子们围在火堆旁，看族长翻动石头上的山猪肉，眼里都闪着贪婪的光，一个个都像饿了一整个冬天的小豹子一样。

这也是族长长矛留给黑鱼氏族的族人们的最后的回忆。第二天一早，人们醒来的时候，族长就不见了，没人知道她去了哪里，就算有人知道，这知道的人也并没有说出来。

雷神在两天之后来到黑鱼半岛，裹挟在大片的雨云里。雨云遮蔽了一半的天空，雨云之下的湖面，波涛涌起，浪尖上闪着银光，浪谷却乌黑如暗夜。

祂必定是能追踪到每一团火的踪迹，所以才能那么快就知道祂的火被黑鱼氏族窃取了。

黑鱼半岛是一座山，人们称其为黑鱼山，黑鱼山蹲踞在雷泽上，它面向雷泽的一面是高高的悬崖，背向雷泽的一面则是平缓的山坡，黑鱼氏族的山洞就位于这山坡上。从山洞出来，可以看到雷泽东岸广袤的丘陵和丘陵上无边无际的森林。洞外有一条人们日常踩出来的小径，沿着小径向下走，穿过落叶林和灌木丛，就是黑鱼氏族的石墙，穿过石墙的门，又越过一道遍布乱石和杂草的野山坡，就来到了雷泽的东岸边。

乌黑的雨云从雷泽上涌来，覆盖了整个黑鱼半岛，雨云里隐隐现出雷神庞大的身躯。连绵的雷声响起，震耳欲聋，雷神劈下了第一道闪电，闪电如银鞭一样，抽打在黑鱼氏族山洞的洞口，把一块巨大的礁岩劈成两半。云里隐隐传出雷神愤怒的低吟。又是一道闪电劈下来，正好劈进了黑鱼氏族的山洞里，一瞬间照亮躲入山洞最深处的惊慌而又恐惧的人群。在滋滋的电流声里，在闪电带来的刺鼻焦臭里，孩子们哭号起来。

巫重在人群里努力地安抚他们，而葫芦则握着长矛，守在洞口，他担心雷神会把祂的愤怒发泄到整个黑鱼氏族的族人身上，如果雷神真的把祂的巨爪伸进山洞里来，那么作为新任的族长，即便献出生命，他也必须挺身而上。

雨水像瀑布一样从天上泼下，洞口像是被装上了一道厚厚的水帘，人们的心里安定了一些，但雷声和闪电仍没有止息。突然，洞外传来雷神愤怒的吼声，这吼声与之前的吟声并不相同，似乎雷神遇到了什么出乎祂意料的事，而这事又格外的让祂恼怒，随后雷声和闪电就渐渐远去，雨也止息了。

人们从山洞里出来。太阳照耀着整个黑鱼半岛。雷泽东岸的森林上闪着白亮的水光，树叶干净得像是被人一片一片仔细地洗过。大雨来得快，消失得也快，像是白日梦一样不真实。

葫芦带着几个族人去寻找族长。两天之后，他们在雷泽东岸的密林深处找到族长的尸体。雷神的闪电把她劈得全身乌黑。在距离她很远的地方人们找到了她的长矛，黑燧石的矛头已经断成两截。

第三章

渔　网

在葫芦带着族人去寻找族长的时候，巫重用水把山洞里的火杀死了。

葫芦回来之后，非常生气，但他知道巫重做的是对的。如果不杀死火，雷神肯定还会再来，当祂再次来到时，祂的怒火只会更旺，那时死去的将不会只是一两个族人，而很可能是整个黑鱼氏族。

又回到没有火、没有光、没有温暖也没有烤熟的肉的日子里。人就是这样,得到之后再失去,难受的程度远比未得到之前更甚。每当山林里再次燃起大火,黑鱼氏族的人都会远远看着那团火,怅然若失。

族长长矛被埋葬在大巫熊的旁边。虽然她们生前总是在争执,但她们也是感情最好的姐妹。

葫芦把断成两半的矛头磨成两把石刀,每把都装上象牙刀柄,带在身边。

石刀非常尖锐,也非常锋利,葫芦轻易不会动用。

葫芦已经成为族长,他没有时间沉浸在过去,他得想尽一切办法为族人们找到足够的食物,长矛已经不在了,这个责任自然就落到了他的肩上。

长久以来,葫芦一直在想办法用网来捕鱼。

网这个东西,在葫芦来到黑鱼氏族前就已经有了,不知道最早是谁发明出来的,就网本身的结构来说,这东西的发明者很有可能是一个巫。最早的网仍然只是用来记事,悬挂在石墙上,不会太大,巫们用这样的东西来记一些复杂的历史。因为每个网结都各有其意义,所以最早的网与后来的网不太一样,每个网结的大小和结法都各不相同,有些网结大如人的拳头,结法也很复杂,有些网结则小得只由一根细绳构成,结法也是最简单的,只是随便的一系就好了。

不知道什么时候,也不知道是谁,或许是一个不务正业的巫,或许也不是巫,只是随便一个头脑灵活的泥人,把一团已经没有用处的绳结取了下来,绳子是极宝贵的,无用的绳结可以被改制成别的东西，比如制成衣服，或者把结解开，用来记别的事，可能有这么一天，这个人发现这团东西可以张挂在森林里捕鸟，这很有可能是受了蜘蛛的启发。

用网来捕鸟并不是一件容易的事，但至少还能捕到，而葫芦想的是要用网来捕鱼。鱼在水里游，正如鸟儿在空中飞一样，所以想到用网来捕鱼是很正常的事，但网很轻，沉不到水里去，只会漂在水面上，因此显然用网是无法捕到鱼的。但葫芦想到了一个办法，就是把网的四角系在礁岩上，正如在森林里，把网系在树枝上一样，这个方法果然有效，只要网结得足够扎实，网眼也足够小，就可以捕到鱼。但因为网的大小有限，而湖水里有礁岩的地方也不多，因此能够用网捕鱼的地方就很少。葫芦为此伤透了脑筋。

只要有时间，葫芦就呆在水里，仔细研究如何才能在没有礁岩的开阔湖面用网捕鱼，他研究这个到了如痴如醉的地步，往往直到天黑了才从水里出来回山洞去，然而就算回到了山洞里，他也拿着网到处比划，沉吟不止。

眼看就要到捕黑鱼日了，葫芦想在捕黑鱼日到来之前，把渔网给研究出来，这肯定会大大提高渔获的数量。

当葫芦在湖岸边思考的时候，往往会有孩子到湖边来戏耍，他们都是两三岁的孩子，还不能帮着干活，只会打闹追逐，但有时候，他们也会安静下来，玩向湖里扔石头看谁扔得更远的游戏。正是这个游戏启发了葫芦：为什么不在渔网上系上石头呢？

葫芦立即就实行起来，在渔网的两个角系上石头，而另外两个角，只需要有人牵着就行，石头沉入水中，把网带了下去，这样网就能在水里立起来，完全可以用来捕鱼了。

人们到湖边来看他们的族长用网捕鱼，年轻人都兴高采烈，老年人则或者不知所措，或者忧心忡忡，担心葫芦的举动会得罪黑鱼之神。

巫重是坚决反对用网捕鱼的，正如他也坚决反对族长长矛把火窃回山洞一样，但葫芦对巫重的反对嗤之以鼻。

捕黑鱼日到来了，用网捕鱼的黑鱼氏族的渔获是别的氏族的好几倍，族人们看到这样多的渔获，都欢欣鼓舞，而别的氏族第一次看到这样的捕鱼法，都十分好奇，一开始他们还心有疑虑，怀疑这方法的可行性，但黑鱼氏族的渔获证明了一切。别的氏族都来请教，而葫芦也大方地把结网捕鱼的方法告诉了他们。

句　芒

巫重虽然长着一个尖尖的鸟喙，脸上还全是毛茸茸的细羽，眼睛又是重瞳，看起来很吓人，但他的性格却极温和，很多人都觉得，和巫重在一起，就好像被春风吹拂一样舒适。

当他站在高高的石台上，向所有族人说话的时候，每个族人都觉得，巫重并不是在对着众人说话，而是在对着自己说话。他能关注到每个人，即便你站在人群里，你脸上的任何微小表情，都逃不过他的眼睛，而他仅凭着这微小的表情，就能体察出你的心意，并用最体贴的话语给你慰抚或纾解。

有时候，巫重站在高台上并不是为了向众人说话，而是为了行巫法，这些巫法多种多样，或者为了祭祀祖先，或者为了祭禳神灵，或者为了召唤雨水。人们喜欢站在高台下，看巫重行巫法，因为他总要在行巫法时唱歌，人们认为他的歌声必是为神灵所珍重的，因为他的歌声实在太美妙了。

还在很小的时候，才两三岁时，巫重的歌唱天赋就已经为众人所瞩目，后来他又学会了鸟语，能够与鸟沟通，由此又向各种鸟类学来了许多歌唱的方法和曲调，他的歌喉比百灵鸟更清脆，比黄鹂鸟更婉转，然而当巫法需要他唱出雄壮或高昂的曲调时，他也同样能唱出来，那时人们又觉得他其实应该是高天之上的黄鹄或苍鹰。

人们甚至相信巫重能用他的歌声召唤来春天。人们相信当巫重对着冬日的坚冰歌唱时，坚冰就会融解，人们相信当巫重对着光秃秃的树枝歌唱时，枝头就会迸出嫩芽。

后来人们就开始叫巫重为"句芒"，就是"弯弯曲曲的春光"的意思，那样的春光就像春天的嫩枝一样，娇柔、曲折、微微的绿、毛茸茸的……

黑鱼神之死

这事其实早有预兆。

族长葫芦发明出渔网那一年的冬天,黑鱼神就没有接受泥人们的献祭。巫们忧心忡忡,一致认为是黑鱼氏族使用渔网捕鱼得罪了黑鱼之神,要求黑鱼氏族把渔网毁掉。

族长葫芦虽然不情愿,但十几个氏族的巫都来到黑鱼氏族的山洞里,向黑鱼氏族施加压力,族长葫芦不得不当着他们的面,把渔网解开成了一条条的长绳。

虽然渔网被毁,但那一年冬天黑鱼氏族的族人们还是过得比往年的冬天都要轻松,因为那一年捕黑鱼日的渔获比往年多了好几倍,仅凭这些渔获就足够族人们吃饱。到了开春的时候,其他氏族的人发现,黑鱼氏族的女人好多都怀上了身孕。

人不能抵抗食物的诱惑。生活在雷泽岸边的泥人氏族,瞒着各自的巫,又悄悄地编织起渔网来。对于泥人来说,鱼是比兽类更稳定也更容易得到的肉食,有了渔网,他们的生活将大大改善。

到夏天的时候,几乎所有雷泽岸边的氏族都在用网捕鱼,而且人们编织渔网的技巧也进步了,渔网变得更大、更结实也更细密,能捕到更多的鱼。

在黑鱼滩,每天都有泥人在用网捕鱼,这里不仅是最好的捕黑鱼的地点,也是雷泽东岸最好的捕鱼点之一,甚至有氏族为了争夺捕鱼点而打了起来,死了好几个人,不过到最后，大家还是划分好了各自的捕鱼区，当然最好的捕鱼区还是属于黑鱼氏族，不仅因为他们人数最多势力最大，也因为渔网就是黑鱼氏族的族长葫芦发明出来并教会大家使用的。

巫们无法阻拦这股潮流，只能接受现实。

最初，黑鱼之神一直躲在祂又黑又深的洞府里，任由人们用网在雷泽上捕鱼，祂唯一的反抗，就是不再接受人类的献祭。原本巫们只有在秋天黑鱼群即将到来时，还有冬天大雪下下来时，才带着干肉到黑鱼滩边去祭祀祂，但因为人们开始用网捕鱼，各氏族的巫为了求取祂的原谅，大大地增加了祭祀的次数，然而没有哪个巫的祭祀能得到黑鱼之神的回应。

恐慌的情绪在巫之间蔓延，他们担心将会有大事发生。一些巫重新开始阻拦人们使用渔网，但收效甚微。

入了秋之后，黑鱼之神的怒火终于爆发了。祂是一条巨大的黑鱼，没有人知道祂究竟在黑鱼滩上生活了多少年，祂的身量跟一个泥人的身量差不多大小，当祂在水里以全速游动的时候，没有人能阻拦祂，也没有人能追上祂，祂的身影就像一道黑色流光一般迅疾，祂经过的地方，渔网全被拖走并毁掉。

黑鱼之神的怒火吓坏了泥人们，没有人还敢去黑鱼滩捕鱼，除了黑鱼氏族的族长葫芦。

葫芦继承了长矛的果决和固执。巫句芒警告他：黑鱼之神的怒火已经无法抑制，如果葫芦仍一意孤行，很有可能会带来更可怕的后果——黑鱼群将永远离开雷泽的东岸，它们将不再经过黑鱼半岛往雷泽南岸去。雷泽东岸的泥人氏族无法接受这个可怕的现实，失去黑鱼，人们将熬不过冬天。

但固执的蛇人葫芦毫不理会，一大早，他就独自拖着渔网握着鱼叉向黑鱼滩边去了。

他一个人去，没有人跟随他。他早已下了决心，如果有人阻拦他，他就杀死这个人，如果有神阻拦他，他就杀死这个神。

渔网所带来的好处，根本不是一年才来一次的黑鱼群所带来的那点鱼肉可以比拟。

他的鱼叉已磨得锋利，他特意就在黑鱼之神的洞府边下了网，等着黑鱼之神来破坏。

这是人类第一次弑神。

黑鱼氏族的族长不仅杀死了黑鱼之神，还把祂拖上了岸，用石刀把祂的肉切成了块，带回山洞里，让大伙儿吃。

不仅如此，他还把黑鱼之神的牙串成项链，戴在脖子上。

这事实在太可怕，所有人战栗不已，人们等待更可怕的惩罚降临。然而没有，一天天过去了，没有什么更可怕的事发生，到秋末捕黑鱼日那一天，黑鱼群也依旧来到了，什么变化也没有出现，唯一的变化仅仅只是——学会了用网捕鱼的泥人们，几乎把所有黑鱼都捕进了他们的网里，那一年的冬天富足丰饶得泥人们都不敢相信，觉得自己是生活在梦里。

黑鱼没有来

然而美梦是极短暂的，噩梦却极漫长。

转过年去，春天迟迟不来。春冰不融，春雷一直没有响起，桃花也不开，一些植物顶着寒意迸出几星绿芽，仿佛是在向老天抗议：为什么春天还不来？但老天根本就不搭理它们，于是这些不服气的植物们也就偃旗息鼓了。

雷泽东岸的巫们决定到石台山去祭祀雷神。

石台山是雷泽东岸最高的一座山，通体呈赤红色，四壁皆是悬崖，唯有一条石径勉强通上山顶，山顶是一片阔大的石台，站在石台上，可以远眺雷泽万里烟波。

每个氏族都准备了自己的牺牲，有雉鸡，有猪头，有鹿脯，有珍藏的建木果肉，石刀氏族更是献出了一块磨制精美的玉璧。

然而最重要的牺牲是一个人类的幼童，这一次轮到黑鱼氏族贡献幼童，巫句芒带着一个才两岁的孩子到石台山去，孩子以为巫句芒是带他出去玩，并不知道自己将一去不返，孩子的母亲在孩子走后整日在山洞的深处哭泣。

族长葫芦在山洞前等待巫句芒回来。

他与巫句芒的矛盾越来越大，特别是在使用渔网这件事上。巫句芒始终坚持，人类不应使用这些过于精巧的工具，要敬神，要敬畏山林和湖泊的伟力。而葫芦与他相反，在葫芦看来，自从女娲娘娘创造出人类以来，已过去了无数万年，人类仍然还是居住在山洞里，还是过着吃不饱也穿不暖的日子，孩子们还是没长大就纷纷夭折，女人们还是早早就死去而男人们也很难活到三十岁，神们只是把人类当成了万物之一，与鹿、虎、狼、熊这些野兽并无区别，但人不是兽，人会说话，人能打制石器，人也能祭祀神灵，人甚至知道如何使用火，人应该是万物之灵长，人应该统领这天、这地、这湖、这山、这林，人应该成为神！

在句芒和其他巫看来，葫芦就是一个疯子，但巫们又敬畏葫芦，因为他是雷神之子，虽然他的雷神血脉被压制了，从外表看他只是一个蛇人，但无论如何，他是雷神之子，他的身体里藏着雷神的伟力。

傍晚，巫句芒独自从东方飞了回来，那是石台山的方向，葫芦把他迎进了山洞里，询问祭祀的情况，巫句芒说山神接受了人类的牺牲，春天很快就会到来。

果然，两天之后，春风从南边吹了过来，冰融化了，又过了几天，雷神也回来了，雷声贴着南山的山脚滚了过来，雷声滚过的地方，大地就变得绿油油的。

但神的恼怒似乎并没有完全消解。这一年的夏天十分燠热，暴雨下个不停，水冲进了山洞里，人们只能离开山洞，爬到黑鱼山的山顶上去生活，这在以前是从未有过的事。而秋天又特别干冷，许多果实还没成熟就掉落了。巫句芒整天眉头都是皱的，他在占卜石前连续待了好几天，回来时宣布道："必须停止使用渔网，否则黑鱼群将不会到来！"

族长葫芦没有理会巫句芒的警告，反倒带着族人天天到雷泽里用渔网打鱼，他甚至还发明出了乘着竹筏到雷泽深处打鱼的办法，并因此而打到了更多更大的鱼。

今年的捕黑鱼日，正如巫句芒所预言的，黑鱼群没有来。

族长葫芦带着族里面水性最好的几个人，带着渔网和其他渔具，沿雷泽东岸划竹筏北上去寻找黑鱼群。湖面上吹的是干冷的北风，给葫芦和他的族人带来很大的麻烦，虽然他们一整天都在划桨，但前进的速度却很慢，划到雷泽东岸的江水出口处花了他们十几天的时间，这时候已经入冬了。

这里是一片阔大的湖面，雷泽的湖水在这里流入江水中，而黑鱼群从遥远的大海出发，沿江水逆流西上，并从这里进入雷泽。按照往年的路线，它们进入雷泽后将沿雷泽东岸南下往雷泽的南岸去，那里气候炎热，湖面上有许多浮游生物，很适合它们产卵育儿。

湖水碧蓝而江水青绿，在这里形成了明显的南北向的分界。在湖水和江水的分界线附近，葫芦遇上了几个在竹筏上用鱼叉捕鱼的泥人，这些泥人告诉葫芦，黑鱼群今年改变了迁徙的路线，进入雷泽之后，没有沿东岸南下，而是转换方向，沿东岸北上，绕了远路往雷泽南岸去了。而且今年黑鱼群迁徙的时间明显变早，刚入秋它们就进入雷泽，或许是它们预料到迁徙路线比以前要长，所以把出发的时间提前了。也就是说，在葫芦他们来到这里之前大约二十天，黑鱼群就已经进入了雷泽。

显然，无论如何也不可能追上黑鱼群了，葫芦和他的族人只能怏怏地回黑鱼半岛去，带着两只空空的竹筏。

虽然这一年来，黑鱼氏族用渔网捕到了许多鱼，但这些多出来的渔获还不足以保证黑鱼氏族安全越冬。还在往回去的路上，族长葫芦就为今年越冬的食物伤透了脑筋，他在竹筏上反复盘算，得出的结论都是食物不足，必定有人要饿死，如果冬天特别寒冷，再遇上牛头人进攻，黑鱼氏族甚至有可能要灭亡。

回到山洞里，族长葫芦发现有不少族人的神态发生了变化，明显变得冷漠了，而那些仍然对他忠心耿耿的族人，也显得六神无主。每个人都知道，因为黑鱼改变了迁徙路线，今年冬天必须要忍饥挨饿了，而且很有可能以后所有的冬天都是如此。

如果明年黑鱼群仍然不来，巫句芒甚至有可能提出举行人祭，而牺牲只有一个，就是族长葫芦。

类似的事情以前并非没有发生过，献出自己的生命以祈求神的垂怜，一直都是族长们的职责之一。

梦

葫芦潜入水中，向那个秘密的洞窟游去。

其实，恢复雷神之血的药与压制雷神之血的药是同一种药，第一次吃下去时，药会压制雷神的血，第二次吃下去时，药就会把被压制的雷神之血释放出来。

葫芦早就从羽人电那里换来了药。

无论是压制还是释放，都需要七天七夜。

葫芦游进洞窟里，用一块大石头把洞口封住。他爬上干燥的高处，在黑暗里静静蜷着，直到确定身上的水已经干透，他才把药吃下去。

早已被遗忘的痛苦再次醒来。最初，只是觉得皮肤上火辣辣的，不久之后，就仿佛掉进了火窟里，大火先从外部灼烧他，然后又从他的内脏里燃起。这样的痛苦持续了七天七夜，他觉得自己死去了无数次，又活过来无数次。

最后，他终于还是熬过去了。他从烈火的灼烧里醒来，精疲力竭，浑身疼痛得就像散了架，他慢慢回想起自己究竟在哪里，又究竟在做什么，他不知道自己是不是已经成功，雷神之血是不是已经在自己的身体里苏醒，他满怀好奇，雷神之血苏醒之后，会给自己带来怎么样的变化？如今他觉得的唯一不同，就是这小洞窟似乎变得更小了，他只能拼命地卷曲着，然而就算这样这洞窟似乎也已经被他塞得满满当当。

他摸索着（他觉得自己的手已经变了，不再是原来的手），推开封住洞口的石头，想从洞口把头探出去，然而他发现自己出不去了，洞口太小，而他的头太大。

直到这时他才意识到自己犯了大错，难道要被永远地困在这小洞窟里吗？他用力挣扎，但刚醒来的他并没有什么力气,很快他就挣不动了,只能在黑暗里喘着粗气,听外面汩汩的水声。

没有吃的,自己会活活饿死吧?更可怕的是自己会不会喘不上气来,这样会死得更快,他想着。

他把爪子(他现在知道这是"爪"而不是"手")伸出洞去,感受着湖水的波动。痛苦渐渐消散,一些以前从未有过的感觉慢慢侵入他的感官,最先是湖水,湖水不再仅仅只是水,而是力量的来源,然后是周围的岩石,这些岩石也同样在源源不断地向他的身体里输入力量,然后,似乎有一双新的眼睛猛地睁开了,他可以穿过黑暗中的岩石和湖水,看到天空——原来已经是清晨了呀!朝霞铺满了天空,绚烂的紫、火热的红、深沉的蓝、静谧的白……他第一次知道清晨的天空是美的!

他不再焦急。他把所有感官都闭上,甚至把呼吸也闭上(他这才意识到原来他并不需要呼吸),只是静静地感受着从湖水和岩石里缓缓传过来的力量,像一个空空的池沼在接受山泉水的流入。最后,他觉得自己已经完全恢复了,于是他伸出一只爪,轻轻把洞口的岩石抓开(好锋锐的爪呀),他探出头去,两只前爪在岩壁上一撑,整个身子都从洞窟里出来了,他摆动身体,在湖水里游,越游越快,最后他猛地冲出湖面,晨光照亮他的身躯,湖水倒映出他的影子,他看到在缓缓起伏的波涛里,有一个他从未见过的怪物或是神灵。这个怪物或神灵有着修长的满是鳞片的身体,有着四个粗壮的脚爪,有着长着马鬃一样的长毛的长尾，唯一能让他认出这怪物或神灵其实就是他自己的，是那张脸，他的脸并没有变化，除了那一双眼睛——那双竖着长的灼灼如电的眼睛。

他一惊，从梦中醒来，久久无法回到现实，梦中的一切比现实中的一切更真实，有很长一段时间，他甚至觉得那个梦才是现实，而现实中的他其实是在梦中。

去寻找雷神

幸运的是，这一年的冬天很暖和，即便如此，黑鱼氏族仍过得非常艰难，在上一个春天里怀上的孩子很多都在这个冬天里死去了，还未能活满一岁。不少老人也死去了，黑鱼氏族的人口减少了十几个。

每天，族长葫芦都盼望着春天早点到来。族里每死去一个人，他就会认为这是自己的罪，认为自己对不起死去的族长长矛——正是她力排众议，收养了被抛弃的蛇人葫芦，才使他能活到今天，并成为黑鱼氏族的新族长。

虽然说是一个暖冬，但对于身体无毛的泥人来说，仍是严酷的。所有泥人都只能躲到山洞最深处挤在一起取暖。在这样的冬天里，只有族长葫芦和巫句芒还能自由行动，葫芦是雷神之子，体格强壮，而巫句芒浑身毛羽，天生就比泥人更耐寒。只要不下雪，族长葫芦和巫句芒就会出去捕鱼，为了养活族人，巫句芒也不得不用渔网捕鱼，他们配合默契——巫句芒飞到天上去查探鱼群踪迹，葫芦划着竹筏追赶鱼群，追上之后就撒网。

葫芦掌握了撒网的技巧,这样即便只有他一个人也能用渔网捕鱼了。

在山洞里,葫芦总是睡在最靠近洞口的地方,他是族里最强壮的人,也是族里感官最灵敏的人,所以他自动担负起了警戒之责。

当春天到来时,也是葫芦第一个感觉到。冻土里的水缓缓融化,大地微微颤动,就像最新鲜的、刚刚割下来并被甩在地上的野鹿的肉。葫芦从梦中醒来,喜悦溢满了他的心,他冲出山洞,看到东方地平线上,熹微的晨光之下,无尽的森林在风中轻柔摇摆。大地终于醒来,如同沉睡已久的巨兽。

春雷响起的时候,族长葫芦和巫句芒有一次重要的对谈。

他们是从小一起长大的兄弟,是黑鱼氏族的当家人,但同时也是矛盾重重的对手。在巫句芒看来,族长葫芦比族长长矛更激进,他不仅不敬神,甚至连弑神这样胆大妄为的事都干出来了,但他们同时也是极有默契的搭档,当他们在一起时,总是心有灵犀。

在黑鱼滩边,在大巫熊和族长长矛的坟前,他们既像是偶然又像是说好了一样相遇了。已是黄昏时分,天光黯淡了,春天虽然已经回来但仍寒意十足,泥人们都回山洞里去了,周围没有旁的人。

蛇人葫芦说:"下一个冬天不会那么幸运了!"

巫句芒知道他的族长想说什么，但巫句芒没有点明，只是随口回道："暖冬之后的下一个冬天都很冷。"

"我知道你心里很清楚，黑鱼不会再来了，就算把我拿去石台山上当祭品献给雷神黑鱼也不可能回来。唯一的办法，是寻回我的雷神之血，让我成为真正的雷神之子！只有这样，黑鱼氏族才能生存下去。"

巫句芒冷笑："你不会只满足于当雷神之子，我比你更清楚你究竟想要些什么，你来和我谈话，也不是想听我对此事的意见，你只是想知道究竟要如何做才能寻回雷神的血。"

"要如何做？"

"说起来很简单，只要雷神愿意，你就能成为真正的雷神之子，当然祂也可能用闪电把你劈死，人不能猜测神的心意。"

"就没有别的办法了吗？"

巫句芒用他拥有四个瞳仁的双眼盯着葫芦。

"你其实早已经清楚自己究竟想做什么，也清楚应该怎么做了，又何必再来问我。"

"你可以为我到占卜石前去占个卜吗？"

"昨天我已经占卜过了。"

"吉还是凶？"

"占卜石裂成了两半，你说吉还是凶？"

"到底是吉还是凶？"

"大凶！"

族长葫芦点了点头，转身离开了黑鱼滩，把巫句芒独自留在了那里。

巫句芒拾起一块石头，轻轻放在大巫熊的坟头上，他望着葫芦渐渐远去的背影，叹了口气，说："凶与吉总是相伴而行，大巫，这不是你常说的么？"

山　神

除了巫句芒，族长葫芦没有跟任何人说起这件事。天还没亮，他就离开山洞，离开黑鱼半岛，向雷泽东岸的森林深处行去。

巫句芒告诉他，在春天，大多数时候，雷神都在雷泽的东岸活动。白天，祂敲响自己的肚腹，用雷声唤醒沉睡中的大地以及冬眠中的动物和植物，夜里，祂回到石台山上休息。石台山的山神是祂的仆役，还有一个名叫天吴的神兽，则是祂的随从。

葫芦的手上握着长矛，腰带上插着那两把锋利的石刃，颈上挂着用黑鱼之神的牙串成的项链。他没带干粮，当他肚子饿的时候，他就捕猎小动物充饥。他在春天的树林里穿行。石台山并不远，以葫芦的速度，两天就能到。

雷神很少在春天使用闪电，在春天，祂也很少点燃火。春天是万物生长的季节。只有到了夏天的末尾，还有秋天刚开始的时候，雷神才会用闪电点燃大火，秋天才是祂杀戮的时候。在人们的心目中，雷神既仁慈，又残忍，正如巫重所说的，人不能猜测神的心意。

两天之后，葫芦来到石台山下。这座高峻的石山，通体赤红，四面皆是崖壁，只有一条狭窄石缝可供人攀上山顶。

按巫重的指示，在天黑之前，葫芦将一只雉鸡连毛埋在一棵古老的椿树下。这是给山神的礼物。

然后葫芦就爬上这棵巨大的椿树，将身体卷在一根粗枝上休息。这是一棵极高极大也极老的椿树，葫芦相信它一定活了有一千年以上，站在这棵树上，可以看到落日，看到落日之下，森林像被大火点燃了一样。

石台山山神在清晨到来，祂是一个美丽的少女，骑在文豹上，以薜荔为衣，头上戴着用石兰和杜衡编成的花环。

葫芦先是嗅到了石兰和杜衡的浓烈香气，然后，隔着厚厚的晨雾，传来山神的歌声，祂的歌声柔软得就像春风一样。突然，文豹从树丛里跃出，停在椿树下。山神从文豹背上轻轻跃下，斜坐在一块山石上。文豹用爪子挖开泥土，把葫芦献给山神的雉鸡叼在嘴里，又跑回山神身边。

葫芦从树上爬下来，把长矛放在树下，两手空空走到山神面前，将头伏在地上，向山神行礼。

"黑鱼氏的族长葫芦，向石台山山神致意！愿您满意我小小的礼物！黑鱼氏的族长葫芦请求您带他去拜见伟大的雷神，他要向雷神献上牺牲并祈祷雷神护佑黑鱼氏族。"

"你就是那个杀死了老黑鱼又吃了它的肉的年轻族长吧！一个泥人氏族的族长，杀死了自己氏族的神灵还把祂的肉吃了,可真是一件骇人的事!"

山神掩着嘴笑起来,笑声清脆就像泉水落在山石上。

"泥人只是想吃得饱一点罢了,我想这并没有什么错。"

葫芦的神态虽然非常恭敬,但语气却很倔强。

文豹已经把雉鸡吃到肚里去了,嘴角上还沾着血和几根鸡毛,它朝葫芦嗅了嗅,忽然轻轻一跃,跃到葫芦面前,低吼了一声。

"太好玩了,花子说你身上有雷神的味道,你是雷神之子?"

"是的。"

"你是来乞求你的父亲释放你的雷神之血吗?"

"是的。"

"你知道释放雷神之血的代价是什么吗?"

"请山神大人指教。"

"你将成为雷神的奴仆,你的血和肉都属于祂,不仅如此,你的氏族也属于祂,你的所有一切都是祂的,你不能违背祂的命令,直到你死。"

"或者是祂死。"

山神捂着肚子笑起来。"你很狂妄!或者你听说过一些什么?"

"我的巫曾经告诉过我一些往事。"

"那个长着一个鸟头的巫吗?很好!你是一个很特别的儿子,雷神或许会有兴趣见你。不过祂已经离开石台山了,祂今天要去唤醒北边几座山的山神,傍晚祂会回来,在太阳落山之前,你到石台山的山顶上去,你会在那里遇见祂。"

山神说完就骑上文豹离开,把葫芦独自留在树下。

天 吴

葫芦回到椿树下,抓起斜倚在椿树树干上的长矛,把腰间的两把石刃插紧,向山神远去的方向行去。

山坡越来越陡峭。太阳升到树顶上时,他来到了石台山的峭壁下。一道两人宽一个长矛深的石缝,从山脚延伸而上,石缝内有巫们为了登上山顶而凿出的台阶,台阶很浅,仅容脚指头罢了,想爬上去还需要双手的助力,对于蛇身无足的葫芦来说,这些台阶的作用更小。

葫芦把长矛斜插在背后,两手抓住山岩,慢慢向石台山上爬去。

向上望,偶尔可以看到山神,她骑在文豹上。文豹在崖壁上跳跃,仿佛没有重量。

直到太阳西斜,葫芦才爬到巫们祭祀山神的地方,这里距离山顶已经不远,是一块足以容纳几十个泥人的平台,巫们在这里用石头堆起石台以祭祀山神。当葫芦爬上来时,山神正坐在石台上,一下一下晃着祂的白净双足。文豹蹲在祂的身边,像一条狗。

山神上下打量着葫芦,祂注意到葫芦腰间那两把石刃。

"你是华胥氏的儿子?"

"是。"

"雷神在雷泽西岸留下的血脉,没想到却变成了雷泽东岸泥人氏族的族长!你的名是什么?"

"葫芦。是葫芦把我从雷泽西岸带到雷泽东岸来的。"

"你们的族长,她竟然敢向雷神投出她的长矛,真是狂妄无知。你看来跟她差不多!"

"是她把我养大的。"

"你腰间那两把石刃,我看着眼熟。"

"是用那把长矛的矛头磨制的。"

"看来你想法不少啊!"

葫芦没有否定,也没有肯定。

山神突然跳了起来,抬起头遥望北边的天空。"雷神就要回来啦!"

在葫芦的想象中,雷神归来时的情景,声势必定极惊人,至少也得狂风大作乌云涌动,甚至是电闪雷鸣大雨倾盆,然而眼前的情景,却没有什么特异的地方。他抬眼望向北方的天空,只是一个寻常的春天的傍晚,所有的光都被淡淡的水雾蒙住,一切都变得模糊。

一个黑点在这雾一样的光里跳跃,越来越近,当它落在山神的石台上时,葫芦才看清,来者是一个奇怪的兽,葫芦猜想它应该就是雷神的随从天吴,那个有着八个头八只脚和八条尾巴的神兽,它一落在石台上,八个头就同时说起话来。

"什么人?"

"花子滚开!"

"山神今天很美!"

"一个泥人一样的蛇人!"

"他有雷神大人的血!"

……

葫芦从没遇见过这样奇怪的兽,一时间被弄得头晕脑涨。这八个头有些在自说自话,有些又在互相对答,有些头说话大声,有些头却轻言细语,还有些头则在莫名狂笑。突然,所有头都停止说话。天吴一跃来到葫芦面前,八个头一起凑过来,皱起鼻子朝葫芦的身上嗅。八个头相貌各不相同,而且还有男有女,葫芦也弄不明白这到底是八个天吴的合体呢还是一个天吴有八个头颅。

"果然是雷神之子!"

八个头齐声喊。

天吴向后一跃,远远跳开,又落回山神的石台上。

"华胥氏的儿子!"

"这十几年只有华胥氏生了儿子。"

"你说得不对,这十几年只有这么一个儿子!"

"有些儿子可能生出来咱们不知道!"

"乱讲,生出来我们不可能不知道!"

"雷神老了!"

"小声,雷神会听到!"

……

这八个头再次争吵起来,声音嘈杂,像是同时有几十个人在大喊大叫。

雷神回来了

突然八个头停止了争吵,一起朝北方天空望去,然后天吴就掉转身,不再搭理葫芦,一跳一跳地往石台山的山顶跑去。

山神也带着文豹,往石台山山顶跃去。

葫芦望向北方天空,他虽然目力极好,这时也还不能看到有什么异样,过了好一会儿,才看见在暮色里,有一条长长的黑线,像蛇一样在天空上爬,渐渐近了之后,才能看出这并不是一条蛇,而是一条有着人的头颅的巨龙。

这是葫芦第一次见到雷神,祂的形象与葫芦的想象既相同,又大不相同。葫芦自然知道祂是人首龙身,因为巫句芒和大巫熊就是这样向族人们描述祂的,但雷神的苍老和疲惫却是葫芦从来没有想到过的。祂是雷泽上所有生灵与神灵的主宰,祂的力量无穷无尽,祂的生命也无穷无尽,但此时的祂却双目无神,疲惫不堪,长长的白须和白发在晚风里飞舞,高高的额头上堆满了皱纹。

雷神并没有看葫芦,祂一落在石台山的山顶上,就盘卷成一团,像死一样地睡去。

即便如此,雷神身上那古老而又蛮荒的气息仍然让葫芦感到恐惧和崇敬,葫芦在面对任何一个神灵时都没有这样的感觉，只有在雷神面前他才会有强烈的想要俯伏的冲动。

葫芦双手握着长矛，慢慢爬上石台山山顶。

太阳已经落入大地之中，余晖渐渐黯淡。

石台山的山顶上，也有一座巫们为了祭祀雷神而堆起的石台，这石台比山神的石台大了百倍不止，雷神就睡在这巨大的石台上。巫们将整头的象、鹿、山猪献祭给雷神，有时候甚至把活人也献祭给祂，雷神吞吃了这些祭品之后，把骨头随意吐在石台周围，千万年来这些白骨堆积得越来越高，以至于快把石台山的山顶都堆满了。

雷神就在这白骨堆上睡觉，虽然祂身躯巨大，但睡起来却很安静，很久很久祂才吸上一口气（吸气时祂的鼻孔就会张得极大），又过上很久很久，祂才会呼出一口气，就好像祂的吸气与呼气其实并没有关系一样。祂的身体是黑色的，表面覆着一层鳞片，这些鳞片在暮色里闪着黑色的光。祂长长的白发和白须把祂自己的头顶和整个石台山的山顶都铺满了，这些白发白须覆盖在森森白骨之上，情形极是诡异。

看到雷神睡去，文豹也趴下来，而山神则斜倚在文豹身上，一神一兽很快就睡着了。天吴并没有睡，它在雷神身边逡巡，显然在给雷神放哨，有时它会在葫芦身边停下，嗅上一嗅，然后又离开，八个头念念有词，也不知道究竟在说些什么。

太阳的余晖完全隐去，月亮升起，照着大地、森林、湖泊、高山，照着高山上的神灵、神兽和孤单的蛇人。

葫芦的计划

  有一个传说，说雷神并不是不死的。这个传说在巫们的口中代代相传，作为一个秘密，只有巫才知道。

  大巫熊把这个秘密告诉了族长长矛，而羽人电又把另一个在羽人间流传已久的秘密告诉了她，即雷神快要死了，最重要的证据就是，这几百年来，雷神之子越来越少，往往十几年都没有一个雷神之子诞生，但是一千年前可不是这样，那时候仅仅在羽人氏族里，就每年都会有雷神之子诞生，有时甚至还不止一个。

  这意味着雷神的生命力在下降，祂老了，如果有一个雷神之子能够把这个老雷神杀掉，那么这个雷神之子就有可能成为新的雷神。

  而这就是葫芦来到石台山的原因，他想要成为雷神之子，想要杀掉雷神，并让自己成为新的雷神。

洞　窟

  葫芦并不想隐瞒自己的目的，他也知道就算自己想隐瞒也不可能瞒得住，事实也是如此，山神一见到他，就知道他是带着杀死雷神的目的来的。

  山神和天吴不会阻止葫芦，因为这是雷神和雷神之子之间的事，亿万年来发生了无数次。山神和天吴只追随雷神，至于究竟谁是雷神他们并不在乎，也无法在乎。

天吴也同样一见到葫芦就明白了葫芦想干什么。祂们都是神。正如巫重所说,人不能猜测神的心意。所以葫芦索性不猜测,也不隐瞒,他带着长矛和两把利刃前来,虽然他知道在雷神面前他的武器极其可笑,但这些武器就如同他的旗帜,既然他选择了战斗,他就必须擎起。

　　如今雷神就在葫芦面前沉睡,仿佛根本不知道葫芦的存在,但葫芦知道祂一定知道自己来了,说不定祂一直就知道葫芦就在黑鱼氏的山洞里,知道葫芦的雷神之血被压制了,也知道葫芦成为了黑鱼氏的族长,并且总有一天会带着武器来到祂的面前。

　　葫芦是满怀着勇气来到这里的,直到他带着长矛和利刃爬上山顶,直到他来到雷神的石台之前,他都满怀着勇气,一往无前,愿意以生命为代价作最后一搏。然而当他站在雷神面前,当他嗅到雷神那古老而蛮荒的气息,当他听到雷神那悠远的呼吸,他的勇气突然消失,只想俯伏于地,他知道他的父亲是不可战胜的,虽然祂已经老了,虽然祂已经走到了垂死的暮年,但祂仍然拥有整个雷泽的力量,拥有雷泽所有水、所有风、所有雨的力量,拥有雷泽沿岸所有山、所有树、所有草的力量,也拥有生活在雷泽里和雷泽岸边的所有生灵与神灵的力量,甚至,连葫芦的力量也为祂所拥有。

　　天亮了,雷神缓缓睁开祂那一双可怕的纵目。葫芦知道这双纵目可以放出闪电。如今这双纵目就盯着葫芦看。雷神的表情有些茫然,好一会祂的目光才聚焦,祂明白过来了，眼前的这个人是祂的儿子。

葫芦鼓起所有力量，才没有扔下长矛匍匐行礼。雷神并不在乎他手里的长矛，倒是对他腰间那两把象牙柄的石刃多看了一眼。随后，雷神缓缓站了起来。祂趴下时额头就已经比葫芦的头还高，祂一站起来，葫芦就变得更矮小了，葫芦觉得自己在雷神面前就像一只兔子。

雷神摇了摇头，白发白须飘舞，雷神甩了甩尾，带起一阵狂风，祂俯身低头，仔细看着葫芦，似乎在判断这个食物可不可口，突然祂抬起右爪，把葫芦连人带长矛一起抓住，还没等葫芦明白过来，祂就扭身摆尾，带着葫芦飞上了天空。

蛇人葫芦被雷神的巨爪抓得牢牢的，毫无反抗的可能。他的长矛从高天上掉了下来，落入莽苍的森林里，就如一根小树枝落入碧绿的大海里。他只觉得天地在不断地旋转，头晕脑涨，完全判断不出雷神究竟在飞向何方。也不知飞了多久，蛇人葫芦看到了粼粼的波光，原来是飞到了雷泽上空。雷神在雷泽上盘旋了两圈，一头扎入水中。祂也不管葫芦在水里是不是能够呼吸，只管向雷泽的深处游去，不久，光就黯淡了，葫芦只隐隐约约判断出雷神游到了雷泽东部的一处沟谷里，这沟谷距离黑鱼半岛并不远，葫芦捕鱼时也经常来到这里，人们相传，这深谷里有雷神的洞府，都不敢靠近，并把这深谷称为雷神谷。

虽然葫芦擅长潜水，但毕竟不是鱼类，憋气如此之久，对他来说已经是极限。出于求生的本能，他使劲挣扎，想要从雷神的爪子里挣脱，但根本就挣不脱，雷神的力量实在太大。

在葫芦晕过去之前，他仿佛看见，雷神把他扔进了雷神谷底的一个洞窟里。

他醒来，深深吸了口气。

洞窟里并没有水。

这里极其黑暗，完全没有光线。葫芦缓过气来，伸出手上下摸索。洞窟并不大。他沿着窟壁向前爬行。无法靠气流推断出洞口在哪个方向，窟底也是平的，看不出往哪个方向爬行才能往上，葫芦皱紧鼻子使劲嗅，也嗅不出任何气味，这个洞窟似乎已经沉寂了千万年，这千万年来，葫芦是唯一出现在这里的活物。

但葫芦知道，雷神把他抛弃在这里，必定是有目的的。

他小心翼翼前行。最初这个洞窟很狭窄，不过仅容葫芦的身躯，越往前行，洞窟就越宽阔，到后来，葫芦再前后左右地摸索，都摸不到四壁了。

也不知爬了多久，突然，葫芦觉得有些异样，他像是爬进了一个广阔空间里，气息变得舒畅了，不像早先吸气时那样闷，而且身边似乎还有微小的气流，甚至已经可以称得上是"风"，但葫芦并没有因此而变得轻松一些，因为他感觉到在这个广阔空间里有别的生物存在，而且数量众多。

他慢慢向后退，试图退到洞壁边，在那里至少不会被袭击者从背后偷袭，但没等他退到洞壁，来自黑暗深处的攻击就开始了，他转身加快爬行速度，却迎面撞上一个袭击者，那个袭击者一口咬下他一块肉来，随即消失不见。葫芦不敢停下处理伤口，继续往洞壁的方向急速冲去。他的心几乎跳到嗓子眼，他听到从四面八方传来由慢到快的脚步声——是一种他从未遇见过的四足动物，而且数量无法估算。

在下一个瞬间，无数怪物扑到了他的身上，他被压倒在地。这些怪物都有着带鳞片的身子和强壮的四足，它们的牙齿极其锋利，每个怪物扑上来咬下葫芦的一块肉就立即消失。

利齿撕扯着葫芦的身躯，疼痛像一波又一波的潮水一样淹没了他，他的头脑里除了无边疼痛什么也容不下，他希望自己能立即死去但偏偏又一直无法死去，不仅无法死去，他的头脑还异常清醒，每一下撕咬，每一块被撕去的血肉的大小和部位，他全都清清楚楚，他知道自己在迅速变成一具骷髅，连头颅上的肉也被撕扯殆尽，后来的怪兽只能用带着倒钩的舌头舔他的骨头才能舔食到一些肉。他像是被扔进了刀狱里，随时随地都有锋利的石刀在慢慢割着他的身躯。

最后，终于，所有怪物都离开了，没入无边的黑暗中，仿佛它们之前并不曾来过、撕咬过、舔食过……

葫芦沉没在无边的疼痛里，偏偏又异常清醒，他知道自己已经成了一具白骨，他知道自己身上已经没有一丝的肉和一滴的血,他知道连自己的双眼也已经被最后的一头怪物挖走吞食,他想挣扎,但他便是想动一动手指头也不可能,他想尽快死去,但死亡的欣快被山一样沉重的疼痛压住无法长出。

他静静躺在黑暗里,没有鳞,没有内脏,没有毛发,没有眼睛,没有一切,只有一具干干净净的白骨和无边的痛苦在陪伴他,他不知道自己要在这无边痛苦里活多久,他既不绝望也不悲伤,甚至也没有仇恨,他希望自己能忘记一切,希望自己能彻底消失——如果不能死亡,就只能努力让自己消失。

但消失也不可能,疼痛像绳索一样死死绑住了他,像大山一样死死压住了他,除了痛苦还是痛苦。

时间没有意义,短或长对他来说都一样,一瞬间如一万年一样漫长,一万年也如一瞬间一样毫无变化。

直到有一刻,他隐隐觉得痛苦松动了一丁点,但这一丁点的松动像白骨上的光一样,微弱而不可捉摸,但即便是微弱而不可捉摸的光也给他带来了希望,而这微茫的希望又让他的痛苦显得越发的不可忍受,他想哭嚎,想求告,但他没有舌头,没有嗓子,除了一具白骨和无边的疼痛,他什么也没有。

直到有一刻,他终于知道这希望是确实的,白骨上的光虽然微弱但却是确实的,像一颗极小的星,照在无边痛苦之上,照在大海一样沉重而又久远的无边痛苦之上,他不知道这颗极小的星是从哪里来的,不是来自他自己的生命里，那里已经如死灰一样，也不是来自雷神的怜悯，祂既不怜悯，更不会爱，祂是最伟大的神灵，公正而又无情。

第四章

重 生

  葫芦一动不动地躺在雷泽之下的深窟里，这时如果有人能看到他，一定以为他是一具已经死去千年的白骨，但葫芦知道自己仍然活着，虽然他不知道自己为什么仍然活着，但无边的痛苦是真实的，而只有活着的人才会痛苦。

  他不知道时间究竟过去了多久，终于，那磷火一样的光升了起来，虽然这光让痛苦变得更痛苦，但同时也给葫芦带来了希望。

  慢慢的，葫芦能感觉到，有某种微小的力，在一点点渗入他的骨头里，这力量微小如尘埃，相对于那高山一样沉重的痛苦，这尘埃一样的力几乎可以说是无，但这尘埃却不会消失，一个又一个的小尘埃，堆积在一起，在尘埃堆积的地方，痛苦就减弱、消散。

  最初，葫芦并不知道这小小的力量来自哪里，它生出、飘舞、汇聚，慢慢的，葫芦知道了，这力量来自周围的一切，来自石头，来自石头之上的水，来自水之上的天空，来自天空之上的云彩，更来自云彩之下的无边森林和森林之下的苍茫大地……

他看不到，但他能清楚感觉到，血和肉正从白骨里慢慢长出，这血和肉与以前的血和肉不同，这血和肉仿佛与万物连通，仿佛一个容器，它能吸附来自万物的力量，而万物也乐于把自己的力量奉献给这血肉。于是，随着血肉的增加，他所获得的力量就越多也越快，获得的力量越多越快，他的血肉就增长得越多也越快。随后，他发现他的骨头也在变化，他长出了更多的骨头，他变大了，也变得更有力，他能感觉到他以前从未感觉到的东西，是藏在万物里的火，是潜伏在云里的电，那是更强大的力量，一旦他开始获得这两种力量，他就明白，原来他已不再是原来的他，他是真正的雷神之子。

黑暗退却，他能清清楚楚看清洞窟里的一切，也能看到每一只曾经吞食过他的血肉的怪物——那是一种鱼和兽的混合体，有着鱼的身子，但同时又有兽的四足，它们没有眼睛，完全靠嗅觉生存，它们嘴里有三层尖牙，最擅长撕扯，它们能在陆地上捕杀猎物，也能在水里游猎。

但葫芦已经不关心它们，而它们也不敢靠近葫芦。葫芦的知觉已经越出洞窟，也越出湖水，他能感知到一切，他知道外面已是冬天，一个极寒冷的冬天，大雪在下，雷泽封冻。

葫芦想起黑鱼氏族的泥人们，想起巫句芒，想起自己的出生和漂流，想起泥人母亲身上那诱人的奶香，想起族长长矛是怎样用她粗糙的大手抚摸自己的头……

他摇头摆尾,在洞窟里飞行,很快就钻出洞窟进入冰冷的湖水,他向上、向上,他用力撞开冰层,飞起在天空之下。

雪花飘舞,天地间白茫茫一片,冰寒的风吹在他那乌黑的长满鳞甲的身体上,他的心里有一些欢喜,有一些悲伤,也有一些迷惘,他知道他已经不再是葫芦了,已经不再是那个由泥人养大的被遗弃的小小蛇人了,如今,他是雷神的儿子,也是雷神的奴仆。

黑鱼氏族的末日

葫芦离开之后,领导黑鱼氏的重担就落在了巫句芒的肩上。没人能替代葫芦成为新的族长,而葫芦离去时也没有指定新的族长。为了争夺族长的宝座,好几个年轻人打了起来,最后是巫句芒制止了争斗,因为如果再打下去就要出人命了。

族长位置就这么空缺着,或者也可以说是巫句芒暂时成为新的族长,以前也不是没有过这样的先例——巫和族长是同一个人。

这一年的气候极其反常,春天来得很迟同时又很短暂,夏天热而漫长,但雨水却极少,到了秋天,淫雨霏霏,果实还没来得及成熟就被雨水泡烂。

还没入冬,黑鱼氏的食物就已入不敷出。

为了不让族人饿死,巫句芒开发出了许多新食物,这些新食物大部分是昆虫或昆虫的蛹，另外还有一些人们从未吃过的野果、菌子和块茎，还有就是鼠类和蛙类，巫句芒能与鸟类交谈，鸟儿们告诉他，这些食物都安全无毒，完全可以食用，唯一的缺点就是很难看，人类可能会觉得恶心。

即便如此，食物也仅仅只是勉强够而已，很难保证冬天不会饿死人，而巫句芒又从种种征象中得知，这一年的冬天将格外寒冷。

他竭尽所能分派人手，一部分人去采集、捕鱼和狩猎，一部分人修缮石墙，连最幼小的孩子和最年长的老人也必须参与劳动。

一入冬，雪下个不停，雷泽的北半部整个被封冻了，这是从未有过的事。早在秋天，羽人的商队来到黑鱼半岛时，商队首领羽人闪（他是电的儿子）就警告过巫句芒，今年冬天将特别寒冷，连羽人都在计划往南迁徙。如果雷泽北部被封冻的话，将会有大量牛头人南下，其数量必定要大大超过以往。

巫句芒知道羽人闪的警告是有道理的，他也知道，如果泥人氏族仍然各自为战，恐怕很难抵挡牛头人的疯狂进攻，他试图把雷泽东岸的泥人氏族——至少是靠近黑鱼半岛的几个泥人氏族联合起来，但没有成功，只有白鸟氏族同意与黑鱼氏族一起抵抗牛头人，而象齿氏族、石刀氏族等等较为强大的氏族则拒绝了巫句芒的提议。巫句芒知道他们的心思，这些氏族距离雷泽都还有一定的距离，往年牛头人也很少会深入到雷泽东岸去骚扰他们，他们仍心怀侥幸，希望牛头人会像以前一样，只攻击雷泽沿岸的氏族。

白鸟氏族几年前曾被牛头人洗劫，人数很少，只有三十多人，其中半数是女人和儿童。在冬天来临之前，巫句芒就让白鸟氏把他们的所有食物都搬到黑鱼氏的山洞里，他们的所有人也一起搬迁过来——白鸟氏族的食物很少，如果没有黑鱼氏的帮助，他们可能会在冬天全部冻饿而死。

巫句芒带着十几个年轻强壮的族人向北去探查，这些族人都在身上涂上厚厚的油脂，再穿上几层兽皮保暖，脚上也穿着鹿皮靴，他们带足了食物向北进发。大雪飘舞，就算飞在天空中也看不清方向，巫句芒只能贴着雪地短距离飞行，与队伍一起前进。他们走了五天才走到江口。江口以北的雷泽已经完全封冻，冰层极厚，足以让牛头人站立其上。幸运的是江口以南的湖面并未封冻，只有近岸的湖水结了冰。巫句芒让族人们留在江口边休息，他独自向北飞行，希望能提前发现牛头人的行踪。他半走半飞地往北前进了一天之后，遇上了牛头人的队伍，数量以千计，在更北边，还有更多牛头人在跨越雷泽封冻的湖面南下。冰面上，由北往南，遍布牛头人被冻僵的尸体。巫句芒相信被冻死的牛头人是活着的牛头人的数倍。

在江口北部不远的雪原上，巫句芒发现一个巨大的脚印，三个前趾，一个后趾。一入冬，雷神就会到雷泽南岸去，从没有留在雷泽东岸过冬的先例，而且相比于以前发现的雷神脚印，这个脚印也偏小，巫句芒确定这个脚印应该属于某个雷神之子。

他的心不受控制地剧烈跳动，难道葫芦已经变成雷神之子了吗？如果他已经成为了雷神之子，他为什么不回黑鱼氏族，而是出现在遥远的北方。

巫句芒飞起在空中，用尽目力四处张望，但在白茫茫的大雪里，他什么也看不到，而雪原上的脚印也很快被大雪覆盖。

巫句芒没有把发现雷神之子脚印的事告诉族人，只是告诉他们有大量牛头人正在南下，必须迅速回到黑鱼半岛去做好准备，同时派人到各泥人氏族的山洞去报警。

大家都没有说话，只是沉默着起身往南行，一路上经过的几个泥人氏族都得到了他们的警告，有两个氏族愿意带上食物跟他们一起到黑鱼半岛去，因为他们自己的石墙太过薄弱，不可能抵挡得了牛头人的进攻，这样黑鱼半岛上就总共有四个泥人氏族，分别是黑鱼、白鸟、枫和巨鹿，人数大约有三百，其中有一半是青壮年。

巫句芒统计了山洞里的所有食物，包括黑鱼氏族自己的和别的氏族带来的，他把一部分食物留作备用，其余食物则按时间精确地配给到每个人。黑鱼氏族和其他氏族的人所得到的食物是一样的，按照巫句芒的要求，老人和幼儿得到了优先的照顾，虽然很多人不理解，但最后还是接受了。

巫句芒还让泥人们搬来许多巨石，封住山洞口，只留下一个小洞供人们出入，如果有危险，这个小洞也能立即被早就准备好的石头封住，这样整个洞口就会被封死，由于堆了大量的石头，从外部很难把洞口打开。

巫句芒始终隐瞒着发现雷神之子脚印的事，他不确定这脚印是不是葫芦的，如果牛头人的雷神之子也随着牛头人一起南下，那么无论如何战斗，泥人的结局都是注定的。巫句芒的心里仍残存着一线希望，毕竟，虽然牛头人里也确实会出现雷神之子，但自从结绳记事以来，就从未有过牛头人的雷神之子南下的先例。

半个月之后，漫天的大雪里，牛头人来到了黑鱼半岛前。

他们并没有立即进攻石墙，而是沉默着站在距离石墙不远的地方，他们的数量大约有几百，其中大部分是壮年男子，但老弱妇孺也不少。

牛头人的人数虽多，但泥人们凭依石墙是完全有可能挡住他们的，而且牛头人的情形似乎也不妙，一个个都面黄肌瘦，显然很长时间都没有吃饱过。

依照以往的经验，牛头人是绝不会冒险在野外过夜的，他们会尽快发起进攻，这样的进攻一般有三轮，如果三轮都不成功，他们就会离开，去进攻下一个目标，或者退回到上一个山洞去过夜。但这一次的情形很奇怪，牛头人只是站在石墙外，有一些甚至坐在了雪地上，他们似乎并不打算进攻石墙，看他们的情形，倒像是在等待着什么。

　　大雪在午后停止。在皓白的天地间，一条黑线出现在北方地平线上，最初只是隐隐约约，但随着它缓缓靠近，所有人都注意到了，远远看去，这条黑线就像是一条在水里游动的又细又长的蛇。

　　牛头人有些躁动，坐在雪地上的牛头人都站了起来，他们一起仰头看向天边，看着那条正缓缓靠近的黑线，一些性急的牛头人朝着那黑线发出悠长的吼叫。

　　泥人们则莫名地恐惧起来，他们意识到，有某种他们无法抵抗的强大力量在缓缓靠近。有几个泥人跌跌撞撞地往山洞跑，想去召唤巫句芒，但没等这几个泥人跑到洞口，巫句芒就从山洞里出来了，他飞起在空中，向那条黑线飞去。他越过牛头人，继续向北方飞，雪光映在他的身上，使他看起来并不像是在飞，而像是飘浮在银色的湖水上。

　　突然巫句芒在空中一个翻身，几根羽毛随着这剧烈的翻转掉了下来，闪着银光飘下。泥人们从未看到巫句芒飞得这么快，简直就如银色闪电。他掠过牛头人的头顶，以狼狈的姿态滑落在石墙内，溅起大片的雪。他一落地，就对着石墙上的泥人们大喊："回山洞！回山洞去！全都回山洞去！"

　　石墙上的泥人从未见过巫句芒如此慌张，他们还有一些犹豫，就这样放弃石墙回山洞去，意味着只能死守等待救援，但哪里还有援兵呢？但他们的犹豫很短暂，因为那条又细又长的黑线已经靠近了石墙，泥人们看清了，那不是一条又细又长的黑蛇，那是一条巨大的黑龙，但也不完全是一条龙，因为他有着一个长着双角的牛头人的头颅。

泥人们疯狂地跳下石墙，头也不回地往山洞跑，许多人连武器都不要了，有些泥人甚至哭了起来，瘫倒在石墙上。

这是雷神之子，是牛头人的雷神之子！

泥人们合力将石头搬动，把洞口完全封住。最后一丝光也消失了，洞里黑得看不见自己的手指头，但人们仍在摸黑搬动石头，尽力把洞口堵得更严实一些。

虽然其实只有极少的泥人见过雷神之子（而且对他们来说也是很久远以前的事了），但雷神之子所拥有的力量不是人类所能想象，他是最接近神的生物，其力量仅次于雷神，甚至超过了其他的神灵，这强大的力量能让所有与他相遇的人类失去斗志。

泥人们在黑暗中等待，仿佛是在等待自己的末日。巫句芒仍不愿放弃，他带着最强壮的几十个泥人守在洞口，每个泥人都握着长矛，一旦雷神之子冲进来，他们将决意赴死，这不是为了挡住雷神之子，这只是为了人类的最后那一点尊严。

可是，当洞外传来雷神之子搬动石头的声音时，泥人们立即失去了战斗的勇气，他们抛下长矛，和别的泥人一起退到山洞的最深处，仍能坚持留在石堆后的只有区区几个人。

石头被哗啦啦地搬开，仿佛那不是石头堆而是白骨堆，很快，洞口就被打开了一条缝，雷神之子的一根脚爪探了进来，粗如人的手臂，锐利如刀锋。巫句芒用力把长矛向那脚爪刺去，石头的矛尖击刺在那脚爪上就如撞在顽石上，立即就弹过一边。雷神之子似乎没有料到洞内的人居然敢攻击自己，把脚爪收了回去，但他也只是犹豫了片刻，没有等到泥人们把缝隙堵上，他的爪子就再次探了进来，再一扒拉，缝隙就被扒开一大块，明亮的雪光照进来，洞口的人眼前白茫茫的一片，什么也看不清，在下一刻，雷神之子的头已经探了进来，他朝着洞内发出一声巨吼，震得人们耳里嗡嗡作响。

除了巫句芒之外，只余三个泥人还守在洞口，这四个勇敢的人类同时奋力把长矛向雷神之子刺去，长矛刺在雷神之子头上，全都滑过一边，连印痕也没留下，虽然如此，雷神之子也像是被惊到了一般，猛地把头缩了回去，并且好长一会儿没有再攻击。

洞外传来了牛头人的怒吼，从被雷神之子扒开的口子看出去，可以看见洞外的雪在翻腾飞溅，如同巨浪撞在礁岩上，随后，一切又都静止了，正当巫句芒想出去看看情况时，巨大的阴影突然落在洞口，雷神之子的头再次探了进来。

族长回来了

守在洞口的四个人类正准备再次向雷神之子刺出他们

的长矛,这雷神之子却突然开口说话了,而且用的是泥人的语言:"是我,我回来了!"

大家都愣住了。巫句芒第一个反应过来,他喊道:"是族长回来了,葫芦回来了,他是雷神之子!!"

人们还有些犹豫。躲在洞内的人还不敢出来,洞口的三个泥人则握着长矛慢慢向雷神之子靠近,现在他们确定了,这个雷神之子跟之前那个不一样,之前那个雷神之子的头上长着两只牛角,而这个雷神之子的头上没有长角,虽然他们都长着一对纵目,但可以肯定,这确实是另一个雷神之子,而且这个雷神之子的五官除了眼睛之外,与他们的族长葫芦确实很相似。

性格最毛躁的乌毛先吼了起来:"族长回来了,大家快出来,我们的族长回来了,他是雷神之子!"

人们慢慢从洞内走出来,先是好奇而又胆大的孩子,然后是壮年的男女,然后才是老人。

人们先是恐惧、害怕,等他们确定了这个雷神之子确实是他们的族长葫芦后,他们都欢呼起来,纷纷冲上前去抱住葫芦的头,有些人甚至哭了起来——失去族长的日子太难熬了。

葫芦偷袭了牛头人的雷神之子,两个雷神之子在黑鱼氏的山洞外大战,最后牛头人的雷神之子受伤逃去。牛头人看到自己的雷神之子战败,也远远地逃走了。

葫芦用爪子把堵住洞口的石堆搬开。泥人们花了好几天才堆起的石头堆,在他的利爪下不过片刻就被清理干净。山洞太小,葫芦没有进到山洞里去,泥人们和葫芦在山洞外相聚。虽然外面依旧是天寒地冻,但泥人们都很兴奋,丝毫没觉得寒冷。

葫芦没有在黑鱼半岛停留太久。在雷泽东岸的其他地方,还有不少泥人氏族正被牛头人围攻,他得去把这些牛头人驱散。在牛头人的雷神之子受伤逃去之后,驱散牛头人就成了一件很容易的事,葫芦只需要在牛头人面前现身,就足以把牛头人吓得魂飞魄散。虽然牛头人比泥人要高大强壮得多,但在雷神之子面前,他们都一样的弱小。

在一处荒僻的雪野上,葫芦找到了牛头人的雷神之子。这条巨大的牛头黑龙,像一条被冻僵的蛇一样趴在荒凉而寒冷的雪野上,守在尸体旁边的几个牛头人一看到葫芦来到就远远地跑开,再也不敢回来。葫芦并没有觉得欢喜,反倒觉得悲伤,他本不想杀死他,在这世间,又还有几个雷神之子呢?他们都是他的兄弟,有着一样的雷神之血。葫芦知道他的这个兄长已经很老了,至少也有百岁以上,对于雷神之子来说,这年龄也已经是暮年。无论是雷神之子还是雷神,冬天对于他们来说都是可怕的,寒冷会冻僵他们的筋骨,冰雪的覆盖也使他们很难得到大地、森林和湖泊的力量,在冬天他们会变得虚弱无力,他们感受不到火之力,也感受不到电之力,所以雷神一到冬天就会到南方去,所以牛头人的雷神之子一到冬天就会蛰伏——他这一次之所以会到南方来,或许仅仅只是为了来求死,或许只是为了到雷泽南岸去寻找他的父亲,也或许是因为牛头人太需要他,无论他是因为什么原因来到这里,他终究还是死了,葫芦的爪子抓开了他的胸腹,如果是在春天夏天或秋天,他会复原,但是在冬天,他得不到能让他复原的力量。

葫芦把雪原挖开,把雪原下热腾腾的黑土挖开,把他的兄长的尸体埋入深深的泥里。他没有留下任何标记。大雪会覆盖这里,一切痕迹都会消失。葫芦希望自己死去之后能获得永远的安宁,他相信他的兄长也会有同样的渴望。

庖 牺

春天来了。

葫芦的身体也一点点苏醒过来。

在冬天里,他更多的只是在沉睡,在黑鱼山的山顶上,在深深的雪里。他几乎没有醒来的时候,他是慵懒的,怠惰的,他几乎不能思想,也不能行动。在他的感知里,无论是天空还是大地,一切都是沉寂的,一切都失去了活力,他不能从沉寂的天地里得到力量,也不能从失去了活力的湖泊和森林里得到力量,只有太阳爬升到他的头顶上,阳光直射下来时,他才能感受到太阳之火在缓缓流入他的身体里,这时他会醒来,但也只有片刻,当太阳西斜,睡意又再次袭来。

初春那毛茸茸的力量,像鸟羽落在他的身体上一样,有一些痒痒的，但却足以把葫芦唤醒。

黑土里的热气蒸腾而上，把最底层的冰融化，太阳低了些，温暖了些，也亮了些，天空蓝了些，云变薄了，北风也止息了，若有若无的南风低低吹拂过雪野、吹拂过冰原，像少女的手指头一样轻柔。

一切的变化都反映到葫芦的身体里，他又慢慢有了活力，睡眠的时间变少了，醒着的时间越来越长，不久之后他站了起来，拖着长尾在黑鱼山的山顶上爬行了好几圈，他听到雷泽边的冰层碎裂的"咔咔"声，看到森林里的黑熊从冬眠中醒来，摇晃着瘦了好几圈的身子在雪原上踱步，嗅到南风里那微弱的、源自于雷泽南岸的雨林的气息。

巫句芒来找他，告诉他，鸟儿们说，春天已经来了。葫芦用稍显急促的呼吸回答了巫句芒，随后他就腾身飞到了空中。他向南飞去，去追寻南风的来处，去追寻雨林的气息，他要在那里得到更多的力，得到更多的电与火，他想完全唤醒自己的身体。

几天之后，从遥远的南方传来轻柔的雷声，仿佛充满爱意的情人的耳语。雷神回来了吗？人们惊讶地互相问着。雷神从没有如此快就从南方回来的先例，总是要等到冰层融化了，雷神才会懒洋洋地回来，懒洋洋地敲击自己的肚腹以唤醒山丘和大地。

如果不是雷神，那么这用雷声唤醒大地的神灵又是谁呢？这雷声与以前的雷声似乎有一些不同，这雷声更清澈，不像以前的雷声那样重浊，这一定是一个年轻的对未来仍满怀着希望的雷神吧！人们这样想。随后他们就看到了那个低低地掠过大地的年轻的雷神，他一边飞行一边用长尾轻敲自己的腹部，他经过的地方，冰就融化，大地就颤动。

随着大地的苏醒，人们也忙碌起来。

赤脚踩在刚刚裸露出来的土地上，有点湿，有点冷，但并不刺骨，泥土是松软的，像是在等着人们去翻弄挖掘。

在湖边，风还有些大，刮在人的脸上，像石刀一样。黑鱼氏的人们已经迫不及待地带上渔网下水去捕鱼。湖水冷得人一下脚就打哆嗦，鱼也不多，往往忙碌一天也打不上几条鱼来，但总比没有的好。

老人和小孩到山里去挖草茎，被冻过的草茎极甜，最强壮的人则去捕猎雪兔。

虽然天气会越来越暖和，食物也会越来越多，但最要紧的是得先度过初春的这几天，这段时间是最艰难的，去年积存下来的食物已经吃完了，而新的食物还很少。

山洞里依旧寒冷。由于冰雪融化，洞里变得潮湿起来，初春的这几天甚至比冬天更难熬。几个生了病的老人在洞中奄奄一息，人们除了给他们啃咬刚刚挖出的草茎，几乎没有别的食物可以给他们吃，白天人们还可以把他们抬出山洞，让他们半坐在山石上，晒晒初春的暖阳，但是到了夜里，寒冷袭来，老人们就很难过。一天夜里，一个老人睡去后就再也没能醒来。

葫芦非常忙碌。他想在雷神回到雷泽东岸前就唤醒所有山神，他想尽早地让春天回到雷泽东岸，但这一片土地实在太辽阔，这一段时间可把他给累坏了。幸好，随着天气的回暖，他能汲取到的力量也越来越多，他发出的雷声也越来越响，他相信再过不久，他就可以放出闪电，他已经能感觉到，电的力量在他的身体里缓缓凝聚，很快就能破壁而出。

忙碌了半个月，总算是把山神们都唤醒了，他回到黑鱼半岛，巫句芒告诉他，食物还好解决，但春寒和潮湿让老人们无法忍受。

葫芦也知道，初春的这几天，往往是死人最多的时候，有许多老人辛辛苦苦熬过了寒冬，却在春天到来时死去，如果有食物充饥，有火取暖去湿，那么这些老人是完全能够活下来的。

葫芦告诉巫句芒，准备好柴堆，准备好松枝，他会把火带给黑鱼氏。

巫句芒犹豫了片刻，最后还是点了点头。

葫芦之所以要找回雷神之血，不就是为了泥人们能用上火，能过上温饱的日子吗？

葫芦早已选定了目标，那是雷泽边一棵已经死去多年的老树，但葫芦身体里的电之力还不足够，他还在等待，他需要乌云的帮助，需要饱含着水汽的风的帮助。

几天之后，乌云终于从南方飘来了，温暖而又潮湿的南风也吹来了,把树枝吹得哗哗直响。葫芦感觉得到,在那厚厚的云层里,电在四处流动,它们想要从云层里冲出来,想要回到大地里去。葫芦飞到空中,朝着黑鱼氏的山洞长长地吼叫,把巫句芒和族人们都呼唤出来。巫句芒和族人们出来了,每个人都举着浸透了松油的松枝,总共有十几个人,他们随着空中的葫芦一起来到老树旁。

葫芦让人们离老树远一些,以免被闪电击中——他对自己的准头可没什么信心,毕竟这是他第一次使用闪电。葫芦向乌云里飞去,他钻进云层里,云里的电像水一样流进他的身体里,他觉得浑身都燥热起来,电火在他的鳞甲间窜来窜去,发出"咯吱吱咯吱吱"的声响,就像一只只白老鼠。

葫芦钻出云层,向雷泽岸边飞去,很快,他就看到了那棵老死的树,他晃了晃头,第一记闪电咔拉拉地从他的一双纵目里窜了出来,劈在老树旁的岩石上,把岩石劈得黑了一大块,葫芦有些焦躁,他在湖上盘旋了一圈,用长尾敲响腹部,发出长长的雷鸣,如同巨大的岩石从山上滚落,随后他发出了第二记闪电。电光像银色枝条,从天空上垂下来,银枝条的尖端正好落在老树的树顶上,老树被劈成两半,火从老树的内部燃起,越燃越猛烈,老树向两边倒下,一边倒,一边仍在呼啦啦地燃烧。

巫句芒带着族人们小心翼翼地靠近燃烧的树,他们把浸透了松油的松枝向火伸去,火苗欢快地爬到了松枝上,族人们欢呼起来,高举着燃烧的松枝向山洞跑。

夜里,黑鱼氏在山洞外燃起篝火,又在篝火上架上石头,再把刚猎回来的雪兔剥了皮,在岩石上烤。肉香飘散开来,吸引来许多野兽。黑熊们也来了,黑鱼氏欢迎黑熊,但黑熊们怕火,不敢靠近。

肉烤好了,巫句芒挑出最好的一只雪兔,举着火把,向山上走去,身后跟着几个族里的老人。山顶上,疲惫的葫芦在沉睡。巫句芒把烤好的正滴着油的雪兔放在葫芦嘴边。葫芦被兔肉的香气唤醒,睁开眼,看了看巫句芒和老人们,笑了笑,伸出舌头把兔子卷进嘴里,又睡着了。

在巫句芒的心里,葫芦似乎还是葫芦,又似乎已经不是原来的葫芦。站在葫芦面前,他有些畏惧,有些忐忑,特别是当他看到葫芦直接用舌头把食物卷进嘴里时,他会有葫芦其实已经不再是一个人而是一个兽的感觉。相信这样的感觉别的族人也有。巫句芒相信总有一天葫芦会变成一个真正的兽,又或者,会变成一个真正的神,并远离黑鱼氏,远离雷泽,到属于他的世界去。

洞外,黑鱼氏在狂欢,有人拿出了珍藏了一年的桃酒,酒虽然很少,但仍有不少人喝醉了。黎明前,人们都回了山洞,篝火只余残灰。巫句芒一个人在洞外收拾火种——火种一定要多留几份,免得一不小心火熄了,又还要去找葫芦取火。

天微微亮时,从南边飞来一个八头八足八尾的神兽,巫句芒认得是雷神的随从天吴。天吴出现在这里,说明雷神也即将回来了。天吴显然是来找葫芦的。

巫句芒跪伏在地迎接天吴。天吴看到了篝火的残灰，八个头一起说起话来。

"你们黑鱼氏真是死性不改！"

"雷神会大发雷霆！"

"你们会被灭族！"

"火可真暖和。"

"好香！"

"没想到那个蛇人真的成了雷神之子，没想到他成了雷神之子还是蠢得像头猪。"

"好累啊，连着飞了好几天了……"

"你们不要闹了，就不能安安静静说话吗？"

八个头同时停止说话。天吴跳到篝火边扒拉起来。巫句芒急忙小跑过去，说："天吴大人，我这里还有烤好的肉。"

巫句芒从怀里掏出一块用干草包好的兔肉，双手递上献给天吴。天吴的八个头一起往前探，其中的一个头抢了先，把兔肉叼在嘴里，囫囵吞了下去。别的头都急了，纷纷问巫句芒："还有吗？"

巫句芒恭敬地说："没有烤好的肉了，不过洞里还有几只雪兔，天吴大人如果愿意等等，我们马上就能烤好！"

天吴犹豫了，有些头想留下，有些头则想走。

"雷神大人不会那么快到的……"

"烤肉就是好吃。"

"雷神大人知道了会大怒。"

"雷神大人又不是没有大怒过。"

……

最后，他对巫句芒说："你们那个……葫芦在哪里？我得先去找他传达雷神的命令。你们最好在我回来前就把肉烤好。否则，我一定会把你们偷偷用火烤肉的事告诉雷神！"

巫句芒指了指山顶，低声下气地说："葫芦在黑鱼山顶上。大人，您别急，肉马上就给您烤好，您不如先烤烤火，把身体暖和过来，再把烤好的肉吃了，然后才到山上去找葫芦。——其实以您的身份，让您当使者是委屈了，不如我派个人到山上去把葫芦叫下来见您，您看怎样？"

天吴的八个头又争了起来，有说要赶紧完成雷神大人的任务的，有说肉好吃要先吃肉的，也有说烤火舒服的，有两个头还吵了起来，把巫句芒弄得不知所措。最后，还是烤肉和火的吸引力大过了雷神的威严，天吴趴在了火堆旁。

巫句芒先把火重新燃起，让天吴烤火休息，然后进到洞里，叫人到山顶上去召唤葫芦，就说天吴大人来了，然后拎着几只雪兔回到火堆旁。这几只雪兔也是昨天才捕到的，本来是留下作为储备，如今正好拿出来招待天吴。

巫句芒用石刀把雪兔的皮剥下来，放在岩石上烤，一边烤一边加上各种香草作为配料，最后他把烤好的兔肉盛在石盘上，献给天吴。天吴早已等得口水直流，八个头你抢我夺，很快就把兔肉吃完了，又眼巴巴等着巫句芒烤第二只。

巫句芒一边烤兔,一边与天吴闲聊,把天吴要传的话全都探听清楚了。原来雷神已经知道葫芦成为雷神之子的事,还知道葫芦没等祂回来就唤醒了雷泽东岸的所有山神,非常高兴,雷神这次到东岸来,就是想要见见葫芦,然后雷神将会到雷泽的西岸和北岸去,以后东岸的事,就由葫芦来负责。

天吴吃了三只兔子后,葫芦从山顶上下来了。

天吴来时,看到黑鱼氏使用火,本来很不高兴,但吃了人家的三只烤兔,嘴也软了,并没有过多训斥葫芦,只是把雷神让他带的话传达了,就要离开。

巫句芒急忙拦住天吴,道:"还请天吴大人在雷神面前替我们开解开解,我们也是实在冷得没有办法了才偷偷燃起了火,绝不是有意违抗雷神!"

天吴的八个头此起彼伏地打着饱嗝,其中一个头打着嗝对他说:"呃……办法……呃……也有,你们……呃……把这烤肉……呃……也献给雷神……呃……大人……就是了……呃……"

天吴说完,就摇摇晃晃地升起在空中,慢悠悠地飞走了。

雷神回到雷泽东岸的时间,是五天之后。

黑鱼氏用两天时间准备了丰盛的祭品,有一整头牦牛、一整只羝羊和一整头山猪。要在两天里就猎到这些祭品是不可能的,黑鱼氏派了人到各个氏族去求援,这些氏族因为葫芦的缘故，也愿意帮助他们。

依葫芦的意思，他根本就不想向雷神低头，但巫句芒坚持要向雷神献上祭品，他很清楚，以葫芦现在的实力（闪电都劈不准），是不可能战胜雷神的。

为了保证烤肉的新鲜，巫句芒没有把祭品烤好才出发，而是带着活牛活羊活猪到石台山去，他们在祭祀前一天的晚上来到了石台山下，黑鱼氏的族人们把牛、羊和猪都宰杀了，燃起火，把祭品在火上翻烤。

天黑下来，篝火在石台山下熊熊燃烧，照亮了夜空，火光勾勒出石台山高大威严的剪影。火光惊动了石台山山神，她从石台山上下来，骑着文豹。文豹的吼声还有山神戴的香草花环的气息，早早泄露了祂的行踪。巫句芒到山脚下去迎接。

"我听天吴说你们在用火烤肉，还不太敢相信呢，没想到竟然是真的，你们的胆子不小，雷神大人回来一定会重重责罚你们，你们黑鱼氏只怕要被灭族了！"

山神说着笑起来。虽然祂说的是很可怕的事，但祂的笑声依旧清脆动听。

巫句芒把山神迎到火堆旁。

葫芦正在火堆旁沉睡，巨大的龙的身子盘卷着，乌黑光滑的鳞甲光亮无瑕，仿佛能映出人的面孔。睡梦中的他嗅到山神的气息，醒了过来，睁开眼睛灼灼看着文豹上的少女，用低沉的声音道："山神大人！"

山神好奇地看着葫芦。

"我见过至少十个雷神之子,你是其中最强壮的一个……但是要想战胜雷神,你还差得远,虽然祂老了。"

牛、羊和猪还在篝火上翻烤,肉香渐渐飘起。山神一边说话,一边皱起鼻子嗅了嗅,忍不住用舌头舔了舔嘴唇。

巫句芒恭敬地道:"这是明天准备要献给雷神的牺牲。我们还准备有不少雪兔,是献给山神大人和天吴大人的,山神大人如果不嫌弃,我们现在就烤给山神大人品尝。"

山神笑着说:"我可不是天吴,不要指望我吃了你们的肉,就会帮你们说话。"

足足烤了一夜才把祭品烤好。黑鱼氏把烤好的祭品用树枝架起系紧,牛比较重,是四个人扛,羊和猪则是两个人扛。黑鱼氏排成队列,向石台山脚下走去。打头的是葫芦,葫芦后面是巫句芒。巫句芒已经穿上只有在祭祀时才穿的巫服,头上也戴了高高的巫帽,脸上还戴着面具,他一边走,一边唱着歌颂雷神的祭歌。

葫芦没有直接飞上石台山,为了表示对雷神的恭顺,巫句芒坚持要葫芦和黑鱼氏的族人们一起爬上山去。

因为带着祭品,上山非常艰难,直到正午时,黑鱼氏才爬到石台山的山顶。

在登上山顶前,巫句芒带着族人们先在山神的祭台前举行了祭礼,唱了祭歌,并献上烤好的雪兔作为牺牲。

雷神还没有回来。天吴大约是到南方去迎接雷神了,也不在石台山山顶上。山神笑吟吟吃着兔肉,与黑鱼氏一起等待雷神回来。

将近傍晚时,天吴先回来了。巫句芒叫族人们把牺牲抬上雷神的祭台放好,自己也登上祭台放声高歌,他的歌声洪亮,曲调高昂,这是一首歌颂雷神功绩的祭歌:春天祂唤醒山丘大地,夏天祂放出雷鸣闪电,秋天祂召来山火,除旧布新,冬天祂则回到雷神之殿里沉睡。

雷神回来了。白发白须在黄昏的光里飘舞。祂更老了,老得连身上的鳞甲都脱落了不少,露出鳞片下苍白的肉。但祂仍然强大、威严、不可战胜,仍然掌控着雷泽所有的力量。

肉香同样吸引了雷神。没有神和人能抵抗烤熟的肉的诱惑。雷神用两只前爪把祭台上的肉撕碎,慢条斯理地把肉吃完,然后就睡着了,发出悠长的呼吸。祂没有搭理祭台上等待了很久的雷神之子葫芦,也没有看祭台上跪伏着的黑鱼氏一眼。

天吴从祭台上跃了下来,对葫芦和巫句芒说:"雷神大人说,只有黑鱼氏可以用火,别的氏族,用火者死!"

巫句芒和黑鱼氏的族人们听了大喜。只有葫芦的脸上没有表情。

"还有兔子肉吗?我可饿坏了。"天吴的八个头一起说。

没有等到黑鱼氏们回到黑鱼半岛,雷神就离开了石台山,越过雷泽,向西岸去了——那里的大地和山岭还在冰封之中,等着祂前去唤醒。

因为黑鱼氏用烤熟的肉祭祀雷神,在雷泽东岸,人们开始称呼雷神之子葫芦为"庖牺"。

第五章

伏 羲

黑鱼氏拥有用火权的消息,很快就传遍了雷泽东岸。

别的氏族不断派使者前来,带着丰厚的贡品。

黑鱼氏不仅拥有火,还拥有雷神之子,只要黑鱼氏愿意,他们可以毁灭任何别的氏族,甚至整个雷泽东岸所有泥人氏族联合起来,也不见得能与黑鱼氏抗衡。

但黑鱼氏只接受少量的贡品,不仅如此,他们还赠送别族使者许多礼物,使进贡变成交易。最让使者们高兴的是,雷神之子庖牺还允许他们从黑鱼氏的火堆里取得火种并带回自己的氏族。巫句芒非常耐心地教导这些泥人使者如何取火,如何保存火种,如何引火以及如何控制火的大小。最初,使者们还忐忑不安,害怕会因为使用火而被雷神惩罚,但庖牺安慰他们,并承诺如果雷神责罚他们,将完全由自己承担。

火种从黑鱼半岛向东传播,越来越多的泥人氏族学会了使用火,学会了保存火种,当他们学会了使用火之后,他们又把火种向更东的地方传播。然而庖牺和巫句芒并不满足，他们决心把火传播到更多更远的地方。

因为庖牺把火带给泥人并教会泥人使用火，因此在雷泽东岸，泥人们开始称他为"伏羲"，意思就是"带来了光明的人"。

巫句芒造出一盏小灯，这灯是用蚌壳制成，这是人类历史上的第一盏灯，灯里盛满了油脂，灯芯是一根浸在油脂里的粗麻绳。巫句芒造了好几盏这样的灯带在身上，再把一个装满了油脂的大葫芦背上，然后他跃到伏羲的头上坐下。族人们在山洞外与他们告别，希望他们一切平安并能早点回来。

这个小小的纵火队飞了起来，他们越过雷泽向北飞，他们要把火带给牛头人。

在雷泽北岸的草原上，有些牛头人还认得他们，这些牛头人知道伏羲是泥人的雷神之子，知道巫句芒虽然样子像羽人其实却是泥人的巫，牛头人害怕他们，远远看到他们就吓得在草原上乱跑。伏羲不得不抓住一个牛头人并把此行的目的告诉他，然后把他放了，让他回到部族去报信。靠着这样的方式，伏羲和巫句芒把火种留在了雷泽北岸的草原上。

大部分牛头人不理解他们，只有最聪明的几个牛头人大概明白一点他们的目的。"泥人害怕我们，我们一到冬天就南下抢他们的食物，他们把火给我们，我们有了火，就不冷，就不往南走。"这些牛头人瓮声瓮气地向自己的伙伴解释。

伏羲和巫句芒不关心他们是怎么理解自己的，他们只是告诫牛头人，不要把火种藏起来，而是要把火种向更北的地方传播。传说在大地的北极，在太阳和月亮都照不到的地方，那里冷极了也暗极了，生活在那里的牛头人最需要火，伏羲和巫句芒希望火种能一直传播到他们那里。

然后伏羲和巫句芒又带着火种，由北向南穿越雷泽。他们几乎不休息，他们必须抓紧时间，必须在雷神干涉他们的行动之前尽量把火种传给更多的人，传播到更广阔的地方。

羽人的雷神之子

在雷泽南岸的雨林上空，伏羲和巫句芒遇到了羽人的雷神之子。

他同样有着一条长长的龙的身子和四个锋利的龙爪，他的头颅也是人的头颅，与伏羲不同的是，他有一对巨大的羽翼。他老了，足足有一百多岁，甚至比牛头人的雷神之子还要老，即便伏羲不来，他也活不了多久了。

当伏羲来到雷泽南岸，雨林所蕴藏的所有力量，以及雨林之下的大地所蕴藏的所有力量，风、火、雷、电这大自然的所有力量，都如潮水般向他涌去，抛弃了那个早已经衰老的雷神之子。

在伏羲和巫句芒的眼前，这个衰老的雷神之子无助地向大地坠落，他重重摔入雨林之中，压折了好几棵大树。大树挣扎着倒下，发出痛苦哀鸣，群鸟飞起在雨林之上，像一群被吓坏的会飞的老鼠。

伏羲和巫句芒飞下去,落在羽人的雷神之子身边。他已奄奄一息。

"我知道你们要来,带着火。我羡慕你们的勇气,我曾经也想要挑战父亲,但我害怕了。我畏惧死亡。可是当死亡真的来临,我才知道死亡并不可怕。"

他的头颅低垂,他的羽翼像枯叶一样垂落,他的羽毛和鳞甲也失去了光泽,他的头发干枯苍白,死亡的气息从他的身体里散发出来,像即将腐败的食物。在闭上眼之前,他说了最后一句话:"虽然你年轻、无畏、强大,但你仍然不是父亲的对手。在你活着之前尽量把火传播出去吧!祂即将知道你所做的一切,祂就要来了。"

羽人在雷泽南岸的生活以及他们如何使用火

最初,女娲娘娘用泥土和鸟的羽毛造出羽人的身子和翅膀,又用竹子造出羽人的头,所以他们能够像鸟一样飞翔,同时又有人的智力,能够说话和歌唱。他们的头颅和泥人的头颅很相似,也一样的有五官,有头发,只是他们的皮肤更光滑紧致,他们的五官轮廓也更鲜明。

最初,羽人以嫩叶和果实为食,经历了无数个万年之后,雷泽南岸的羽人学会了吃昆虫和昆虫的蛹,这使他们的寿命延长了,同时身体也变得更高大更强壮,能飞得更高更远。

雷泽南岸的雨林非常适合羽人生活,这里从不下雪,气候炎热，一年只分成两季，上半年是雨季，下半年是旱季；这里的果实一年到头都在生长，旧果还未落尽新果就已长成；这里的树叶一年到头都是绿的，老叶落去的同时新叶也在萌芽。这里的昆虫种类繁多，就算是羽人的巫也没法完全认识，这里的果实种类也同样多不胜数，对了，这里还有各种神奇的菌类，绝大部分菌类都有毒，只有很少一部分菌类适合人类食用，但羽人被菌子的美味吸引，常常会冒险食用一些有毒的菌子，吃过有毒的菌子之后会产生奇妙的幻觉，幸运的人会摆脱幻觉回到真实的世界，而更幸运的人将永远生活在幻觉之中直到死去。

火的到来给羽人带来两个极大的好处：其一是他们可以用火烤昆虫和昆虫的蛹吃，烤过的昆虫和虫蛹比烤过的肉还要香上一百倍，连从未吃过昆虫和虫蛹的伏羲和巫句芒也忍不住跟着羽人大吃特吃。巫句芒还相信如果把这美味献给雷神，雷神必定会永远留在雷泽南岸并同意羽人们随便使用火；其二是他们可以用火烤菌子吃，烤过的菌子除了更香更甜更味美之外，毒性还下降了。

羽人们欢天喜地地收下了火种，还为此举办了狂欢盛宴，他们依依不舍地送别了伏羲和巫句芒，送给他们许多烤好的虫蛹和菌子让他们在路上吃，巫句芒只留下了虫蛹，菌子则婉拒了。

如今他们要到雷泽的西岸去，那里的蛇人每到冬天就必须冬眠，如果他们有了火，他们就不再畏惧寒冬，也将不必再冬眠。

蛇人在雷泽西岸的生活
以及他们第一次使用火的情形

最初，女娲娘娘想要造出一种最适合在森林里生活的人类，于是祂创造出了蛇人。祂先用木头削制出蛇人长长的、长满鳞片的、无足的身体，再用泥捏制出蛇人的头和手，然后祂把身体、头和手捏在了一起，就创造出了第一个蛇人。

蛇人确实是女娲娘娘所创造出的所有人类中最适合在森林里生活的，他们爬行起来迅捷而又灵活，而且擅长爬树，他们比泥人力气大，也比泥人个子大，同时他们又像泥人一样，既可以吃动物的肉，也可以吃植物的果实和嫩叶。但与泥人相比他们也不是没有缺点，大约是因为他们的身子最初是用木头制成的，所以性格大多比较沉默冷静，也更喜欢独处。

蛇人与羽人是天生的世仇，羽人从不捕杀鸟儿，他们把鸟儿视为同类甚至祖先，而蛇人却最喜欢捕食鸟类，在雷泽的西南隅，在那片雨林和森林交汇的地带，蛇人与羽人的争斗始终不断。

除了鸟类，蛇人也喜欢吃鱼，他们也擅长捕鱼，实在饿急了，蛇人才会食用植物的果实和嫩叶，这样的事情往往发生在初春他们刚从冬眠中苏醒的时候，一进入夏天，他们的主食就会变成鸟和鱼。

伏羲和巫句芒来到雷泽西岸的时候，雷泽岸边的山神和土地已经被雷神唤醒，但在更西边，在更高的山上，还白皑皑的全是雪，雷神还在没日没夜地忙碌着，去唤醒那里的高山和大地。

时间已经过去了将近二十年，原先那个把蛇人葫芦放逐出去的巫已经死了，现在华胥氏的巫名叫雷，正是她把雷神之子伏羲给生了出来。

自从她的儿子被放逐，她就陷入了痛苦之中。每当雷声响起，她就冲入大雨里，向天空上的雷神呼叫，请求祂把儿子还给自己。当然，雷神是不可能听到她的呼唤的，就算听到了也不可能搭理她。

在那个初春的早晨，当伏羲和巫句芒带着火种降落在雷泽岸边的时候，巫雷立刻就认出了自己的儿子，她像一个少女一样冲下山去，奔向伏羲，但是当她靠近伏羲时，她猛然醒悟过来，这个雷神之子早已不再是她的儿子，而自己也早已不再是这个雷神之子的母亲。

巫雷俯伏于河滩之上。

伏羲没有认出她，当然他也不可能认出她，他对自己的母亲没有任何印象，对华胥氏也没有任何印象，他当然知道自己最初是诞生于雷泽西岸的"华胥"氏族，但这个名字对他而言也仅仅只是一个名字。

伏羲把伏在河滩上的蛇人女巫扶起，这个女人已将近四十岁，苍老瘦弱，浑浊的眼里全是泪水和眼屎，但伏羲并不在意，他以为这个女人只是因为遇到了雷神之子而流泪。

巫句芒把来意告知巫雷，并向巫雷展示他带来的火种。巫雷被巫句芒带来的火种所震惊，甚至忘记了与儿子重逢这件事。

巫雷并不是没有见过火，在雷泽西岸，每年夏天，总会有树木被雷神的闪电点燃，有时大火甚至会绵延好几个山头，燃烧数日不止。但蛇人从未想过控制和利用火，蛇人已经习惯了一成不变的生活，他们在冬天冬眠，在春天醒来，在夏天和秋天捕猎。

伏羲告诉巫雷，有了火，蛇人就不必冬眠，火会为蛇人带来温暖，只要有足够的食物，蛇人甚至可以在整个冬天里都醒着，在温暖的洞窟中做任何自己想要做的事。

巫雷告知伏羲和巫句芒，她必须和族人商量，才能决定是否接受火种。巫句芒告诉她，雷泽东岸的泥人、南岸的羽人和北岸的牛头人，都已经在使用火，如今只有西岸的蛇人还没有使用火。

巫雷又问巫句芒，雷神是否允许他们使用火，因为蛇人都知道，火只属于雷神。

巫句芒回答说，这一切都未经雷神的允准，蛇人必须抓紧时间。

巫雷匆匆回山洞去了，召集所有族人商议。

很快，巫雷就带着华胥氏的族长和族中的几个长老回来了。华胥氏的族人并不多，只有三十来个。族长是一个年轻人，健壮、漂亮，他是伏羲同母异父的弟弟，名叫青鳞，当他看到伏羲的时候，他回头看了他母亲一眼，但他的母亲没有任何回应。族长青鳞低下头来向伏羲和巫句芒行礼，随后他问道："雷神决不允许人类使用火，以前已经有许多人因为使用火而被雷神惩罚，最近的一次，是对岸的黑鱼氏族的族长，她被雷神劈死在雷泽东岸的森林里，我想知道，如果我们华胥氏使用了火，会不会也被雷神惩罚？"

伏羲没有回答，他只是伏在河滩上，平缓地呼吸着，他知道此时雷神还在遥远的地方，距离此处还有至少一天的行程，但一旦篝火在华胥氏的山洞里燃起，雷神肯定立即就会感知到，就如此时此刻，伏羲也能感知到雷泽里水的波动，感知到天空上云的飘浮，他知道鹿群正在南边那座山的山麓上觅食，他也知道，雷神已经感知到了祂这个新生子的异动，疑惑他为什么会突然出现在雷泽的西岸。

回答族长青鳞的是巫句芒，他说："火已经在雷泽的东岸、南岸和北岸传播开来了。如果雷神要惩罚谁，那么最先接受惩罚的，也只会是我们这两个纵火者：雷神之子伏羲和黑鱼氏的巫句芒。无论如何，即便我们两人最终死在了雷神的闪电之下，火也已经传播出去，而且必将越传越远，即便是雷神也无法改变这个事实，人类必将拥有火，火也必将改变人类的命运。但是光靠我们两人是不够的，还需要更多的人加入到传播火的行列里来，只要火传播得足够快，雷神就无法阻止火在雷泽西岸的传播，相反，如果我们犹豫不决，雷神就能轻易把火种掐灭，雷泽西岸的蛇人将继续在黑暗、寒冷和潮湿里生活，只能食用生冷的食物，并继续在冬天里冬眠。"

族长青鳞沉思了很久，最终他点了点头，说："我们华胥氏愿意成为雷泽西岸第一个使用火的氏族，我将立即派出信使到最近的几个氏族那里去通知他们前来领取火种，光明和温暖必将来到雷泽的西岸。"

第一堆篝火在雷泽的西岸燃起。巫句芒教蛇人们用火烤鱼吃，当鱼的油脂嗞嗞地滴在火堆上时，所有蛇人都嗅到了烤鱼那诱人的香。

伏羲与天吴

天吴在当天夜里来到雷泽西岸，伏羲正伏在湖滩边等他。

天吴的八个头都很严肃，它们左晃右晃地看着别的头，一时间没法确定该由哪个头来说话。最后左数第三个头和右数第一个头同时说起来："雷神之子葫芦，你为什么会在这里？"

左数第三个头瞪了右数第一个头一眼，确认了自己的地位比对方高，于是右数第一个头低下了眼帘，同意由左数第三个头来说话。

于是天吴再次严厉地问道："雷神之子葫芦，你为什么会在这里？为什么华胥氏的山洞前会燃起篝火？雷神已大发雷霆，派我前来查明情况。"

伏羲说："如你所见，我把火种带到雷泽西岸并教会华胥氏使用火，不仅如此，我还要他们把火种传播出去，让雷泽西岸的所有蛇人都学会使用火。"

　　天吴听到伏羲的回答，八个头都怔住了，仿佛刚被闪电劈中。

　　"你做了什么！？"天吴的八个头一起吼道。

　　伏羲说："不仅如此，在雷泽的东岸、北岸和南岸，火早已传播出去，泥人、牛头人和羽人如今都已学会如何使用火，雷泽西岸的蛇人是最后一个学会使用火的人种。"

　　天吴的八个身子一起颤抖起来，八条尾巴也跟着不受控制地抖动，他的八条腿同时向八个方向迈步，使他在定住了一瞬间之后直直倒在地上，但马上他又跳了起来，冲到伏羲跟前，八个头一起冲着伏羲的脸大吼。

　　"你闯了大祸！"

　　"雷泽完了！"

　　"火会烧毁森林，雷泽即将干涸！"

　　"你以为你们人类是谁？你以为你们人类跟虫子有多大区别，居然狂妄到自以为能控制火！"

　　"太好了，我想看看雷神听到这个消息时脸上是什么表情！哈哈哈哈哈！"

　　"最粗的闪电会劈在你的头上！你会变成一团焦炭！"

　　"你以为你能战胜雷神，哈哈哈哈！你知道这一千年来，有多少个雷神之子死在雷神的闪电之下吗？哈哈哈！"

　　"你们不要吵了，不要吵了！赶紧想办法阻止这一切！"

　　伏羲不为所动，脸上没有任何表情。等天吴的八个头都停止了怒吼，他才说："人类不会永远住在山洞里，人类也不会永远靠吃生肉过日子，人类不是野兽，我们人类，是女娲的后裔！我们才是这个世界的主人！我们才是这个世界的主宰！我知道我会死在雷神的闪电之下，很可能，在我死后，还会有很多人死在雷神的闪电之下，但火已经传播出去，没有任何一个神灵还能把火从人类的山洞里夺走。你尽可以现在就去召唤雷神来杀死我，我会在这里等待祂的到来，但就算祂把我杀死一百次，也不可能改变人类已拥有火这个事实。"

天吴愣住了，他跃起在夜空中，以最快的速度向西飞去。

伏羲之死

天吴刚走，巫句芒就飞了过来。他是在听到天吴的吼叫声后急急忙忙飞过来的，他担心雷神也已经来到，当他看到伏羲是独自待在湖滩上时，松了一口气。

很快，山洞里的蛇人们也冲了出来，族长青鳞和巫雷都在其中，他们也听到了天吴的吼叫声。

当蛇人们知道是天吴发出的吼叫声时，他们都沉默了。

每个人都知道，天吴是雷神的手下，他不仅辅助雷神行云布雨，同时还是雷神的信使和探子，既然天吴来过，那就说明，雷神已经知道华胥氏在使用火，祂将很快就会来到，并将祂的怒火发泄在华胥氏的头上。

伏羲知道蛇人们在想什么。"放心，"他对大家说，"我已经跟天吴说明了情况，是我把火种带给你们的，雷神的闪电只会落在我一个人身上，与大家无关。"

虽然伏羲是雷神之子，对于寻常人类来说，他的力量真可以说是无穷大，但是雷神的强大不是人类所能想象，他是神灵中的神灵，雷泽上的所有神灵都臣伏于祂，这样的神灵，除非祂自己丧失了力量，否则决不可能被别的神灵击败，更遑论人类。

巫雷知道她的儿子即将死去，她甚至都还没能告诉他自己爱他，自己对不起他，自己一直在思念他，巫雷不敢，也不愿意，她觉得自己是卑微的、无耻的、懦弱的，但此时她忘却了这一切，只被无尽的悲伤掌控，她放声哭泣，扑上前去，抱住伏羲痛哭。

伏羲高大，巫雷虽然是蛇人，其高度也仅及伏羲的三分之一，她只能抱住伏羲的一只脚哭。伏羲不知道这个女蛇人为什么如此伤心绝望，或许只是因为她太过软弱吧。

伏羲看了看湖滩上向自己俯伏的蛇人们，看了看与自己一起长大的巫句芒，然后把目光转向湖面，转向广阔无垠的雷泽，月光之下，银灰的波影摇曳，一切都那样美好，那样静谧。

这应该是我的最后一个夜晚了，他想。

然后他对众人说："你们都回到山洞里去，用巨石把洞口封住，在事情结束之前，绝不可出来。不要为了我的死而悲伤，记住一定要想尽一切办法把火种传播出去。只要所有人都学会了使用火,那么人类战胜众神的时代就会到来。"

雷神在天亮前来到雷泽西岸。

在雷神回到雷泽西岸之前,雷神之子伏羲就已经感觉到了祂的存在。力量在缓缓地离开伏羲的身体,这感觉非常奇怪,就像原本这世间的一切都紧紧贴合着你的身体,但突然有一刻,毫无理由的,这天地间的一切就开始缓缓地远离你,越来越远,越来越远。这感觉是那样的不真实,如同一场缓慢而又清醒的死亡。

因此在雷神出现在雷神之子伏羲面前时,其实是在这之前很久,雷神之子伏羲就已经知道自己必将失败,这时候他想到,如果天吴说的是真的,在这一千年来,曾经有许多雷神之子反抗过雷神,那么他们为什么要反抗呢?既然在反抗之前就知道必定要失败,那反抗的意义又何在?

然而这问题不正应该由自己来回答吗?自己就是雷神之子,自己也在反抗,那么反抗的意义何在呢?仅仅只是为了要把火传播出去吗?或许这都不是最重要的,或许生而为人,就是无法心甘情愿地向神灵俯首,无法心甘情愿地当神灵的奴隶甚至牺牲,即便失败,即便死去,也忍不住想要反抗,因为人类自己就是神灵,人类天生就不应该是奴隶,人类应该当自己的主人。

雷神之子伏羲飞起在雷泽上空,对着西方天空擂响自己的胸腹,雷声响起,向着西方滚去,如无数巨岩滚下高高的山崖。很快，从西方暗沉沉的天空下，也传来一声接一声震耳欲聋的雷鸣，那是雷神的呼应和嘲讽。

父与子、神与人，在雷泽上空的云层里相遇。此时太阳刚刚冲出地平线，云层在阳光的照耀下，像是被洒上了一层薄薄的金粉。

在伏羲的身体里，力量流失得越来越快，他把最后一点闪电之力全都用了出来，鞭子一样的、银白的闪电劈在雷神的身上，但雷神没有任何反应。随后，潮水一样的电光就把伏羲淹没了，雷声在他的耳边炸响，一声接着一声，他什么也看不到，什么也听不到，什么也感受不到，他身体里的力量彻底干涸，他像一根细长的黑色树枝一样向下飘落，重重砸在雷泽岸上，黑暗笼罩了他，无声无息的世界笼罩了他，死亡笼罩了他。

雷神降落在雷神之子伏羲的身旁。在被无数的闪电劈中之后，这个雷神之子身上的血肉都焦煳了。雷神觉得饿了。祂飞了一整个白天又一整个晚上，又在清晨把身体里的所有力量都施加在了这个雷神之子的身上，祂自然会觉得自己饿了。于是祂就在湖滩上慢条斯理地吞食起自己的猎物，祂用锋利的脚爪把雷神之子身上的肉一条条撕下来，送进自己的嘴里。在无数个万年里，祂曾经这样做过无数次，至于究竟做过了多少次，祂真的记不住了。

半天之后，雷神之子的血肉就被吞食殆尽，只余一具白骨在湖滩上。自己好像在这里留下过一个脚印？这个雷神之子应该就是在这里受的孕，然后也是在这里死去。那个远远的拿着长矛向自己冲过来的女蛇人应该就是他的母亲？雷神并没有在想，这些无意义的内容只是像碎冰一样滑过祂坚硬而又光滑的灵魂的表面。祂觉得自己已经吃饱，就飞起来，认了认方向，转头向西方飞去，那里还有很多山神需要祂去唤醒，这些山神都很懒，如果不用雷声去唤醒祂们，用闪电去鞭打祂们，他们就永远也不愿意醒来。

太　皞

　　巫雷第一个从山洞里冲出来。族长青鳞把洞口堵得死死的，不让她出去和雷神拼命，直到外面再也没有动静了，青鳞才把堵住洞口的岩石搬开，巫雷抓住一根长矛就冲了出去，但她冲到湖滩上时，雷神已经飞走了，湖滩上只余伏羲的白骨和浓烈的、连风都吹不散的血腥。

　　巫雷把长矛一扔，抱住伏羲那表面仍残余着血的、看起来似乎是粉色的白骨，低声呜咽。

　　雷神没有再对别的人施加惩罚，甚至巫句芒也没有被惩罚，火种迅速地在雷泽的东西南北岸传播开来，雷神似乎默认了人类有权使用火，没有人知道雷神究竟在想什么，人不能猜测神的心意，或许雷神只是老了，或许祂清楚自己无力也无法阻止人类使用火，或许祂知道祂的末日已经临近，祂只是在等待自己的死亡。

　　伏羲的白骨太过庞大，蛇人们不知道怎么埋葬它，就让它一直躺在了雷泽岸边。雷泽东岸的泥人、雷泽北岸的牛头人、雷泽西岸的蛇人和雷泽南岸的羽人都记着他,不断有人来祭祀他,几年之后,似乎是商量好的,似乎也并没有商量好,在春天即将到来时,所有人都不约而同地来到了雷泽西岸伏羲的白骨边,其中有泥人,有蛇人,有羽人,也有牛头人。有许多人是从极遥远极遥远的地方来的,有些人在来到这里之前甚至从未听说过雷泽的存在。其中有几个牛头人,他们是从世界的最北方来的,在此之前,他们不仅从未听说过雷泽,甚至都没有见过太阳和月亮,在火种传播到他们那里之前,他们几乎一直生活在黑暗里;还有鸟头人,他们从世界的最南方来到雷泽西岸,那里有一座巨大的山脉,是由盘古的骨头化成;还有木人,他们从世界的最西方来到雷泽西岸,在那里,高高的昆仑山直插入天穹里去,山上生长着各种珍奇的植物和动物;一个石人从世界的最东方来到雷泽西岸,他的身量太过高大,只能站在雷泽里祭祀伏羲,雷泽虽深,但却只能淹没到他的腰,然而他却说,他是所有石人里身量最小的一个,别的石人身量实在太大,完全无法离开海洋来到陆地上。

所有这些人,都是带着最珍奇的礼物来到雷泽西岸的,他们想要把礼物献给那第一个把火种传播出去的人,他们没有想到,当他们来到雷泽西岸时,那把火种传播出去的人已经死去,只余一具白骨留在人世间。

礼物变成了祭品,堆在伏羲的白骨前,比山还要高。石人带来了许多建木的果实(在东方的海洋上有一座建木林，林中至少有上千棵建木）；鸟头人带来了一块盘古的骨头，那块骨头比最硬的石头还硬，比最黑的黑夜还黑，比最光滑细致的玉石还更光滑细致；来自世界最北方的牛头人带来了一片烛龙的鳞，烛龙是所有龙中最神圣的，是这世界上的第一条龙，祂睁开眼时，世界的极北方才有光明，祂一闭上眼，世界的极北方便重新被黑暗吞没；从世界的最西方，木人带来了一株昆仑山上的不死草，据说这株不死草能让死去的人复生。

所有的巫——泥人的巫、牛头人的巫、蛇人的巫和羽人的巫，都来到雷泽西岸，至少有几千个巫来到这里，泥人的巫身上涂满纹彩，牛头人的巫脸上戴着古怪的面具，蛇人的巫颈上挂满了彩色的石头和各种形状的玉，羽人的巫则在头上插满嫩枝和鲜花。

在巫句芒的带领下，羽人的巫都飞到了天空上，一边随着巫句芒唱起招魂的歌，一边在天空上盘旋飞舞跳起招魂舞，泥人的巫、牛头人的巫和蛇人的巫则在湖滩上唱起招魂歌，跳起招魂舞。这复生的仪式从太阳初升时开始，一直不间断地持续下去，巫们不吃不喝也不休息，不停地唱呀跳呀，三天三夜过去了，有些体力不支的巫倒下了，再也没能站起来，又一个三天三夜过去了，更多的巫倒下了，再也没能站起来。最后，足足过去了三个三天三夜，在第九个黎明，人们终于看到，在伏羲的白骨里，升起了一小朵火苗，红通通的，跳跃着，摇晃着，风吹不灭它，雨也浇不息它，它是被不死草和巫们召唤回来的伏羲那颗永不屈服的心。

在渺渺茫茫里，伏羲醒了过来，他不知道究竟发生了什么，也不知道究竟过去了多久，他只知道自己必定曾经睡过去了，而且是极深沉极深沉地睡过去了，深沉到什么也不知道，什么也不记得，就像死去了一样。

如今，他醒了过来，但他还是什么也看不到，什么也听不到，什么也感受不到，有些像是他在雷泽的最深处，被那些有脚的鱼撕扯到只余白骨时的情形，但也并不完全相同，在雷泽最深处时，他感觉到的是湖水的力量、大地的力量和天空的力量，而此时，他不仅仅同样感觉得到这三种力量，而且他能感觉到湖水、大地和天空所流注到他身上的力量更强大也更深广了，更大的不同在于，他还感觉到了太阳、月亮和星星的力量，那来自渺远的天穹之上的力量：太阳的力量如火般灼热，月亮的力量如冰般寒冷，星星的力量虽然微小，但却纯净而又坚韧。突然，在某一刻，他醒悟过来，正如盘古死去之后，祂的眼睛化成了太阳和月亮一样，这一颗颗的小星星，也是无数万年来，人类的英雄们死去之后所化成，此时此刻，盘古以及盘古之后的无数先祖们都在注视着伏羲，在源源不断地赋予伏羲力量，祂们在召唤他重新醒来，因为他还有使命没有完成。

白骨上生出了血肉，血肉之上又生出新的血肉，最后，在一层层的血肉之上，生出苍黑的龙鳞。头上生出了角，像雄鹿的角，但比雄鹿的角更大更粗。嘴角边生出长长的龙须,像鲤鱼的须,但比鲤鱼的须更长更有力。眼睛也长出来了,不是纵目,而是圆圆的,大大的,几乎是纯黑的,像黑水晶一样的明亮和纯净。

伏羲重新活了过来,但重生的他模样完全变了,他不再是龙身人头的雷神之子,他是一条真正的龙,有龙的身子、龙的鳞、龙的角和龙的须,他的鳞是苍黑的,他的角是苍黑的,他的爪也是苍黑的,但他所放出的光芒却是纯白的、明亮的。

人们给他取了一个新的名字:"太皞",就是"洁白光明"的意思,有时为了表示对他传播火种的伟业的尊敬,在更正式的场合,人们也尊称他为"伏羲太皞"。

雷神之死

八头八身八足八尾的天吴俯伏于太皞足下,他从来都是只顺从于雷泽之上最有力的那一个神灵。

太皞让天吴带自己去寻找雷神,天吴就飞了起来,在前面引路。

在石台山那雷神的祭台上,苍老的雷神像一条蛇一样地趴着,祂的身子瘦得几乎只余一张皮,祂甚至都已经不像是一条蛇,而仅仅只是一条空空的蛇皮。空气里弥漫着即将老死的动物才有的气息。乌鸦落在祂的身上,"呱呱"叫着,跳来跳去,寻找祂身上的小虫吃。祂的龙鳞里落了草的种子,过了一个冬天,生长出来,使祂乌黑的身子带上了点点的嫩绿。

当太皞降落在雷神面前时，雷神只是轻轻地甩了甩尾，祂连眼睛都没有抬起来。

雷泽的力量已经离开了祂。曾经，在无数万年前，祂也像太皞一样，飞降于即将死去的上一代雷神面前，或许那上一代的雷神就是被祂杀死的，说不定那时人类甚至都还没有出现，但死亡总会降临，即便是最强大的神灵也无法逃脱。祂活着的时候，兢兢业业守护着雷泽，守护着火，行使唤醒山林、湖泊和大地的使命，如今，雷泽抛弃了祂，火抛弃了祂，天吴抛弃了祂，山神也抛弃了祂，没有人会追随一个软弱无力者，即便祂曾经是最伟大最强大的神灵。

苍龙七宿

太皞知道自己必须离开。

人类不需要神灵，但如果太皞继续留在人间，他就会成为新的神灵，成为人类的新主宰。

人类不应该继续崇拜神灵，人类只应该崇拜他们自己，人类应该自己掌控火，也应该自己掌控雷和闪电。

太皞把巫句芒带到石台山的山顶上。在那里，在曾经的雷神的祭台之上，雷神的尸体只余骨头和皮，祂的血肉已经被乌鸦、秃鹫、土狼还有各种蚁类吞食殆尽，祂的鳞是乌黑的，祂的骨头也是乌黑的，只有残余在祂头颅顶上的头发是惨白的。

太皞教巫句芒用雷神的骨头制作雷锤和雷楔，教他用雷神的皮制作雷鼓，当巫句芒用雷锤敲击雷楔，雷楔的尖端就放出雪白的闪电，当巫句芒用雷锤敲击雷鼓，雷鼓的肚子里就响起隆隆的雷声。

教会巫句芒这一切，太皞就离开了。他是在冬天大雪即将落下时离开人类的。

巫句芒问他，以后将永远不能再见到他了吗？

"不，"太皞说，"我并没有离开你们。当冬天过去，你们就会看到我。守护好你的雷锤、雷楔和雷鼓，我的朋友，我的兄弟，当春天即将回来，在黎明的时候，我就会出现在东方的地平线上，那时你就要敲击你的雷楔，敲响你的雷鼓，去唤醒大地，唤醒山林和湖泊，唤醒冬眠的黑熊们，唤醒沉睡于大地之下的虫类，在整个春天、夏天和秋天，我都会在天空上遥遥注视着你们，直到冬天来临，我才会重新回到大地之下去沉睡。"

太皞在众人面前说完这些话，就从大地之上飞了起来，他向东方的天空飞去，越飞越高，越飞越远，当他长长的、洁白的、光明的身影消失的时候，雪就落了下来。

只要天气晴明，每天黎明，巫句芒都要爬到黑鱼山的山顶上向东方遥望，看看他的朋友太皞有没有出现在东方的地平线上，一整个冬天巫句芒都一无所获，但也不完全如此，他还是认清了东方地平线上的每一座山峰，并给它们分别取了名字。太阳升起的方位，在慢慢地向北迁移，在某一天，他突然看到，有两颗明亮的星，出现在地平线上，就像龙的双角。

"这一定是他醒来了,在命令我敲击雷楔,敲响雷鼓!"

于是巫句芒飞下山峰,敲响雷鼓,放出隆隆的雷声,又用雷锤敲击雷楔,放出一道又一道雪亮的闪电。

于是大地苏醒了,山林苏醒了,湖泊苏醒了,黑熊们苏醒了,虫子们也从泥里爬了出来。

随着天气越来越暖和,太皞也在天空上升得越来越高,到五月时,他完全升起在了天空之上,七个星宿,分别是角、亢、氐、房、心、尾、箕,角宿两颗星,亢宿四颗星,氐宿、房宿也是四颗星,心宿三颗星,尾宿四颗星,箕宿七颗星,总共二十八颗星,组成了太皞的身体,在五月黎明的天空上,放出灼灼的星光,其中最亮的一颗,就是心宿三星中间的那颗星,它的光明是最特别的,不是雪白,而是火红,后来的人类把这颗星称为大火星,这颗大火星,就是伏羲太皞那颗火一样灼热的、永不屈服的心。

作者简介

取"骑桶人"这个笔名是因为卡夫卡的小说,那个骑着桶去买煤的穷汉,冷,孤独,迷茫,跟当年的我很像;后来发现《霍比特人》里也有一个骑桶人,比尔博·巴金斯骑在酒桶上逃过半兽人的追杀。我怀疑冥冥中一切都已注定。

创作谈

托尔金说"神话不是谎言",他写《失落的传说》,想为英国留下独属于他们自己的神话;我不自量力,也想把我们自己的神话重新讲述,我想将所有的神话——盘古、女娲、伏羲……一直到白娘子,到田螺姑娘,都囊括进一个统一的世界里,我想让神话成为这个世界真实的历史。

我想让神话成为我们精神的故乡。

第二篇

精卫填海

短篇小说

精卫填海

作者：大　彭

01

龙王终于决定拨打天庭热线的时候，他发现他根本已经找不到电话这样东西了。

他的中枢指挥室现在看起来一片狼藉，像被扫荡过一样，而原本应该空灵寂静的海底却被一阵又一阵的噪音笼罩着。

"警告！警告！立即释放机械帝国的公主，女娃。不准伤害！立即释放！"

龙王捂住自己的耳朵，才能稍微缓解一下低频噪音带来的疼痛，他看了看降噪模式，已经开到最大了。

机械帝国是他的邻居，向来与他的族人井水不犯河水，而邻国的指挥官炎帝，是一个傲慢而执着的老人，虽然已经超过150岁了，但机械化的身体依然非常硬朗。

"立即释放！立即释放！"又是一阵不规则的啸鸣音直接钻入龙王的脑仁。

说得我好像绑架了你的女儿一样，龙王捧着脑袋无奈地想，首先明明是她自己跳进东海的，其次，如果她受到任何伤害，那也是她先动手的！

02

炎帝皱着眉头，他的女儿不见了。

负责看护女娃的护卫队都低着头，不敢言语。

"失踪了。"好半天炎帝才憋出一句话。

护卫长官把头低得更低了，声音几乎从肚脐眼这里发出，"是的，指挥官阁下。"

她的最后坐标停留在哪里？

海的边缘，方向是东侧。

东海。炎帝有点咬牙切齿。

海是机械帝国的禁区，虽然被叫做海，却是滴水全无，在阳光下95%的硫酸铜胶体和乙醇溶液折射出美丽的蔚蓝色，它会吞噬一切数据，溶解机器零件。

传说这里是女娲炼石补天的熔炉所在。

东海虽然不适合炎帝的族人生存，但隐居着龙王的族人，自从上一次补天之后，他利用女娲炼石的残留，带着族众躲入了这片领域之下，他们反对人体机械化，是一群追求自然的顽固分子。

一想到自己的女儿要和龙王扯上关系，炎帝感觉自己的润滑油都要沸腾了。

还有时间，炎帝想，应该还有时间才对，她应该什么也不知道。

"去找。"他从牙缝里挤出两个字以后,就再也说不出任何话了。

03

龙王喜欢蓝色,他一直对自己领域的这片宁静感到自豪,头顶的这片蔚蓝在缓慢地轻轻晃动,垂直而下的日光被分解得五光十色。

东海直接连通归墟,这里是上一次补天之后女娲的熔炉,各种稀有的金属被蒸发成气,填满了天崩带来的巨大空洞。

这份宁静,直到一个不明物体垂直地从海的表面开始沉降而告终。

正在喝茶的他眯起眼睛去看,这次掉下来的——好像是一个人。

龙王对这个倒霉蛋并不怎么上心,毕竟邻国的机械化覆盖率已经达到98%以上,大概是什么误闯禁区的飞行器吧,这意味着这个机器怪物会在海的洗礼下被格式化得彻彻底底,连个残渣也不会剩下。

但他很快就后悔了,因为这个不明物体竟然朝他的方向以不怎么优美的蛙泳姿势、以百米冲刺的速度朝着他的控制室冲了过来。

"你，你好。"他看到一个女孩，原地翻腾了一下，很享受地做着自由落体的运动，她有着蜜色的皮肤和炯炯有神的双眼，一头火红的卷发很惹眼，虽然听不见对方说话，但龙王依然能看到，对方在用口型对他打招呼。

龙王凝视她好久，才确认她说的确实是你好，而不是救命。

火红的火焰在柔软的胶体中匀速下降，并以一颗手榴弹的巨大压强直接被拍扁在控制室的隔离水晶上。

她的脸被压力推挤到水晶表面，但很顽固地挤出了一个微笑。

她没有被溶解，龙王突然意识到，这个人——和他一样，是碳基组成的，所以她应该是——

龙王不想面对这个现实，但这个人毫无疑问，是女娲。

04

炎帝的手指有节奏地敲打着扶手，在 ON 和 OFF 键上徘徊着。

女娲依然没有消息。

他知道女娲在哪里，但又无法确认，与邻国的通讯频率越过边境之后仿佛一根游丝一样消融在淡蓝色的薄雾之中，更重要的是，炎帝不满地撇撇嘴，他不想与没有机械逻辑的生物对话。

他的视线停留在版图东侧的一片蔚蓝，宁静而死气沉沉，他希望龙王这个老家伙能够明白他的苦心。

女娲肩负重任，她是钥匙。她是——不同的。

炎帝左手一翻，一块金色的金属片不知何时已经安静地躺在他的掌心。

他的眉头皱得更紧了。

"释放精卫，现在。"他站起来。

"指挥官阁下，"副官上前一步，"公主或许还在东海，现在释放精卫……"

她会去东海是必然，炎帝垂下头，显得有些疲倦，没时间了。

05

与此同时，龙王把一块半透明的银色金属片不动声色地隐入袖口内。

殿下，请不要转动那个按钮，这会带来，另一场不必要的海啸。他回头看了一眼几乎一片废墟的控制室外围，在眼前这位公主的好奇心驱使下，水族已经面对了三次突发的地震，和无数次大大的潮涌，龙王不得不发布了宵禁，以保护族人的安全。

虾兵蟹将都躲在角落里瑟瑟发抖，眼前这位过于活泼好动的女士显然已经打扰了他们太久以来的宁静生活。

"哦,抱歉,这里的按钮实在很多了,而且都是手工控制,太久没有见到了,我很好奇。"

龙王觉得自己受到了第二次侮辱,他正欲反击,整个控制室传来了震耳欲聋的警报声。

"入侵,精卫入侵!"

龙王看着身边这个嘴巴张成O形的红发女孩子,她的眼睛里反射出星星点点的火红像烟火一样在胶质的溶液中绽放。

"龙王爷爷,这些是精卫艇呢,是我们用来处理数据废料的飞艇。"女娃饶有兴趣地看着控制室外的深蓝色幕布,"我还从来没有见过他们现在这副样子。"

精卫艇体型很小,像一只只精巧的燕子,但密度极大,密集的集成电路板上压缩了庞杂而无序的数据。他们从天而降,带着巨量的数据垃圾,正在缓慢地被读取,分离最后溶解,化为虚无。

"这不是烟火表演,这就是垃圾。"龙王没好气地解释,"这是你阿爸在向我发出最后的通牒。"

"阿爸为什么要丢这么多精卫艇过来?"

"他要蒸发这片数据海,这样大规模的无序数据会产生白噪音和辐射,同时搅动了整个海的运作,然后产生所谓的'浪'。"龙王瞥了一眼手边的数据,"最终会逐步蒸发'海'。"

"喔,但阿爸为什么要蒸发东海?为了救我吗?"

龙王瞪了她一眼,"也可以这么说吧。"

但这不是主要原因,龙王想。

"话说回来,你作为机械帝国的公主,应该知道东海对你们族人来说就是禁忌之地。"他看了看身边这个窈窕的少女,"你纯粹是来游泳的吗?"

"你和阿爸说的一样,是个毒舌的王呢。"她不理会龙王气呼呼的脸,在自己的手腕上摁了几个键,"我想,我应该是个快递吧。"

从她的动脉处,隐约能够看到一个黑色的胶囊物质,发出暗金色的光芒。

龙王的眼神变了。

06

炎帝在等待,他第一次从自己的机械化体系中找出"焦虑"这个词语来形容现在自己的感受,他的手里反复摩梭着天庭的令牌。

"精卫计划执行得怎么样了?"

"每2小时派出300艘。"

"热值可控吗?"

"稳定。"

"海浪涌动呢?"

"剧烈增强中。"

"覆盖率?"

"65.32%。"

"还需要多少时间?"

"无法预估时间,进入海的范围以后,信号就被模糊化了。"

炎帝叹了一口气,龙王,是与自己走了完全相反道路的一族,龙王和他的族人正是为了躲避电离辐射,才遁入这片海底,他们利用女娲熔炼五彩金石产生的高强度合金隔离出一大片区域,才勉强生存了下来。

"按原计划进行。"炎帝的脸色很阴沉。

"那公主殿下……"副官欲言又止。

"她会没事的,"炎帝摆摆手,"如果龙王这边一切顺利的话,还来得及。"

——要天崩了。

07

海在微微颤动,好像在配合龙王的表情,深色的光影从他的皱纹上掠过。

女娃也好奇地看着她手腕处的这个物体。

"你觉得这是个什么?"她轻轻地晃动了一下手臂,"小型鱼雷?"

"你认为你阿爸在你身体藏了一颗足以毁灭半个东海

的鱼雷。"龙王翻译了一下她的假设。

女娲眨眨眼,"嘘,阿爸并不知道我要来。我自己偷偷来的,从我发现这个东西开始,我就开始琢磨了。"

"所以他天天在我的头上放高音喇叭说我绑架了你。"

"绑架我?为了这个吗?"她又晃了晃手臂。

"喔喔喔,请小心轻放,这虽然不是鱼雷。"龙王用双手托住这枚黑金色的物体,它在龙王的掌中显得更加小巧,黑色的椭圆柱体垂直立起,光从内部释放出来,在地板上投射出一行行密码一样的文字。

这是……龙王皱起了眉头。

"你看,这上面有地址和留言,用的还是古文,破译它费了我不少功夫。"

"又东二百里,曰东海,黑水覆之,龙神之居所。遣精卫沉形东海,海落乃女娲出。"

走马灯一样旋转的文字转瞬又消失在黑暗中。

"这里是东海,你,"她指指龙王,"应该就是龙神,所以女娲出又是什么意思?我记得女娲是阿爸造的机器人,但是已经……"

"损毁了,在上一次天崩中损毁了。"龙王接口道。

"天崩的时候,"她的眉宇间显出少女的忧虑,"我阿爸很焦虑呢。"

"应该的,因为穿透天崩空洞的电离辐射可以毁灭我们所有部族。"龙王哼了一声。

"嗯,"女娲点点头,"所以他费尽心血要机械化。"

"没时间了，"龙王叹了一口气，"跟我来吧。"

距离天崩还有24小时。

天庭的传令牌已经开始发出催促的警报，闪烁的红光让炎帝更加烦躁。

除了烦躁，炎帝有点好奇这次的女娲到底是什么形态的，他紧皱眉头，望着东海的方向。

女娲并不是一个"人"，她是——她在——炎帝不由自主地握紧了自己的手。

"指挥官，已经可以看到发射台了。"

"立刻准备。"

没错，炎帝努力抽动嘴角笑了一下，女娲是一把利剑，一粒银色子弹，一道闪电，用各种美妙的形容词来形容都不过分。

上一代女娲是炎帝的作品，他设计成了机甲人形的样式，外形非常美丽，但在上一次补天的时候损毁严重，机甲表面直接暴露在电离辐射中几近损毁，炼石的熔炉塌陷，才形成了现在的"海"。而机甲本身已经坠入海的深处，消融毁损。

这一代的女娲落在龙王手里进行创作。

水族的设计，柔和而低调，奉行实用主义，但炎帝质疑女娲的设计外观远远多于质疑她的性能和功效，他不担心水族的科技实力，但怀疑龙王的眼睛因为老花已经无法辨别美丑。

而他更担心的是,他的女儿。

女娲看到了一片黑暗,但这片黑暗有一个更深的影子,庞大的轮廓中央悬浮着一个银白色的长椭圆体。

"你看到的,就是女娲。"龙王的声音在黑暗中若隐若现,他好像正在操作什么机械。

长圆形的物体上附着无数细小的银丝,他们在闪烁,像一朵朵烟花绽放。"那个,"龙王说,"是高能粒子黑箱容器,通俗地说,她正在充电。"

"女娲竟然是一个……棒槌?"女娲皱着眉头形容道。

"棒,棒槌?这是开天辟地以来的杰作,是氨基酸碳基和机械化的完美结合,这流线型的体态,这哑光的无缘反射层,这无与伦比的流畅性,比前一代的女体机械人不知优雅多少。"

女娲翻了一个白眼。

"我和你阿爸分别被授予天庭的令牌,这一次由我修复机体,它好像一种世界的——"龙王斟酌了一下,"免疫细胞,碳基生物才可以孕育培养。"

"可是为什么女娲不放在机械帝国呢?阿爸的科学技术不是更适合制造这个……杰作吗?"她说得有点心虚。

"因为这里有制作女娲的重要材料。"

"氨基酸硅藻土。"女娲有点恍然。

龙王点点头,"这里是第一代女娲造人时留下的工厂。"他叹了口气,看着悬浮在空中的巨大物体。

她是唯一的，真正的神明。

银白色在蓝色光影的衬托下，显得更加瑰丽和壮观，暗色的背景中灿若星河的精卫艇点缀其间，龙王非常满意。

"她看起来一动不动。"女娲指了指纺锤型的物体。

"她没有魂魄，她的魂魄在这里，"他轻轻松开手，黑金色的胶囊悬浮起来，"你培育了她的魂魄。"

"这个棒槌会按照我的意愿活动？"女娲觉得不可思议。

"首先，她不是棒槌，"从颤动的白发，可以判断出龙王此时的血压已经要超过180了，但他努力保持了冷静，"第二，不会，你不能控制她。"

但是你的性格会影响她。龙王暗暗想到，并叹了一口气。

黑金色的胶囊安静地悬浮于半空，像一个披着黑色面纱的神秘淑女，但龙王知道，这个魂魄肯定不是淑女，但或许这是一件好事，补天是大事，沉默寡言的高贵公主可能无法胜任。

它缓缓地滑向机体，悄无声息地融入了银白色的外壳中，像一滴墨汁滴入了清水之内，转瞬就消失了踪影。

龙王的手中滑出一块金属片，"这是天庭令牌，只有在最高级别的危险面前，中央天庭才会动用这块令牌，我想你阿爸也应该已经收到了。"

"只是……为什么又要天崩了？"

"因为我们并不是世界游戏的主角，不论多么自负，我们只是寄居于它。天崩是这个世界升级的方式，世界要摆脱我们跨入下一个形态，好比摆脱恐龙迎来大猩猩。"

"但是这次大猩猩不同意了。"

龙王觉得这个比喻有点古怪，但耸了耸肩算是默认了，大猩猩毕竟拥有智慧，可以改天换地。

"为什么阿爸要把这么重要的东西放在我的体内？"女娃有点疑惑，"而不是直接给龙王爷爷你呢？"

"因为他没有办法穿越这片海域，这片海是上一代女娲补天之后的残留物。"

上一代女娲是炎帝的大手笔，机甲女战士的形象非常鼓舞人，但很不幸的是，在补天的时候完全损毁，坠落在归墟之地，龙王接手了这片废墟，用硫酸铜溶液封死了这个深坑，和族人一起死守于此。

炎帝没有机械化这位公主，让她作为人类自由自在地生活，龙王笑了一下，也算是父爱如山了。

"指挥官阁下，海已经……"一位身穿长袍的长老说道，"族人已经100%进入逃生舱了。"

"这里马上变成真正的大海，我和我的族人会回到家乡。"龙王的右手一翻，一把水刃如水蛇般缠绕在他的手臂上，只见他神色一变，刀已出手，从上至下，一道极其细但高速的水流从刀锋划出，他手臂一扬，女娃只觉得眼前银光一闪，自己已经被一个巨大的水球包裹住了，"我们走吧。"

"喔……龙王爷爷你好酷。"她的嘴巴张成了O形,女娃由衷地拍手。

龙王瞪了她一眼,欲言又止。

"这是无重力舱,可以保护你。你到我的身边来,"他的长袍像花瓣一样散开,转瞬如同磁力片一样紧紧贴在身上,互相连接成鱼鳞状的铠甲,"我是龙王,你总不会认为一个族群的王只会喝茶聊天吧。"

"我会带你回到地面,"龙王的声音变得非常遥远,一个菱形的白框从天而降,还有——

"我和你爸爸是同辈!"

女娃好像在做梦。

梦中的她自由自在地在一片蔚蓝色的大海中游泳,是真正的大海,冰凉的海水拥抱着她,她睁开眼睛,能看到白晃晃的太阳在眼前摇摇欲坠。

天空从中间裂了开来,像被闪电劈开了一样,蓝绿色的瀑布从她的身体两侧缓缓落下,星星点点的火焰在空中炸开,支撑天空的不周山在一块一块地坍塌。

一个巨大的纺锤体从干涸的"海"中缓缓升起,炎帝,黄帝,在他们身边,更有无数条人影,好像都是其他氏族的王,他们或持剑或持枪,各色飞艇整齐地排列在他们身后,如临大敌。

中央天庭的天兵天将也严阵以待,天空呈现出各种妖异的颜色,宇宙中的未知粒子和射线争先恐后地从碎裂的黑暗缝隙中涌了进来。

所有的王如临大敌，对抗的是这个世界的又一次拒绝和崩坏。

各族王者的中心，悬停着女娲，她银灰色的身体开始旋转，弧线从表面逃离，组织成一根根长长的网线，仿佛一个非常端庄的女性形象，用悠扬的身姿飘飘起舞，随袖舞动的各色烟尘，如彩虹一般往空洞的位置升腾，凝结，一点点地将黑暗逼退。

女娃在缓缓上升，她看到了自己的父亲，非常威严的全副武装，站在最前线。龙王护在她的身前，白发飞扬，水刃缠绕在他的右手，女娃好像看到父亲朝她这个方向微笑了一下，口型好像在说，赶上了。

但这个微笑又好像是传递给别的什么人，因为她看到龙王用口型回了一句什么。

08

"你竟然用水刀砍我的女儿！差一分就会伤到她，你这条老龙！"

"那叫做水刃，你这个白痴，没有水族的保护，她怎么穿过辐射层，电离层和溶解质，嗯？凭你的眼神和噪音吗？"

"谁叫你隐居在这种危险的地方！一般人能去么！"

"废话，女娲这么大型的杰作是这么随随便便就可以藏匿起来的吗，况且你精卫艇造成的能量波根本不够启动啊！"

"你知道我派出了多少精卫艇吗！足够淹没你这个东海了！这么多的能量废料也不够你捣鼓出正向波动吗！果然也是老了不中用了啊。"

"捣鼓？你也说了这是废料啊，你这个老家伙赶紧把你的女儿接回去！我不是保育员！"

"就不。"

"她竟然叫我爷爷！"

"你这模样还指望她叫你什么。"

"我和你是同辈！"

中央天庭在百年例会的时候，只看到两个几乎要超过150岁的老人家拍案而起，毫无风度可言。

"我不想看阿爸和龙王爷爷吵架。"女娃因为无聊，坐在天庭的台阶上干等。

"咳，算了，总算是赶上了，幸亏女娲能够及时启动，公主。"

"还会天崩吗？"

"会的吧。"

"不，我们总会被迭代的，我们会被后人遗忘，最后成为传说。"

"他们会怎么说这件事呢？"

副官看了看身边的公主，"大概是精卫填海吧。"

作者简介

大彭。女性。说故事的人。

创作谈

谈谈灵感。

精卫的灵感来自一台无人机。

当我注意到它的时候,它正从长方形窗户的一个顶角以非常缓慢但坚定的速度朝对顶角方向滑去。

背景碧空如洗,它通体黑色,顶部摄像头区域是白色的,而四只螺旋桨被涂装成了红色。

宛如一只鸟,一只折断了翅膀但毅然扑腾的鸟。

落到地面之前,它果然被纠缠的树枝卡住,像陷入了蛛网的某种昆虫。我俯视它,它的姿势诡异,看起来无奈而倔强,等待救援。

但片刻间,它颤动了一下,仿佛带着自身觉醒的意志,倔强地扭动着红色的脚爪,摆脱牵绊,义无反顾地一头投向了地面。

它消失在我的视野里,空气平静得没有任何涟漪。

至于海的灵感:

它蔚蓝,深不可测,冲洗着一切,让一切归零。它像一个不断运作的数据清理装置。柔软的海浪像某种胶体,裹住我们，困住我们，消灭我们。

一波又一波地弱化我们的回忆，执着和期望。

"你确定清除档案吗？"

"确定。"

机器如此懂得人类的弱点，所以它一问再问，我们一次次回答，确定，确定，确定。

图

仇英作品

张渥作品

猫小犬作品

不周仙作品

黑太岁　不周仙　绘

上古时期寻找仙药的先祖们,在海中仙山遇到了神秘的黑太岁。

插画师简介:

不周仙,艺术创作者,作品以神话故事和民俗传说为灵感,表现神秘怪诞的中式幻想美学。

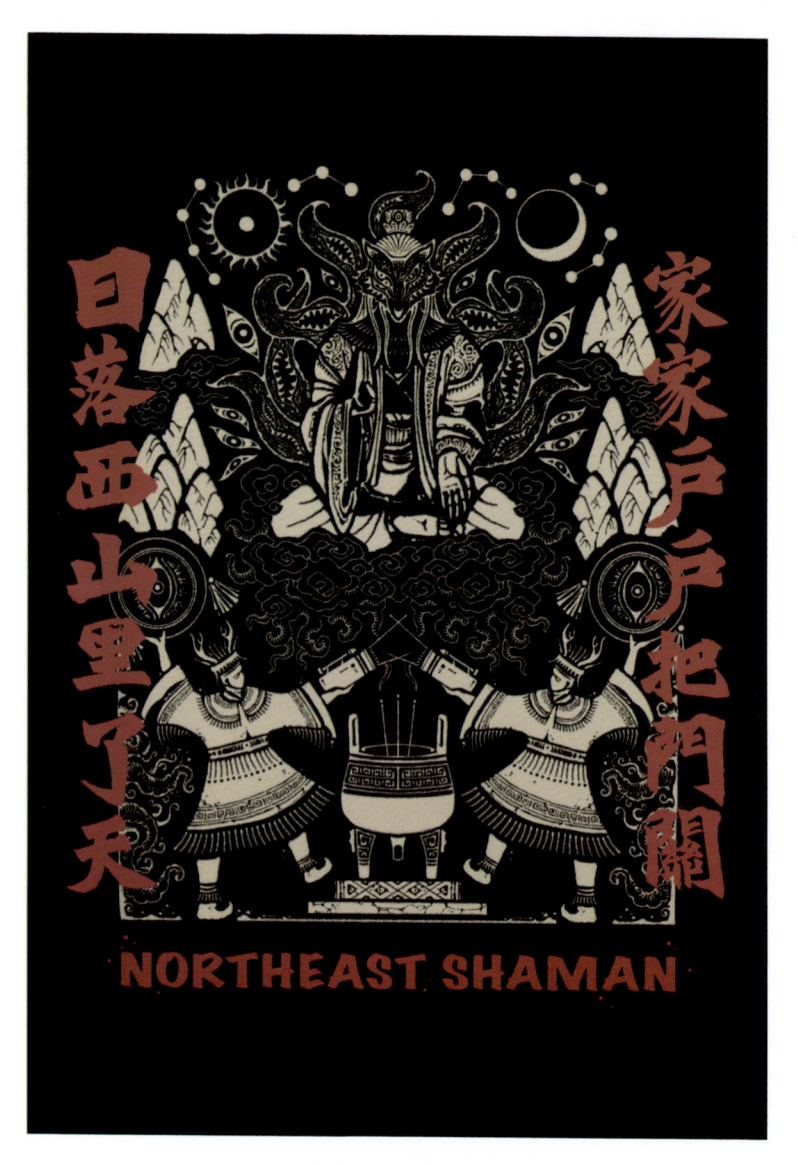

出山　不周仙　绘

左手持鼓右手拿鞭，萨满唱着古老的歌谣恭请狐仙。

司命帛书　不周仙　绘

灵感源自马王堆T型帛画，融合克苏鲁元素，表现传说中羽化登仙的仪式。

祀方相　不周仙　绘

以汉代画像石风格，描绘了祭祀方相氏的古老典仪。

乘黄　猫小犬　绘

乘黄，又名飞黄，是传说中的神马，骑上乘黄必有好事发生。

插画师简介：
猫小犬，插画师，游戏概念设计师。

白虎　猫小犬　绘

白虎瑞兽，西方之神。同青龙、朱雀、玄武合称四方四神。

蚣蝮　猫小犬　绘

　　蚣蝮，又名避水兽。因触犯天条，被贬下凡看守运河。据说用它做成雕像放在河边能够镇住河水，防止洪灾。

狻猊　猫小犬　绘

狻猊为龙第五子，身形如狮，天生威武。象征着富贵、勇敢、崇高，也是文殊菩萨的坐骑。

九歌图卷　东君　元　张渥　绘

《临李公麟九歌图卷》是张渥于1346年冬十月为其好友言思齐所绘。虽说是临李公麟，实际上是再创造。该作品根据《九歌》内容，绘制其中的人物。现藏于吉林省博物院。

九歌图卷　河伯　元　张渥　绘

《临李公麟九歌图卷》创作了东皇太一、云中君、湘君、湘夫人、大司命、少司命、东君、河伯、山鬼、国殇等十一篇,绘制了含屈原在内的二十人的人物形象。

九歌图卷　山鬼　元　张渥　绘

《九歌》是《楚辞》的名篇，原为中国神话传说中一种远古歌曲的名称，战国楚人屈原对其进行了重新创作。

九歌图卷 湘夫人 元 张渥 绘

《九歌》的多数篇章皆描写神灵间的眷恋,表现出深切的思念或所求未遂的伤感;《国殇》一篇,则是悼念和颂赞为楚国而战死将士。

五星二十八宿神形图　柳星　（传）明　仇英　绘

二十八星宿是中国古代天文学家为观测日、月、五星运行，将黄道和天赤道附近的天区划分出的二十八个星区。中国古人将二十八星宿进行了拟人化，画家以此展开烂漫的想象。

五星二十八宿神形图　太白星　（传）明　仇英　绘

　　世传的《五星二十八宿神形图》有比较常见的三个版本，一是据传为唐代梁令瓒所绘的，现藏于日本大阪市立美术馆；一是传为宋代摹本的，藏于北京故宫博物院；还有就是我们选取的传为明代仇英所绘的，现藏于美国大都会博物馆。

五星二十八宿神形图 翼星 （传）明 仇英 绘

五星二十八宿神形图 荧惑星 （传）明 仇英 绘

既然有二十八星宿，自然就有二十八个各具特色、神奇烂漫的人物形象，因为篇幅所限，这里只选取了四个。

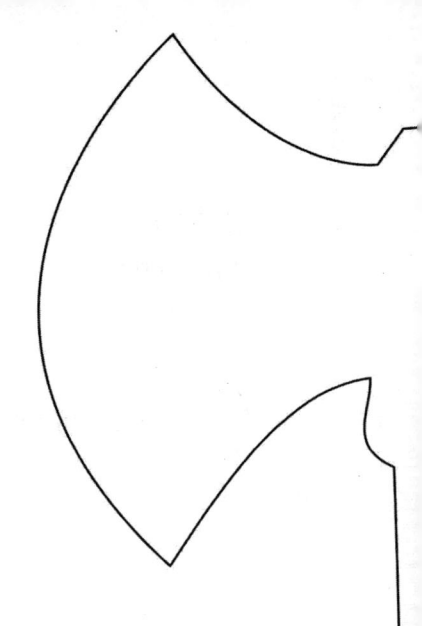

第三篇

伐鬼方

短篇小说

伐鬼方

作者：索何夫

> 九三。高宗伐鬼方，三年克之。小人勿用。
> ——《周易·既济》

壹 灾异

在那个穿着羊毛斗篷的老巫师走进他的军营前，崇豹正在与他的侍从们清洗着战车的车轮——在几天之前的一场小规模战斗中，这辆战车的轮毂和轮辖都沾上了许多敌人的血，到现在还散发着一股难闻的味道。如果在过去，崇豹更喜欢用上好的燧石打磨车轮、再拿山羊的油脂加热后涂在这些铜制零件上以防锈蚀；可现在，他却只能因陋就简，让侍从们用刚找到的干燥沙子打磨车轮，擦去那些青绿色的氧化痕迹。

与写字用的沙盘里盛装的那种干净河沙不同，由于营地周围只有几条布满乱石、干涸已久的山涧，他的部下找来的沙子也并不纯净，里面混杂了许多散碎的干土，甚至是干透了的植物纤维。在用满是老茧的手抓起这些黄沙时，那种熟悉的干燥感突然让崇豹感到了一阵惶恐。

这次反常的干旱……已经持续多久了？上帝的怒火究竟又要燃烧到何时？

崇豹不敢思考后一个问题，但他大致上知道前一个问题的答案：虽然并不是需要在农田中躬耕终日的农夫，但从很久以前，他就已经开始注意到，这个世界正在变得越来越不正常。许多年前，还在笨拙地跟着长辈学习礼节与祭祀仪轨的他曾经以为，这个世界应当是温暖而湿润的。虽说与遥远的东方故土相比，位于群山间的关中地区本就相对干燥，但在一年之中，也至少有一半的时间是树木葱茏、绿草如茵的。他相当怀念山谷间的河道中还能传出汹涌的流水轰鸣声的日子，也非常希望农田里的黍米、麦子、葵菜和大麻还能得到充足灌溉的好时光能够尽快回来。可是，不知为什么，随着他和他的同龄人逐渐长大成人，开始随着长辈学习拉弓射箭、驾驭战车，雨水却变得越来越少，天气也越来越干冷。回荡于群山间的洪亮水声变成了微弱的潺潺声，活像是将死之人最后的叹息，田地里的作物也一年比一年矮小、穗子一茬比一茬单薄，牧草逐渐稀疏变黄。甚至连从遥远的西方不定期前来的商人也开始渐渐变少，即便偶有来者，带来的关于战乱、饥荒和恐慌的可怕消息，也要比那些品质越来越差的玉石和青金石多得多。

这个世界正在变得不对劲儿。这是崇豹成长过程中意识到的第一件事。

当然，崇豹的族人们并非没有为解决这个问题做出过努力：他们先是增加了在仪式上对自然诸神进行祷告的频率，更加频繁地向风伯和雨师，向司掌春天与绿色的句芒，甚至是禺强、禺京和不廷胡余这几位海神献上猪和羊的血肉；之后又开始转而以更加激进的手段祈求天上先祖的帮助，希望他们能直接将人们的愿望转达给上帝。在崇豹十二岁那年，一个处女奴隶在祭祀活动中被从头到脚砍成两半、献给伟大的祖先，两年之后，族人们突袭了一个敌对的西羌部落，二十个被俘的女人被斩首、丢进大锅炖煮，城邦的巫师声称，这样绝对可以取悦伟大的祖先。可惜，那个混蛋的理论并没有取得应有的效果，于是，在一年之后，他自己也成为了献祭活动的一部分，被光荣地指定为用来给新祭坛奠基的牺牲品。在被活埋的老巫师头顶上，人们根据新任巫师的指示一口气将五十个来自刚刚被击败的"串"部落、年轻貌美的处女打扮成新娘的模样，然后投入熊熊的烈火之中，人体油脂燃烧的焦臭味在一整天里都充溢着市街……

但这一切都没有奏效，无论是四方的自然神还是天上的祖先，在享用了盛大的供奉之后却都保持了令人愤慨的沉默。日益严重的饥荒开始动摇了城邦的稳定，颗粒无收的龟裂土地上逐渐出现了死于饥饿的农夫尸骸，而活着的人甚至没有力气去为他们安排葬礼。河流干涸见底，山间草木枯黄，充满干燥黄土碎末的阴冷风暴从北方卷起，像一群群癫狂的鬼怪般越过令他的族人们引以为傲的高大城墙,在弥散着绝望与恐慌气息的街巷户牖之间嘶号奔走。

然后,真正的鬼怪也出现了。

崇豹是在十七岁生日后的第三天得知鬼怪的存在的——在那天,一个国王的信使乘着最好的快马拉的马车,从东方风尘仆仆地赶来。崇豹的大叔、也就是城邦的侯爵原本指望,国王会派人送来他们急需的粮食,可是,信使带来的却只有一份诏令。在那份命令中,国王要求所有的主要邦国立即进行动员,集结武装力量前往北方,准备与新出现的、名为"鬼方"的敌人交战。虽然粮仓里的储备寥寥无几、武士和战马也都不在状态,不过,作为"多子族"的后裔、王室近亲中的一员,他们还是义无反顾地进行了力所能及的准备,集合了两千人与八十辆战车,这支远征军花了三个月翻过了北方的群山,并与数量更多的附庸部落武装会合。当一望无际的平原再次出现在眼前时,他们的兵力已经达到了五千人和一百二十辆战车。

而国王集结的军队多达四万人。

在一年半之前的那个夏日正午,崇豹曾经天真地以为,胜利对于他们不过是唾手可得之事,用不了多久,他就可以满载着荣誉,也许还有俘虏来的奴隶和财物,踏上光荣的返乡之旅了:来自东南方向的大军几乎挤满了大河之滨的平原,除了数以千计装备精良的甲士和数以百计的战车之外,他还看到了几十头披甲的战象。巨大的玄鸟战旗在军阵的正中央随风而动,用鼍皮制成的战鼓敲出了令人振奋的浑厚鼓点。仅仅是这一幕景象就让崇豹相信,他们不可能失败,也没有什么力量能让他们失败……然后,他们就遭到了一场灾难性的溃败。

在那次会战中,敌人唯一显著的优势就是数量——从勉强可以自己走路的六七岁儿童,到步履蹒跚的老人,以及部落里的女人们,全都被这些家伙拉上了战场,但如此拼凑出的"数量优势",在一开始只是引来了国王麾下武士们的高声嘲笑:毕竟,只有最不懂得军事知识的愚蠢蛮夷,才会在正儿八经的野战中拉出这种只应该出现于城邦内部的国人暴动中的阵容。除此之外,这些被称为"鬼方"的敌人大多握着用燧石和卵石打磨而成的粗糙长矛,或者简陋的木槌,投石索和装着骨镞的少量单体弓便是他们仅有的投射物器了。他们很少有金属武器,几乎没有盾牌、铠甲、头盔和战车,而战象这样的精贵玩意儿更是完全没有。在抽出一支备用箭矢、准备展开人生中第一次突击作战时,崇豹甚至朝着国王的方向远远瞥了一眼,同时在心中生出了一个大逆不道的想法——就为了对付这种可笑的对手,那位传说中英明神武的国王居然要征召如此之多的军队、进行这么多根本不必要的准备?他难道是老糊涂了吗?

但事实证明,国王是对的,至少比少不更事的他更加正确。即便聚集了如此规模的兵力,准备了全国最精良的武备,但他们却在那一天遭到了骇人的惨败,不得不退到大河的另一侧——幸运的是,国王也早已经预料到了这种可能，在半年前就派人沿河修筑了营寨、囤积了粮草，使得他们可以依托防御工事阻止鬼方人的进一步南下，并趁机进行重组。

接着，战争就一直拖延到了现在……

"大人？"就在崇豹又一次因为回忆而陷入恍惚之中、停下手上的动作时，一个年老的护卫武士突然走了过来，对他抬手行了个礼，"有人请见。"

"是国王的使者吗？我们要的替换用箭镞和修理战车的材料总算要送来了？还是说陛下的大臣们总算找到了多余的牛皮？"崇豹问道，不过语气中并没有包含太多的希望：仗打到这个份上，虽然鬼方人的攻势暂时被遏制了，但后勤补给也变成了一个巨大的难题。由于包括粮食和武器装备在内的所有物资都需要千里迢迢从南方运送，途中消耗极为巨大，在过去的一年里，他们不得不遣散了大部分兵力，又让留下的人中的一半开始就地务农，以减少可怕的后勤压力，但饶是如此，普遍的匮乏仍然是前线的基调。

"没有，大人。"那老武士说道，"陛下派来了一位……呃……巫师。"

"什么？"崇豹愣了一下。虽然和这个时代的绝大多数人一样，他也发自内心地笃信上帝、诸神、天堂里的先祖和超自然力量的存在，以及巫师（当然，不包括那个被拿去祭献的老骗子）沟通超自然力量的能力。但话说回来，在目前的状况下，他的营地里还真不缺巫师这种玩意儿：

由于前途无"亮"的现实，崇豹超过一半的手下都已经"自学成才"、整天鼓捣着占卜和祭祀的活儿，指望能够逆天改命。再多一个巫师，在这种时候的作用也着实有限，"真是可惜，哪怕陛下送一千支箭给我们也比这强的。实在不行的话，只是给材料让我们自己铸也行……"

"但那是陛下派来的人，"老武士强调道，"而且陛下特别盼咐过，那位巫师大人并不是来替我们占卜和祈福的。"

"扯淡。"崇豹用只有自己听得到的声音说出了这句颇有大不敬嫌疑的话。巫师如果不能占卜和祈福，那还能干啥？在营地里当射箭训练的靶子吗？！"既然如此，他是为什么来的？"

"我为带来胜利而来。"一个低沉、但却充满着令人信服的力量感的声音说道，"只要照我说的去做，我就将在一年之内让你们取得对鬼方人的胜利。"

贰　对策

片刻之后，在营地最好（换句话说，还不至于四面漏风的）那顶牛皮帐篷之中，崇豹按照礼节从侍从手中接过一杯加热过的甜酒，恭恭敬敬地奉到了老巫师面前的案几上。虽说他并不觉得这个古怪的老头能够带来什么转机，但他毕竟是国王陛下的客人，因此，必要的礼数是断断少不得的。

"唔……还是底比斯产的啤酒比较对我胃口，当然，得是大麦酿的那种。"老巫师摘下兜帽，瞥了一眼甜酒，然后小声地嘟哝道，似乎并不喜欢青铜爵中那浑浊的酒液。虽然不知道"底比斯"是什么，但趁着这个机会，崇豹还是迅速地打量了一番他的长相：无疑，这人并不是崇豹的乡亲，也不像是从东方王畿来的人，他的鼻梁比较低、有着浅褐色的眼珠，遍布皱纹的皮肤则是鞣制过的皮革般的棕色，几乎全秃的头顶只有边缘位置还残留着一圈花白的头发。修长的四肢、以及四肢上的肌腱表明，他在年轻时应该是个动作敏捷，也经常运动的人，而且多半曾在日照充足的地方生活过很长的时间，正如玄鸟后裔一族的先祖一样。

"敢问阁下的名字是？"

"我的名字无足挂齿，不过如果愿意的话，你可以管我叫印和阗，"巫师微笑着说道，"当然，这不是我的本名，而是一个很久以前的古人的名字。但这么称呼我其实也没问题。"

"那好吧，印和阗阁下，"崇豹念了一遍这个古怪的名字。他听说过，很多巫师不愿意透露自己的真名、生怕那样会害自己失去超凡的魔力，所以他对此并不感到奇怪，"您打算如何带给我们胜利呢？"

"这个嘛，首先我要说明一点，那就是你们并不是唯一遇到麻烦的文明，欧亚大陆的其他地方也遭到了类似的入侵——就在前几年里,哈图沙和米诺斯的城邦都已经成了一片废墟,不过,他们至少拖延了足够的时间,让拉美西斯三世有机会解决问题,"巫师一边自言自语,一边打量着帐篷中央那只正在炭火上沸腾的铜鬲。在这只被崇豹用来炖煮葵菜羊肉汤的炊具表面,镌刻着密密麻麻的文字,记载着他宗族里的先辈们在历次战争中取得的军事荣耀,"嗯,当然,地中海沿岸的地方并不重要。真正的问题在这儿……在东方。那些家伙如果在被击败后退回寒冷的北方,那可就麻烦了。"

"抱歉,阁下。但我完全听不明白您刚才说的……"崇豹摇了摇头。虽然他以前也和从西方来的玉石商人交谈过几次,但却从没听过那些古怪的地名。哈图沙和米诺斯究竟在哪?什么又是"欧亚大陆"和"地中海"?

"算了,就算不能理解我刚才的话也无所谓。这么说吧,你觉得这些被称为……嗯……'鬼方'的敌人,究竟是靠什么打败了你们?"在意识到自己似乎说得太多之后,巫师摇了摇头,开始讲起了崇豹能够听懂的话,"在你看来,他们和其他对手的差别在哪?"

"这个……事实上,我们一开始都非常蔑视那些家伙,"崇豹耸了耸肩,"他们的武器装备甚至比我老家附近的那些蛮子还要差,在第一次交战时,那些家伙中十个人才有一件金属武器,战车的数量也相当少。但是,他们的人很多,非常多……我估计至少有十几万,也许还不止……"

"也就是说，你们是被简单的数量优势压倒了？"

"是的……不，不对，不能这么说。如果单是数量优势的话，我们还不至于对付不了。毕竟，那些家伙的人数优势是依靠把老弱妇孺全部拉上战场才做到的，按理说，他们应该根本就没什么战斗力才对。"崇豹先是下意识地点了点头，然后又用力摇了摇头，"我们一开始也以为，只要让战车发动冲锋，就能轻而易举地击溃他们，但谁知道……上帝啊，谁能想得到……"

痛苦的神色出现在了崇豹的双眼之中。如果可以的话，他并不愿意重温那一天的回忆：在看到那团由形容枯槁的老弱妇孺组成的浪潮时，包括他在内，所有乘坐着战车和战象、披坚执锐的武士们都毫不在意——谁会觉得，一群没有铠甲、拿着石块和木棍的流民能够对他们构成真正的威胁？虽然有那么一瞬间，崇豹对于这些乱七八糟的乌合之众究竟如何千里迢迢地来到此处、而不是在途中就因为饥寒交迫而分崩离析感到了些许困惑，但当冲锋的密集鼓点响起时，他就把这些困惑抛在了脑后，下达了突击指令。

作为一名生活在公元前13世纪末的贵族武士，崇豹和他那些生活在地中海东岸、或者美索不达米亚与波斯高原的同行们并没有什么不同。颠簸摇晃的战车对他而言早已是日常生活的一部分，而张弓搭箭更是如同日常行走般自然——纵使这些年里的干旱日渐加剧、猎物越来越少，他还是每年都会参加数次由主君召开的田猎活动，通过驾车驱逐和追击猎物来保持自己的身手。在那一天,他采取的是非常标准而简单的战术:在战车快速接近目标的过程中迅速锁定可能是头领的人物,并将箭矢优先射向他们。而站在右侧的低级武士则紧握着战车用长戈,准备对付那些敢于接近的敌人。

从他过去对付城邦周围的小股蛮族的经验来看,这些敌人的数量虽然很多,但显然是缺乏训练和战斗经验的。冲锋过程中的第一轮射击应该就会让他们产生动摇,而一整列战车的密集冲锋所带来的压迫感则会引发崩溃:那些被裹挟来的老人、女人和小孩会尖叫着四散奔逃,然后让恐慌像泥石流一样横扫整个人群。无论把这些人带上战场是谁的主意,那个蠢货很快就会发现,自己的小聪明会带来何等的苦果。不需要太久,死于自相践踏的人会比被战车队杀死的人还要多得多,剩下的人则会成为他们的猎物,作为奴隶和祭品被运往南方。运气好的话,那些站在车后的持戈武士甚至不会有太多表现的机会,至于他们腰间的剑,更是几乎不可能沾上鲜血。

但他们错了,而且错得离谱。第一轮青铜箭镞像饥饿的蝗虫一样掠过空中,咬进了许多没有盔甲保护的肉体,但这些人的倒下就像是水面上溅起的几个小小浪花,完全没有造成恐慌和混乱。接着,四匹战马拉动的战车撞进了人群,可对方不但没有本能地闪避,反而像饥饿的蚂蚁群一样朝他们扑来,数以万计的喉咙同时发出了令人胆战的嘶吼声,让崇豹在一瞬间回忆起了多年前那场涌入城邦街巷之间的寒冷风暴,而那些人全都有着无神的诡异幽蓝色眼睛,像极了暴风雪到来之前、尚未被浓云遮蔽的天空。他继续拉弓搭箭,以自己能做到的最快速度射击着。由于敌人过于密集,即使不刻意瞄准,战车上的甲士射出的每一支箭镞也都能穿透肉体。

但这一切都是无用功。当战马终于和鬼方人的血肉之躯发生碰撞时,崇豹意识到了这一点。那些鬼方人缺乏武艺,装备低劣,但却有着近乎癫狂的战斗意志,有生以来第一次,他看到战车输给了徒步的人群——许多战马因为恐惧而不敢继续冲锋,甚至让拖曳的战车接连翻覆;另一些战马撞进了人群,然后立即被蠕动的血肉之潮所陷没。在射出第六支箭时,崇豹的战车已经无法前进了,他的驭手被超过十只手直接拽下车去,在极度恐慌的惨叫中被生生扯碎,而站在他右边的武士只用长戈进行了两次挥击,就不得不撇下这件难以运用的长兵器,举起了放在车厢中的战斧。至于崇豹自己,则在用第七支箭射穿一个登车者的胸膛之后被迫抛弃弓箭、转而拔出腰间的短剑自卫。不过,他只刺穿了一个人的喉咙,就意识到这完全是无用功。

在他的战车周围,数十辆战车都在第一次冲击中以类似的方式报销了:当发现鬼方人完全不知恐惧、不愿躲闪时,这些车辆和上面的人的命运便已经注定。接下来,战象的冲击让那些幸存的甲士感到了一线希望。而这些巨兽也确实在鬼方人混乱混沌的阵线中踏出了几条血肉胡同。

不过，它们最终还是转过身去，溃退了。

　　大象是能够感受到恐惧的，驾驭大象的人也一样。而最大的恐惧来源，就是那些无法理解的事物：它们不能理解为什么这些鬼方人并不后撤，也不惧践踏、射击和象鼻的摔打，反而嚎叫着不断涌来，这种不理解所制造出的强烈恐惧最终压垮了这些巨兽，也击垮了国王军队的最后斗志。在看到战车和战象都被击溃后，许多个旅的步兵甚至没有接敌，就开始哭喊着四散奔逃。最先从战场上撤逃的，是那些附庸氏族和部落的武装，然后是几个重要邦国的援军，最后，连国王直辖的卫队也无法继续维持阵线，只能保护着他们的主君且战且退。成百上千的伤员和掉队者就这么被无情地抛弃在了战场上，他们的求饶和求救声并没有持续多久，便在鬼方人那尖锐的啸叫声中彻底沉寂了下去。

　　崇豹本来也该成为这些不幸者中的一员，但是，命运在那一天似乎决定对他网开一面：在刺杀了第二个人——那是一个拿着石块扑向他的枯槁老人——之后，有人用沉重的木棍击中了他右侧的肩窝，让他的整条胳膊都无法再使上力气，接着，又有一块石头击中了他的头盔，使得他在眩晕中跪坐了下去。崇豹的战斗经验告诉他，很快，他就应该会被剁成肉泥、或者撕成碎片了。

　　但这可怕的事情并没有发生。

　　一头被标枪刺伤的战象在混乱中冲到了崇豹的身边，虽然它的出现并没有吓退敌人，却成功地吸引了攻击者的注意力。在那头战象被数十个嚎叫着扑上去的鬼方人击倒时，崇豹趁机逃到了一旁，并混入了一堆尸首之中。接着，由于之前的伤势，他在疼痛中失去了意识……而当再次睁开双眼时，已经被前来打扫战场的己方人员带回了营寨。

"所以说，鬼方人的可怕之处，在于他们完全不知道恐惧，而且有着极高的协调性和一致性，"在听完崇豹对战斗经验的描述之后，印和阗取出几张薄薄的片状物，用一支芦苇笔在上面记录了起来，"很好，这一点和国王陛下以及另外几位将领的描述一致，也完全符合我的预期。既然这样，要对付他们应该不是难事。"

"大家都说，那些家伙是被死于饥荒的鬼魂附身了。"结束了回忆的崇豹心有余悸地擦了一把额头上冒出的冷汗，"这是真的吗，巫师大人？"

"从某种意义上讲，没错。"印和阗点了点头，"至少，你可以认为那些鬼方人遭到了某种东西的'附身'。"

"那我们要怎么驱逐这些鬼魂呢？"

"做不到，但也没必要。"老巫师冷笑道，"要击败这些家伙，还有更简单的方法——比如说，拥有与他们一样的优势。"

"啥？"

"小子，恭喜你。我现在决定，给你一个协助我进行这次实验的机会，"印和阗举起青铜爵，将其中的甜酒一饮而尽，"能参加到拯救文明的工作中去，这可是无上的荣耀啊。"

叁　出击

　　虽然老巫师声称，帮助他进行所谓的"实验"是一件光荣的事，但至少在那之后的半个多月里，崇豹一点都没有感到光荣——作为一名贵族武士，对他而言，除了修理和维护武器装备，以及准备祭祀用的物品，其他一切体力劳动都是低贱的：那应该是下等的小人、仆役和奴隶做的事情。但自从印和阗到来之后，他自己也不得不投入了这种"低等"工作之中。

　　根据印和阗的指令，他和另外几十个挑选出的武士被编成了一支队伍，负责在原本的营寨内部额外修建一座特殊的建筑物，虽说随军奴隶和仆从的数量非常充足，但不知为什么，印和阗只允许他们这帮外行人参加修筑工作，而禁止其他人帮忙。由于人手短缺，就算被任命为这支队伍的队长，但他也得亲力亲为地搅拌泥土、固定木板、夯实墙壁，同时一次次地在脑海中想象着把那老家伙五马分尸的情景……

　　……虽然也只能想想而已。

　　"呼……总算搞定了。"当那座被混蛋老巫师称为"临时实验设施"的建筑最终成功封顶的一刻，从来都对低贱的建筑工作嗤之以鼻的崇豹心中居然产生了一股成就感：

这是一座相当大的夯土房屋，其面积和崇豹宗族的宗庙接近，为了尽量扩大内部的容积，它被设计成了半地穴式结构。由于印和阗只允许他亲自挑选出来的一小群人进行修筑工程，因此，整座屋子被造得相当简陋，里面没有任何陈设，除了唯一的门之外，也没有窗户。在铺设屋顶时，有人提出要用稻草或者柴捆，但都被否决了——在印和阗的坚决要求下，他们拆毁了十多顶皮革帐篷缝制成了屋顶，又在粗糙的土墙外面覆上了一层同样由拆开的帐篷和寝具制成的毛毡。这样一来，整座建筑物的缝隙几乎都被封死了，密不透风的室内又闷又热，看起来倒是很适合作为产房或者蚕室。而墙壁的内侧和地板上还被涂抹了一层白色的石灰。

"恭喜各位，这样就足够了，"在检视过整座房子后，印和阗满脸笑容地拍了拍参加工作的每一个人的肩膀，"你们干得非常出色，这里将会成为孕育整场战争转机的地方。"

"多谢夸奖，"崇豹说道，"那么，巫师大人，您保证赐给我们的胜利呢？"

"那还需要等一段时间，明白吗？我之前不是说了吗？一年之内，我会把胜利带给你们，"印和阗用理所当然的语气解释道，"而且，各位的工作还没有结束。"

"哈？！"

"不、不会吧……"

"难道我们还要干这种低贱的活儿……"

在崇豹身后,那些与他一同参加施工作业的人纷纷发出了不满的叫嚷声。不过,老巫师的下一句话立即让他们安静了下来:"从明天起,你们将按照计划参加特别的战斗行动,交战对象是鬼方人。"

兴奋的神色立即取代了人们脸上原本的不满与怨愤:在做了这么久的低贱工作之后,这群武士们对于鲜血和厮杀的渴望早就已经快要沸腾了。尽管和鬼方人的战斗曾经令他们苦不堪言,但能去打仗,总比修房子要让人开心。

不过,这种喜悦也只持续了不算太长的时间。很快,当印和阗开始讲解起具体的行动计划时,所有人的脸色又都重新阴沉了下来:他们确实希望战斗,但这种战斗和他们想象之中的战斗实在是……有点差距。

"怎么样?这也算是种非常特别的体验吧?"当崇豹用自己的两条腿攀上一座黄土山丘时,走在他身后的方雷小声打趣道。这家伙虽然与他一样,勉强算是个贵族武士,但却是炎热的南方汉水之滨的附庸部落酋长的侄子,并不像他那样因为祖上的联姻而拥有一丁点儿王室的血脉,地位也比他要低一些。若是在平时,方雷多半不会像这样对他说话,但在过去的那些天里,一同进行低贱的体力劳动,让他们之间的距离感显著地削减了。"先是像奴隶一样修房子,现在又得像平民一样徒步去打仗,我都快忘了自己多少也算是个贵族了。"

"你以为我想这样啊?但我们只有这点人,而且还要去主动进攻那种破地方,用战车根本就是自杀。"崇豹一边摘下青铜头盔,抹了一把已经将头发完全浸湿的汗水,一边嘟哝道,"忍一下吧,至少打仗总比打灰强。"

"确实。"方雷调整了一下握着战斧的姿势,继续在荒草丛生的崎岖山路上努力跋涉着:对他们这些贵族而言,乘着战车,甚至是更加强大的战象,居高临下地俯瞰将会被自己粉碎的敌人,才是战争的正常状态。在平时,除非发号施令,否则几乎不会有人愿意看上那些从平民阶层中征发来的徒步士兵一眼。但现在,他们却不得不自愿将自己"降级"为步兵——因为若非如此,他们就无法完成印和裛的指示。

根据老巫师的计划,这次战斗的目标既不是抵御鬼方人每隔一两个月就会对中原军队防线发起的攻击,也不是主动去攻打和摧毁他们的大营,而是突袭散落在鬼方人控制区域内的农场和村舍:虽说在最初的遭遇战之后,崇豹曾经听到过大量关于鬼方人的恐怖传言,声称他们是一群不需要饮食、从不休息的可怕恶鬼。但随着中原的军队退入大河东南侧的营垒,与鬼方人形成对峙之势,这种过分夸张的传言很快便不攻自破:人们发现,这些"恶鬼"其实也需要饮水,需要休息,同样也需要食物,由于不像中原军队那样可以从后方获得补给,他们转而在占领区域内建起了许多粗糙的农场和牧场,为己方提供谷物和肉类。自然,中原人并没有对这些地方视而不见,随着战争的进行,他们多次展开小规模反击,试图从这些农场和牧场里抢夺粮食,并且确实取得了成功。

但正是这些"成功"让他们不得不放弃了这种做法。

"你听说了吗？那些鬼方人的粮食有非常古怪的邪法。"一个叫丽的高个子女孩说道。这名箭术精湛、总是绑着马尾辫的少女是国王亲族中的成员，就像"多子族"中的许多女性一样，丽也会与家族里的男性贵族一起参加战争——而在与鬼方人的第一次遭遇战中，她失去了所有男性近亲，本人乘坐的战车也被摧毁，幸好一匹乱跑的战马将她带回了己方战阵。和崇豹一样，在被印和阗拜访后，丽也被"光荣"地拉进了队伍中，每天的工作是缝补盖在所谓"实验设施"外面的毛毡。"半年前，我所在的队伍曾经接收了一批夺来的粮食，它们刚被拉进粮仓没两天，就全都长满了蓝色的毛，害得大家只能把之前存在粮仓里的粮食也都丢掉了。"

"会不会只是你们的那座粮仓受潮了啊？"崇豹问道。虽然贵族并不被鼓励了解农耕相关的知识，但他也知道，粮食的存储必须尽一切努力确保干燥。受潮的粮食要么会发芽，要么会长出诡异的绒毛，而那些长毛的粮食是绝对不能吃的。

"不可能！我们可是王畿的精锐，负责管仓的人绝对不会犯这种错误，"丽摇了摇头，"而且，更糟糕的还在后面：有六十多个武士在粮食变质之前就吃了这些夺来的粮食，结果没过几天，他们就开始生起了病。这些人变得相当暴躁、精神也逐渐恍惚，眼睛里充满了蓝色的丝线。其他人打算请巫师给他们驱邪，但他们却杀掉了巫师，然后从营地里逃跑，加入了鬼方人那边……"

"什么？我怎么从没听说过还有这种事儿？！"崇豹差点惊呆了。以与生俱来的高贵身份为荣的贵族武士会集体投靠那些肮脏邪恶的劣等蛮夷？！光是想象一下这件事，就让他感到了一阵恐惧。

"因为陛下有令，严禁传播这类消息，以免导致军心动摇，"虽然身处荒郊野外、不需要担心隔墙有耳，但丽在说出这句话时，还是竭力地压低了声音，"在那之后，陛下就禁止了抢掠鬼方人的粮食和牲畜的行为，但就算这样，还是不断有人消失：那些人都是和鬼方人打过仗的人，他们的眼睛会毫无征兆地出现蓝色丝线，然后开始性情大变，并且从营寨里逃走。虽然这件事目前还是保密的，但至少在国王直属的军队里，所有出现这种情况的人都会被立即处死。"

"上帝和列祖列宗啊……"崇豹下意识地咬了咬嘴唇：在过去的几个月里，他所分管的两百多个部下里，至少逃走了二十几个人，而且这些人在消失之前也全都和鬼方人进行过战斗，甚至斩获过对方的首级。由于营寨内的补给日益匮乏，其他的人大多抱着少一个人就节约一份口粮的心态，对于这些逃兵毫不在意。但事后回忆起来，许多人在逃走之前似乎确实出现了性情大变，以及双眼出现古怪的蓝色丝线的状况。"我一直以为那些逃走的人只是想要回家而已……"

"总之，虽然陛下很信任印和阒先生，但我还是无法……打消对他的怀疑，"丽继续自言自语道，"陛下的近臣之前曾经偶然提起过，印和阗先生并不是中原人，也不是西土或者南方的人。他来自一个我们所有人都从未去过的、非常遥远的国度，而且他既不要钱，也不要官爵。我不相信一个和我们毫无关系的远方来客会真的在意我们的安危，他肯定有别的什么目的。"

"我也一样不相信那个老家伙，但现在，他的命令就是国王的命令，除了服从也没有别的办法……啊，我们到了。"在穿过一丛半枯萎的针叶灌木后，走在这队徒步武士前面的方雷举起了没拿武器的手，示意其他人停止前进，"就是这里。"

肆　荒村

　　那座村落坐落在众人脚下的山谷中央，毗邻着一处怪石嶙峋、几乎已经看不到水流的干河床。就像崇豹故乡那些随处可见的小村庄一样，除了环绕着村子的一圈兼做排水沟和垃圾投弃处的土沟之外，这座村落没有任何防御设施，只有十六七座半地穴式的茅草屋和几座更小的、可能用来存放杂物的披棚。在村外，几十块开垦得很是粗糙的农田就像是旧衣服上的补丁般连缀在一块，干燥的硬土上种着稀稀拉拉的黍米和小麦，以及一些蔬菜。不知为何，崇豹觉得，那些农田的地面似乎泛着些许……淡淡的蓝色?

"就是这里吗?"一个一直有些战战兢兢的低级武士问道,表情看上去颇为欢快:本来,在得知他们要以不足百人的队伍深入鬼方人控制区域数十里、攻击一个敌方据点时,许多人的脸色就已经相当难看了;而一路上遍布山地、无法使用战车这一事实,更是让他们感到了惶恐。不过,由于之前一直没有遭遇阻拦、再加上眼前这座小村子看上去毫无防备,武士们的信心正在迅速恢复,包括这个低级武士在内,许多人都在摩拳擦掌,准备一鼓作气打一场胜仗。

"对。但是我们的任务并不是消灭村里的人,"在开始行动之前,崇豹对其他人又强调了一次,"印和阗大人说了,尽量不要恋战,只需要找出他要的'视肉',然后以最快速度把那东西带回去就行!事成之后,每个人都有十朋的赏钱!"

"喔喔喔喔!"队伍中的人们——尤其是那些收入不高的低级武士们——的斗志终于被完全调动了起来:在这个时代,别说对平民士兵,一百枚货贝即使对于下级贵族而言也是一笔不小的财富,能一次性获得这么多赏赐的机会并不多见。

"别兴奋过头了,"丽皱着眉头说道,"我觉得这下面恐怕没这么简单。"

"放心好了。要是我们已经被发现了的话,那帮鬼方人肯定在半路上就已经动手了,根本不会让我们有机会走到这儿的。"崇豹第一个将预先准备好的绳索固定在一棵树上，然后顺着绳索溜下了悬崖，在整个过程中，既没有弓箭从下面射来，也没有全副武装的伏兵蜂拥而出。由于他们是在正午时分出发的，此时此刻已经是黄昏，原本在田间劳作的人们早已返回了家中。因此，至少他们不必担心与农夫们不期而遇、从而对突袭效果造成影响。

出于谨慎起见，崇豹并没有立即接近村子，而是守在峭壁之下、手持弓箭保持戒备，耐心地等待着其他人逐一沿着绳索攀下悬崖，接着又花了一点儿时间清点人员、重新组队，然后才继续朝着那座寒酸而不起眼的小村庄继续前进。尽管之前表现得信心十足，但经过之前一年多的战争历练，崇豹已经变得谨慎了许多，他在前进时的速度相当缓慢，并且不断用手中的短戈轻轻戳着地面，以防对方设有落穴陷阱或者危险的绊索。而其他人也全都有样学样，丝毫不觉得麻烦——毕竟，没有学会这种最基本的谨慎的人，通常是很难活得太久的。

幸运的是，在穿过田野、接近村庄的过程中，这支突袭队没有遇到任何陷阱或者埋伏。而村外那条不到三尺深的壕沟也没有对他们造成多少阻碍。唯一让人有些介意的，是村外的田地的状态：无论是黍米还是麦子都种得稀稀拉拉，十分低矮，田间地头杂草遍布，显然并没有被认真照料过。在这些瘦弱的作物周边，还有许多浅蓝色的诡异丝线混杂在泥土之中，就像人类皮肤下的毛细血管一样四处蔓延。作为突袭队的队长，崇豹第一个进入了村内，而就在他穿过环村壕沟的瞬间，一股难以用语言描述的森然恐怖感骤然攀上了他的脊背。

这里很不对劲。

尽管作为一名生活在城邦内部的贵族，崇豹并不经常前往下辖的村落，但他在完成冠礼之后，曾经好几次跟着宗族里的长辈一同突袭西羌部落的村庄，以便为国王献上祭祀祖先所必需的人牲。根据他的经验，在黄昏时分，从田地和森林里收工的农夫们通常不会立即入睡，而是聚在柴堆与炉灶前一边吃掉午餐时剩下的食物，一边分享一天的见闻、讲述村落与氏族里的传说，直到暮色彻底吞没最后一点晚霞、群星开始闪耀时，村里才会安静下来。但此时此刻，虽然太阳的轮廓还没有完全没入西方的山峦，但这座小村庄已经是一片死寂。空气中没有柴火燃烧的味道，四周也没有任何人类活动的迹象。

"大人，您觉得，这里会不会已经……没人住了？"在小心翼翼地用短戈的柄推开一座简陋茅屋的柴门之后，一个低级武士试探着问道——在那座茅屋内，积满炭灰的火塘内没有一丝火苗，柴草床上也看不到人影，只有两只瘦得能看到肋骨的山羊还被拴在屋子的角落里，用方形的瞳孔瞪着这些入侵者。眼前的一幕让之前还踌躇满志的武士们全都露出了不安的神色：如果村民们在他们前来此地之前就已经离开，那很可能意味着他们的行踪已经暴露。一些人甚至开始紧张地往村外张望，生怕鬼方人的大军已经悄然包围了这里。

"我们要撤退吗?"丽紧握着白蜡木长弓,一只手中已经握着一支箭备用,"这里的情况确实不太正常。"

"撤退?"崇豹犹豫了几秒钟,最后还是摇了摇头,"不行,我们既然都已经到这里了,无论如何也要先找到'视肉'再走!你们难道不想要赏钱了吗?"

"是、是的!"也许是对赏金的渴望压倒了不安,又或许是因为担心无法完成任务而受罚,武士们最终还是壮着胆子,踢开了一处又一处茅屋的门,开始搜索巫师要他们带回的东西——在出发之前,印和阒曾经简单地描述过那件玩意儿。按照他的说法,"视肉"是一种看上去像是肉块的诡异玩意儿,而且"很可能被藏在地下空间内"。因此,在闯进那些茅屋后,武士们做的第一件事就是用短戈不断敲击地面,通过传出的声音搜索可能隐藏着的地窖入口。

由于大多数武士都有着搜索被占领的村庄、捕捉四处躲藏的村民的经验,对他们而言,寻找隐藏的地窖这种活儿早已经是驾轻就熟了。很快,方雷就第一个找到了地窖入口。"在这里!"当他用力拽着一根绳索、将嵌在房屋地基里的木板拉开时,其他人立即聚了过去:这处地下室比用来储存粮食和蔬菜的普通地窖要大一些,入口处建有一处夯土阶梯。不过,真正吸引了人们注意力的,还是从地下室内散发出的幽蓝色光芒。这些微弱、但足以让人勉强看清脚下情况的光线既不像是阳光和月光,也不是火把和篝火的光线,而是来自于地下室的墙壁——在那儿,爬满了与田地里类似的蓝色丝线,其间还长着大大小小的瘤状物,那些古怪的蓝光就是从这些"瘤子"里散发出来的。

"这是什么鬼东西啊?难道是被妖术召唤的鬼魂吗?"崇豹有些畏惧地看着这些瘤状物,毫无热度的光线让他联想起了城邦的骨器作坊在酷暑时节偶尔会出现的鬼火。

"我倒是觉得这有点像是……蘑菇,"跟着走下来的丽摇了摇头,"我以前曾经去南方打过仗,那里的森林里,偶尔能发现会发光的蘑菇,和这些东西有点儿相似。"

"那么,但愿这些东西也是蘑菇吧。"崇豹握着短戈,快步走下了阶梯,但还没走几步,他的脚尖就踢到了一个柔软的东西:那是一个瘦骨嶙峋的村民,身上只穿着一件粗糙的麻布贯头衣,饱经风霜的暗棕色皮肤上疮痂遍布,虽然年纪不算太大,但背却已经开始驼了。

在刚发现这人时,崇豹一度以为,自己踩到的是一具尸体——这个村民的体温相当之低,而且胸膛也没有半点起伏。不过,当他将手搭在对方的手腕上时,却感觉到了一次微弱的脉搏。而下一次同样微弱的脉搏,则是在他进行了十多次呼吸之后才出现的。

"这里也有人,唔,这边也有……原来村里人都待在这种地方吗?"几个跟随崇豹进入地下室的武士很快也发现了类似的"尸体":这些人全都一动不动地蜷缩在地下室的角落之中,皮肤冰凉、毫无血色,但却每隔一段时间就会有一次微弱的心跳与呼吸,就像是正在冬眠的动物。由于从未见过如此古怪的景象,人们面面相觑、不知该如何是好,在犹豫片刻之后,方雷举起斧子、想要砍掉其中一具"尸体"的头颅,却被崇豹制止了。

"不要轻举妄动,我们的任务是拿东西,不是杀人!"在抓住方雷的手腕后,崇豹摆了摆手,带着众人继续往地下室的深处走去。他们越是前进,墙壁上的发光"瘤子"和半死不活的"尸体"就越多,而空气中也出现了越来越浓厚的古怪酸臭味,让人联想起了长满菌类的朽木。最后,在地下室末端的一处土台上,武士们看到了他们要找的东西:一团表面满是黏液、有着略微与人类大脑类似形状的"肉",大量相互纠缠的蓝色丝线如同植物的根须般从这团"肉"的表面伸出、然后又扎入下方的泥土之中,而墙壁上那些发光的瘤状结构,事实上不过是它们的衍生产物。

这肯定就是"视肉"——这是每个人在看到那团东西后的第一个想法。但是,并没有人贸然接近它。当目光落在那团遍布黏液、不断蠕动的古怪物体上时,这些见惯了暴力与鲜血的武士们全都感到了难以名状的恐惧:那是源自于人类遗传基因最深处的、对于诸如腐尸和有毒动物这类"肮脏的东西"的本能厌恶与惧怕,是一切勇敢者都无法真正摆脱的惧怕。

崇豹努力地做了个深呼吸,克制着不断翻涌的不安和拔腿就跑的冲动,一步一步走向了"视肉"。这东西表面长出的蓝色丝线非常坚韧,就像是牡蛎用来固定自己的足丝一样,不但用双手很难扯断,甚至就连青铜短剑切割起来也颇为吃力。最后，还是丽抽出了一把镶着银灰色刀刃的短刀上来帮忙，这才成功把那团黏糊糊的柔软物体割了下来，装进了事先备好的口袋里。

"这是……传说中的铁刀吗？还真是稀罕啊。"

"没错，我父亲当年随同先王出征立下了战功，才被赐了一点陨铁。因为数量不够，所以总共只锻了两把这种短刀，"丽颇为自豪地笑了笑，"当然，如果你愿意把队长的位置让给我的话，我倒也不是不能考虑把这把刀送给你哦。"

"这……呃……我可以考虑考虑……"崇豹点了点头——在这个冶炼技术落后的时代，来自群星之间的铁可是有市无价的宝贝。在很多时候，就算有再多的钱，也未必能够买到一件铁器。虽说让一名女性指挥会让他感到有点别扭，但话说回来，他本来也不太在意这个既不是爵位、也不算正式官职，一旦战争结束就会自动取消的"队长"头衔。"但我们得先回去……欸?!"

"怎么了？"

"当心后面！"

伍　脱出

在跟随崇豹进入地下室的一队武士中，有两个人没能听到他发出的警告——因为在那之前，他们的颈动脉已经被从身后伸来的镰刀割断了。虽然这些镰刀不过是用巨大河蚌的硬壳磨成的廉价制品，但边缘却足够锋锐，用来切开无保护的皮肉已经绰绰有余了。

"可恶！"

在借着地下室中的幽暗蓝光看清袭来者身份的瞬间，崇豹感到了一阵懊悔：握着那两把河蚌镰刀的人，正是之前几乎没有生命体征的"尸体"中的两具。在杀害两名武士之后，那两人又瞪着无神的幽蓝色双眼，仿佛梦游般摇摇晃晃地扑向了其他人，不过，这一次武士们没有再给他们机会——十多把短剑与短戈的锋刃接连咬进了这两个不知死活的家伙的躯体，让他们的血肉碎末四处飞溅。不过，还没等这两名袭击者倒下，更多的"尸体"也挣扎着站了起来。虽然在刚刚开始有所动作时，这些家伙还会像刚从冬眠中醒过来的熊一样表现得迟钝而缓慢，但很快，他们就拿起了放在角落里的工具和农具，在空洞的呼嚎声中扑向了武士们。

对于披坚执锐、对危险有所防范的武士而言，要击退这些普通村民本该不是什么难事。但是，崇豹一行人却打得颇为艰难：与正常人类不同，这些鬼方人在战斗中似乎完全不会为了安全而本能地控制自己的力道，也丝毫不惧怕受伤甚至死亡，因此，就算是看似最瘦弱的人，也能在瞬间迸发出超乎想象的力量。在交战开始后不久，崇豹就看到一个低级武士被一个只有他腰部那么高的小女孩疯狂地咬住手掌、夺下了短戈，另一个半老女人随即用一把木耒插在了他的脸上,另一个武士在弄丢长兵器之后拔出短剑搏斗,用熟练的剑术刺倒了两个对手,可下一个村民居然故意用身体撞向他的剑锋、让青铜剑刃直接卡在了自己的肋骨之间。大惊失色的武士下意识地想要拔出剑来,但在他成功之前,喉管就被人用蚌壳镰刀割断了。

地下室中的战斗持续的时间并不太长,但武士们的损失却相当惨重——虽然过去也有过与鬼方人拼杀的经验,但对这些习惯于驾驭战车驰骋战场的贵族们而言,被迫"客串"步兵的角色、还得在这种狭窄的空间内与一群不要命的疯子拼杀,这意味着他们引以为豪的大多数战争技艺全都变得毫无用处。尽管靠着武器和盔甲的优势,他们最终杀出了重重包围,但十一个人被永远地留在了地下室内,剩下的人也有一多半带伤,甚至无力带走同伴的尸骸。

而更多的鬼方人早已在外面恭候着他们了。

"祖先和上帝啊!这些人是从哪钻出来的?!"在看到村子里黑压压的人群之后,刚刚抹掉戈刃上血迹的崇豹下意识地嘀咕道——当然,他很清楚这个问题的答案。很显然,这帮人之前多半像他们遇到的"尸体"一样,藏在地下沉睡。而崇豹等人将"视肉"切割下来的行为也唤醒了他们。

"这样就能解释一件事了。"丽小声说道。靠着把男性武士们当成"盾牌"、专心致志地躲在他们身后用那把铁刀偷袭对手,她在刚才的地下大乱斗中压根没有挂彩,反而取得了好几个战果。"我以前就注意到了。"

"解释什么事?"方雷问道。这个擅长近战的壮汉浑身上下已经被鲜血浇透,厚重的战斧被人类的骨头磕出了好几个凹口,回去之后显然有必要大修——当然,前提是他们还能回得去。

"鬼方人的补给需求比我们低得多。国王的军队需要从南方的王畿不断运送补给才能维持,可他们却用不着。我之前计算了这种村子的数量,以及理论上它们可能提供的粮食产量,结果发现,鬼方人的食物供应,顶多只能维持两三千人的生存,"虽然被重重包围,但丽却气定神闲地解释着。与此同时,崇豹注意到,这个女孩的腰间挂着两顶铜制头盔,似乎是从战死的同伴身上取下来的,"不过,这种情况现在倒是解释得通了:鬼方人平时如果可以像那样……睡觉的话,确实不太需要多少粮食,就像冬眠的动物不需要吃东西一样。"

"好极了。"崇豹紧张地咽下了一口唾沫。如果说有什么事比对付一个难缠的敌人还要麻烦的话,那肯定就是对付一个几乎不需要补给的难缠敌人。不过,鬼方人能够"冬眠"这种事,对现在的他们而言倒也不算坏事:比起之前在战场上遇到的那些家伙,这些刚刚从地下钻出来的鬼方人动作要迟钝不少,似乎还没"睡醒"……当然,与普通人类相比,他们已经算是相当不好对付了,"那我们又有了一个必须活下去的理由:得把你刚才的发现告诉国王陛下。"

"我猜陛下多半已经知道了——印和阗大人肯定也想到了这种事情。唯一的问题是,他们为什么从没有把这些事告诉别人?"丽耸了耸肩,随即张弓搭箭、射穿了第一个朝他们冲来的鬼方人的面门。即便是遭到了如此致命的打击,这个瘦骨嶙峋的男人还是嚎叫着扑到了一名武士面前,并且又挨了一剑,然后才倒在了地上。接着,又有几十个人发出了整齐划一的嚎叫,面无惧色地朝武士们扑了上来。

"组成方阵,挡住他们!"崇豹大声下达了命令。虽然他的大多数部下都没有多少徒步作战的经验,但在被允许驾驭战车之前,所有人都接受过列阵战斗的训练,以确保他们能在日后的战争中指挥那些身份卑微的步兵,因此,摆几种基本的步兵战斗阵型,对他们而言并不是难事。

第一群冲来的鬼方人很快就全部遭到歼灭,而被他们杀死的武士只有两人。接着,下一批发起自杀式冲锋的家伙也遭遇了与前一批一模一样的下场:与地下室里的状况不同,在开阔的地表,武士们可以尽情发挥他们久经锻炼的射击技术、在短兵相接之前就杀伤大多数对手,而少数冲上来的家伙也无法突破组织良好的阵线。有那么一小会儿,崇豹乐观地估计,他们也许能够就这样保持住阵型、一口气完成突围行动。

但是,随着一阵如同雨点般的石头从空中落下,他的这点乐观情绪随即像风中的烛焰一样熄灭了。

见突击无效,鬼方人纷纷与武士们拉开了距离,开始将大量有棱有角的石块抛向他们。虽然大多数人连弹弓和投石索这样的工具都没有，但这些人爆发出的怪力却完全足以弥补这一问题。虽然武士们也在用弓箭反击，但他们携带的箭矢储量很快就见了底，而他们的对手却拥有用不完的石头——全都是从附近的干河床就地取材拿来的。更糟糕的是，由于要赶山路的关系，在出发前，崇豹和他的大多数部下都没有携带盾牌，此时此刻，这一恶果充分体现了出来。

虽然石头看上去不像刀剑那么可怕，在经历了数十轮石块之雨后，疲于应对的武士们的阵型还是被冲散了。无数瞪着空洞的幽蓝色眼睛、发出刺耳号角的鬼方人就像嗅到了食物气息的蚂蚁一样一拥而来，突破了他们对手的防线。在一片混乱之中，崇豹手中的短戈和弓都弄丢了。而在试图伸手拔剑时，他注意到了一件事：自己之前挂在后腰位置、包裹着从地下室里找来的"视肉"的那只麻布袋子不见了！

糟了！

心头一凛的崇豹正想要去找袋子，却蓦然发现，它不知何时已经出现在了丽的手上。后者奋力将这只被"视肉"分泌出的黏液完全浸湿、散发着刺鼻气味的袋子举过头顶、然后丢向了正在不远处继续战斗着的方雷，"接着！往东边去，我们在外面会合！"

正用遍布缺口的斧子奋战的壮硕武士没有任何质疑，立即将黏糊糊的麻布袋子挂在了自己背后，与同伴们一起朝着东面奋力突围——由于处于受冲击不算严重的侧翼，方雷的身边还有一支保持着阵型的小队。"变阵！变锥形阵！往东走！"

在方雷的命令之下，残存的武士们迅速改变了阵型，开始在雨点般的乱石与疯狂的人群中奋力试图杀出一条路来。虽然崇豹也下意识地要跟上去，但丽却用力将他按倒在地，然后将一根手指放在嘴唇上，摆出了"安静"的手势。虽然不明白对方为什么要这么做，但出于自保的直觉，崇豹还是一言不发地卧倒在地、混在了诸多死者之中。

通常而言，卧倒装死这招并不能让人保住性命——无论是中原的军队还是边远之地的蛮夷，都很喜欢割下敌人的头颅作为战利品。但是，这一次，那些鬼方人却并没有对他们补刀，而是一窝蜂地追击着方雷和其他幸存者，就这么把两人，以及双方丢下的大量尸首撇在了身后。在确认没人注意自己之后，丽才迅速拉着崇豹爬了起来，逃出了这座充满血腥味的小小村庄。

"欸，等等，这个方向……我们不去和方雷他们会合了吗？"直到穿过壕沟之后，崇豹才注意到，他们似乎走上了与方雷等人的突围路线完全相反的方向。

"会合？那他们也得活着出来才行。"丽冷笑着摇了摇头，与此同时，远处的喊杀声和金铁交击声正在逐渐平息下去。很显然，方雷和其他武士们并没有成功逃脱，"不过很可惜，看来这不太可能了。"

"可恶！那'视肉'岂不是也……"

"放心，它在这里哦，"少女武士拿起了一直携带在身上、相互扣合在一起的两只头盔，将它们微微打开了一条缝。透过那道缝隙，崇豹看到，一团灰色的"软肉"正在其中蠕动着，"我可不会把这么重要的东西随便交给其他人。"

"那你刚才扔给方雷的是……"

"一个空包裹罢了——看来，我的猜测是正确的。"

"猜测？"崇豹皱着眉头，突然想明白了什么，"难道……那些鬼方人是追着'视肉'的气味来的？"

"对。在之前，我就听那些袭击过鬼方人营地的武士提到过，这些家伙的眼睛并不好用，但嗅觉和听觉却很灵敏，和狗有点类似，于是才想到了这个办法。"丽重新将两只头盔扣合了起来。与麻布袋子不同，"视肉"的黏液无法渗透青铜头盔，而对他们围追堵截的鬼方人自然也无从嗅到那股刺鼻的气味。

"也就是说，你故意让方雷他们去送死吗？！"崇豹的脸上闪过了一丝怒意，有那么一瞬间，他突然有了拔剑的念头，"就为了让我们能逃跑？！"

"武士的职责就是用自己的生命换取他人的未来，上帝、先祖与诸神都会赞同我的做法，"在看到崇豹下意识地将手伸向腰间的剑柄后，丽只是耸了耸肩，用坦诚的语气说道，"如果我刚才不这么做，我们所有人都很可能只有死路一条，'视肉'也会被夺回去。而没有这东西，印和阗先生就无法为我们带来胜利，更多的人会死于鬼方人之手。或者，你有更好的办法吗？"

"我……没有。"在迟疑片刻后，崇豹摇了摇头。但即便如此，他仍然感到相当不快。

这还是他头一次因为从战场上活下来而感到不快。

陆　角逐

当发现有战车从一侧开始接近时，人群发出了惊恐的呼喊声，并像一群受惊的鹿一样奔向了另一个方向，但很快，他们就注意到，对面也有战车正在朝自己接近——与冲锋陷阵时的"朴素"形象不同，这些战车现在都悬挂着巨大的玄鸟战旗，车辕上覆盖着虎豹等猛兽的皮毛，甚至还画着怪兽的图案。虽然这些装饰看似没什么意义，但对于这些惊慌失措的逃难者而言，强烈的视觉冲击足以极度放大他们心中的恐惧。

正如崇豹所估计的那样，奔逃的人群又一次改变了方向，冲向了不远处的一片稀疏树林。事实上，如果他们稍微冷静一些、更有判断能力，就会意识到那些战车其实并不足以阻止他们向别的方向逃脱：数量有限的战车上只有区区数名持弓执戈的武士，就算拼尽全力也杀不了几个人。只要这上百人一起行动，总会有不少漏网之鱼。

但是，这些人并没有这么做。恐惧与慌乱已经让他们丧失了进行最起码的理性判断的能力，只能凭着动物本能聚成一团、朝着暂时看上去"安全"的方向疯狂奔逃。正因如此，这场追逐已经变得和贵族武士们日常进行的田猎活动没有什么差异：在野外的狩猎中，这种让战车左右分开、共同驱赶猎物的做法是比较常见的基础策略，被称为"角逐"。虽然看似不太复杂，但负责追逐的两支"角"需要随时调整速度、利用地势地貌，最大限度地保持配合，这样才能把狩猎的对象——无论是动物还是人类——赶进陷阱。

而崇豹就非常精于此道。

在接近树林时，奔逃的人群开始感到了一丝安心：就算是他们这些几乎没有金属工具、住在荒野中的"蛮夷"也知道，中原武士的战车是难以开进林地中的。不过，这种虚假的安心与之前的恐惧一样，都是武士们用于驱使他们的猎物按自己意愿行动的手段。就在跑在最前面的几个人即将冲进"安全"的林地时，几根藏在枯叶下的绊索突然被拉了起来，将他们狠狠地绊倒在地。而这些人的倒下也让后面的人们措手不及，很快，数十人就接二连三地倒在了林地的边缘。

一队早已埋伏在树林中的步兵迅速包围了他们。

"各位，干得好。回去之后人人都有重赏！"在示意驭手停下战车后，崇豹从车厢中跳下，逐个拍着步兵们的肩膀，对他们表示感谢。而几名低级武士则逐一将陷入恐慌的俘虏捆绑起来、戴上木枷，"总共抓到一百六十个人，"

在清点过"猎物"总数后,一名低级武士报告道,"是这个月最大的一次收获了。"

"那么,我们前前后后至少已经抓了快一千人了。"崇豹点了点头。自从三个月前那次伤亡惨重的偷取"视肉"行动之后,印和阗再也没有派遣队伍主动出击鬼方人的控制区,而是将那些幸存下来的武士们安排到了新的岗位上:丽在回到营寨后,用那把陨铁短刀与崇豹做了交易,从他那儿换取了武士小队的指挥权。没过几天,作为队长的她就得到了新的工作、被印和阗委任为"实验区防卫队长";而崇豹和另外一些武士则回到了自己原先隶属的队伍中,他们的新任务是在中原军队防线周围的荒野中搜索和抓捕尽可能多的俘虏。

在公元前13世纪末,亚洲大陆的东部区域仍处于相当"蛮荒"的状态:虽然在王畿内部,以及大型城市和主要通商道路的附近,土地开发程度已经不低,但在像这样的边境地区,虽然名义上是国王的领土,但荒郊野外却散布着数不胜数的"蛮夷"村寨与部落。和承认国王的权威,并且向领主上贡或者服役的"野人"们不同,这些"不服王化"的人群并不受到国王的保护,可以被合法地视为捕猎对象。在许多时候,他们也确实是重要的奴隶和人牲的来源。

但是,他们目前所抓捕的这些俘虏,却并非用于上述两个用途。

由于印和阗继续对于自己的具体计划三缄其口,崇豹和其他被选中参加计划的人只知道,在抓到俘虏后,他们要从中挑出那些青壮年男女,再将这些人送往所谓的"实验区域"。接下来,这些被"选中"的人会被押进那座密不透风的大屋,至于他们之后的命运,就不是崇豹等人可以知晓的了。他只知道,这些人不会一直待在大屋内部,毕竟,不同的捕俘队在这几个月里已经累计抓获了数千人。而那座屋子肯定容不下这么多人。

但他们究竟去了哪儿呢?在那一天,他们以牺牲方雷和另外数十名武士为代价带回的"视肉"又被如何处置了?印和阗究竟打算如何带来所谓的"胜利",而接下去又会发生什么?在最近这些天里,崇豹一直都在考虑着这些问题,但却总是百思不得其解。有时候,他甚至会梦到自己被那些诡异的蓝色丝线绑住,变成了瞪着呆滞、浑浊的双眼的鬼方人中的一员,在迷雾重重的荒野中漫无目的地游荡……

"大人?大人你还好吗?"

"呃,怎么了?"一名担任步兵队长的徒步下级武士的问话打断了崇豹的思绪,"我不是说过,没事别来——"

"但现在有事了!"那名步兵队长焦急地说道,"前面刚刚来了几个人,是我们留在营地里的守卫!"

"啥?!"崇豹闻言打了个寒战:由于捕俘队一次出动往往需要许多天时间,需要深入荒野上百里,因此,他们往往会在回程的路上设下有鹿砦和壕沟保护的临时营地用于存储物资。而留在营地里的守卫居然会擅自离开,往往只意味着一件事。

"是鬼方人的袭击吗？"

"是的，大人！"这次，回答他的问题的是一个没穿盔甲、只拿着一根燧石短矛和一面木制小圆盾的步兵。在国王的军队里，这些来自附庸部落、装备很差的士兵通常被打发去执行看守物资、运送补给之类的杂活，没人会指望他们的战斗力。

"来了多少？"崇豹问道。自从在大河西侧平原上的那场大战之后，随着中原军队退过大河，筑起连片的营垒并转入静态防御，双方并没有再发生大战。但即便如此，鬼方人还是时不时地派出从数十到上千人不等的袭击队，从中原军队的防区中尝试渗透破坏，中小规模的交战几乎每个月都会发生，"五十？一百？还是……"

"不，来得更多……非常多……呃……总之就是多得数不过来……"那士兵挠着脑袋，努力组织着他匮乏的词汇。与从小接受训练和教育的军事贵族不同，这些临时征发来的附庸士兵并没有多少相关知识，当然，也不擅长估算大量敌军的数目。不过，随着一团尘土在远处扬起、一大片人影像搬家的蚂蚁般沿着山丘走来，崇豹也不再需要向这几个步兵继续提问了。

八百……甚至可能有一千人以上。这是崇豹对涌来的鬼方人数目的最低估计。在回头看了一眼身后的步兵，以及他们所带着的一大串俘虏之后，他痛苦地意识到了一件事：由于这些人的拖累，他们基本不可能摆脱鬼方人的追击。当然，他可以选择撇下步兵和俘虏们、驾着战车逃跑，只要以牺牲掉所有步兵为代价，就肯定能安然逃脱……

"步兵队，带着俘虏以最快速度撤回营寨！"在示意驭手们驱车突进的同时，崇豹向步兵们下达了命令，"战车队随我来！让这些家伙见识一下我们的厉害！"

在许多时候，榜样的作用都是巨大的，甚至足以让人忘却近在眼前的危险和悬殊的实力差异。在崇豹的战车一马当先冲上去之后，另外几辆战车也立即紧随在后，形成了一道稀疏的"一"字阵型——由于早已领教过鬼方人那骇人的力量和战斗中悍不畏死的疯狂，早已吸取了教训的中原武士们早已放弃了直接冲入敌阵的做法，而是选择在弓箭的射程内利用战车的机动性与对方保持距离、并在避免短兵相接的情况下杀伤对手。当然，对面的不少鬼方人也携带着弓箭、投石索和标枪之类的投射武器，这意味着，即使只是在相对"安全"的距离上展开对射，这区区几辆战车也不可能支撑太久。不过，崇豹还是希望，他们能凭这种手段尽可能拖延足够长的时间，直到步兵能安然回到营寨之内……

不过，接下来的事态变化，与他的预测产生了极为巨大的差异。

在双方的距离接近到弓箭的极限射程时，战车驭手拉动缰绳，操纵着战车迅速转了个90度的弯。与此同时，崇豹和其他持弓武士射出了第一轮弓箭。青铜箭矢落入了密集的鬼方人群体中，射倒了几个人，不过，就之前的经验来看，仅凭这点损失，不可能让这些疯狂凶悍的家伙出现一丝一毫的动摇。

但鬼方人的阵型却突然陷入了混乱之中。

"这是……"崇豹愣了片刻，然后才注意到，有一支军队从不远处的山丘上冲了下来，突入了这些入侵者的阵线之中。这支军队完全由步兵组成，穿着不算特别昂贵的皮甲、举着厚重的大盾，每个人的面部都被带有可怖的兽形纹的青铜面具所覆盖——在过去的几个世纪里，中原军队曾经流行过用这种东西作为面部护具，但由于太过笨重且阻碍呼吸，它已经逐渐被淘汰了。严格来说，这支军队的战斗几乎没有任何技巧可言，所有人都做着几个整齐划一、极度机械的动作，构成战斗阵型的每一个个人看上去更接近于属于同一只巨大生物的不同器官。他们与鬼方人的战斗与其说是人与人之间的交战，倒不如说更接近于两群蚂蚁之间的厮杀：双方都毫无畏惧、不知疲倦、至死方休，只不过，其中的一方比另一方的组织度要高得多。

虽说那支发动攻击的军队人数只有鬼方人的一小半，但最终，被击垮的却是空有狂暴坚定的战斗意志、缺乏组织性、只能各自为战的鬼方人。在这场超乎想象的残虐战斗画上句号时，群山之间干旱的黄土上已经堆叠了近千具尸体，几乎所有鬼方人都疯狂地厮杀到了丧命的那一刻为止。而在战斗结束时，那支神秘的军队既没有去抓捕俘虏，也没有四散搜罗战利品，甚至没有人坐下休息，而是继续维持着原先的阵型，矗立在原地，就像是一群诡异的雕塑。

虽然明知这支军队是站在自己这边的，但不知为何，在看到他们时，崇豹却感觉到了一股强烈的不安感。他的直觉告诉他，眼前的这些存在是不正常的，是某种"异物"。他们就像是一群踏入了命运之河的另一个分叉的人群，虽然看上去仍是人类，但却和那些不可理喻的鬼方人一样，与他这样的常人再无丝毫交集。

他觉得，这并不是什么好事。

柒　密谋

那一天发生的遭遇战，成为了中原与鬼方人战争的分界线。一千人的损失对于那些气势汹汹的入侵者而言或许不算严重，但也绝对不是个小数目。更重要的是，这样的打击绝非最后一次——在那之后，鬼方人仍旧继续派出渗透部队，试图袭扰中原军队防御的薄弱点、或者对他们的后方实施破坏，但却一次又一次地撞上了同样的神秘军队。虽然人数多寡不同，但这支军队永远都会组成严密的战斗阵型，如同一个由同一颗大脑控制的有机体一样与入侵者展开战斗，而每一次的战斗结果都同样缺乏悬念：如果说，鬼方军队是一群凶悍狂暴、不知退却的蚂蚁，那么，这支神秘的军队就是一个巨人。蚂蚁固然可以狠狠地叮咬巨人的身体，但后者却能够运用作为一个整体的力量优势，轻而易举地将蚂蚁们碾碎。

经过一系列交换比悬殊的血战之后，鬼方人那令人头疼的袭扰终于彻底停歇了——哪怕是对个体的生死毫不在意的蚁群和蜂群，也会避免陷入毫无意义的消耗。随着防御压力大幅度降低，中原军队的补给开始更加稳定地从王畿和各个封国的土地送达前线，也无需分派大量兵力继续四处"堵漏"、保护物资储备中心和屯田区域。更重要的是，鬼方人可以被彻底击败这一事实，极大地鼓舞了人们的战斗意志，将一年多以来一直萦绕在人们头顶的、名为"绝望"的阴霾彻底驱散了。乐观的情绪与对战争胜利的期望重新在军营中扩散了开来。

但并不是所有人都沉浸在这种欢乐之中。

自从第一次见到那支戴着青铜面具的神秘军团之后，崇豹就一直被强烈的不安感所困扰着。尽管接连取得的胜利正在切切实实地让战争态势朝着有利于他们的方向改观，可是，每一场胜利都与那支神秘军团直接相关。

没错，崇豹知道，许多人只在乎胜利，而不在乎是谁带来了胜利。经过了一年多损失惨重的战争之后，这些人早已没有了立功受赏、出人头地的念头，只想着能够安安稳稳地返回自己的封地和家园，尽快回到和平的生活之中。但是，崇豹却并不喜欢这样的"胜利"：那支军团不但与其他人毫无关联，也并不受任何一名将军的指挥，甚至从没有人与那些戴着面具的神秘士兵说上过哪怕一句话。无论别人怎么想,但崇豹不认为自己可以完全信任他们。

　　毕竟,这些神秘的面具士兵在与鬼方人的战斗中表现得越是高效,当他们有朝一日将武器对准"自己人"时,就会越危险。

　　"这些人……到底是怎么来的?"当战车逐渐减速停下后,一手扶着车辕跳下战车的崇豹自言自语了一句——就在刚才,在那支戴面具的神秘军队协助之下,鬼方人的又一次攻击企图被挫败了。中原的军队主动出击,趁着数千名鬼方人尚在后方集结时就击溃了他们。和之前一样,即便是来自王畿的精锐甲士,在这场战斗中所做的也只是远远地朝敌人射了几箭,然后负责打扫战场而已。而真正担起了击溃敌人重任的,还是那支来路不明的神秘军队。

　　"哦,你居然还没想明白这个问题吗?"一个有段时间没听到的声音传入了崇豹的耳中,"所以说,你还真是迟钝啊。"

　　"丽?你怎么跑这儿来了?!我记得你的任务不是去守卫那什么'实验设施'吗?"崇豹看着出现在战场上的少女武士,皱起了眉头。

　　"啊,没错。所以说印和阗那家伙不知道我来这儿了……你最好也对见到我的事情保密,"丽一边说着,一边下意识地朝两侧张望了片刻,在确保没有熟悉的人之后,才继续将话题进行了下去,"我是来寻求帮助的。"

　　"帮助?"

"是的。我需要你帮我……处理印和阗大人。"

"哦,这不是问……欸?!"崇豹打了个哆嗦,"你……你刚才说啥?"

"在协助印和阗大人工作时,我意外地发现了他的秘密,"丽用只有两人能听见的声音说道,"我原本就一直对他有些怀疑,但直到现在才找到了确凿的证据。我可以保证,他和那帮鬼方人没什么两样,而且很可能更糟糕。"

"真的?你找到了什么样的证据?"

"这……如果光靠话语解释,你恐怕没法相信,"丽说道,"找一些你信得过的人,在晚上和我一起回到营寨去,到时候,你自然就知道该怎么办了。"

对于崇豹而言,要找"信得过的人"倒是不难。作为一名贵族,虽然不是站在金字塔尖的那种顶级显贵,但他倒也还有几个从小就熟识的家臣与位阶较低的亲戚。这些人与他的命运休戚相关、荣辱与共,因此,在得知他打算去冒险之后,他们全都不假思索地同意了与他同行。

在让这几个人披挂上轻型铠甲、带上兵刃后,崇豹没费多少工夫就潜入了营寨内部,并在预定的会合地点遇到了丽。让他有点儿惊讶的是,这位王室的远亲是孤身一人来到这里的,甚至连一个武装仆从都没带。"走这边。"在看到崇豹一行人后,丽比画了一个"跟着我"的手势。

与印和阗来到这里之前相比,现在的营寨已经被显著地扩建了。原本只是一座由木头篱笆围绕着的大房子的"实验设施",变成了一座小型城垒。带有瞭望塔和敌台、足有两人来高的夯土城墙取代了围篱，而从这城墙圈出的面积推测，里面的建筑也绝对不止最初由崇豹等人亲手修筑的那座大房子而已。在看到这座小型城垒时，崇豹突然感到了一阵疑惑：修建这些建筑物的劳动力是哪来的？莫非印和阗那家伙改了主意，开始允许其他人参加他的工程了？

"不，那些所谓的'闲杂人等'从来都不被允许参加修筑这些建筑物，"负责带路的丽显然看出了他的疑惑，"只不过，在第一批'那种人'被制造出来后，对于印和阗那家伙而言，劳动力就已经不再是问题了。"

"'那种人'具体指的是哪种人？'制造'又是什么意思？"崇豹问道。虽然丽并没有回答这个问题，不过，在回忆起自己之前的"工作"之后，他已经有了一些隐约的猜测……

整体而言，这座新建的城垒警备程度相当之高。在城墙的瞭望塔和敌台上，每隔几步就能看到举着火把的哨兵，而城墙下也有好几支巡逻队来回逡巡——当然，所有这些守卫都只是没戴面具的普通士兵。由于对这里的部署非常熟悉，丽毫不费力地领着崇豹一行人避开了哨兵和巡逻队，并从城墙墙根处的一座半人来高、被毛毡盖住的秘密通道钻了进去。

就像崇豹早些时候所猜测的那样，他们之前修的大房子只占据了城垒之内的很小一部分区域。在这座建筑物的周围，数十座圆筒状的木制建筑就像是雨后林地里的蘑菇一样拔地而起,看上去很像是储备粮食或者食盐的仓房。除此之外,在仓房间的缝隙里,还遍布着许多半地穴式的简陋窝棚,这些窝棚密密麻麻地挤在一起,甚至比奴隶居住区的条件还要拥挤恶劣。

"你想知道那里面是什么吗?"当崇豹将视线投向其中一座窝棚时,丽小声问道。接着,还没等对方来得及回答,她就拉着崇豹靠近了肮脏的窝棚,掀开了挂在入口处的肮脏布帘。

那里面躺着好几十个人。

不,比起"躺"这个词,"堆放"才是更合适的形容方式:就算是地位最卑微的奴隶,在睡觉时也拥有属于自己的尺寸之地,而崇豹眼前的这些人却像是晒干的柴火、或者腌好的咸鱼一样,被密密麻麻堆叠在一块,几乎占满了窝棚内的每一点可用空间。有那么一瞬间,崇豹还以为堆在眼前的是一堆尸体,但在伸手试了试对方的鼻息后,他意识到了一个更加可怕的事实。

这些人还活着。至少,他们像不久之前在那座无名村落的地下室中遇到的鬼方人一样活着。被堆积在窝棚内的人们的体温低得异常,呼吸和脉搏也相当缓慢,但崇豹很清楚,他们完全有可能像那座村子的居民一样,突然变成一群悍不畏死的凶恶怪物。

"难道说,这些人就是……"

"没错,他们是你们之前抓来的那些俘虏,"丽冷笑着说道,"当然,现在这些人已经和我们的老对手、也就是那些鬼方人差不多了，瞧瞧这个吧。"

"欻欻?!"

在丽掰开其中一人的眼皮之后，崇豹猛地打了个哆嗦：这人有着一双诡异、无神的眼睛，瞳孔部位原本应该是棕色，但却已经被染上了一丝诡异的幽蓝。而在之前，他也曾经见到过这种令人不安的幽蓝色——在鬼方人村落的田野中，在地下室那些长满发光"瘤子"的墙壁上，以及……在那些鬼方人的双眼之内。

回忆如同开闸的洪流一般，涌入了崇豹的脑海：此时此刻，他终于知道，为什么那支来路不明、戴着面具的神秘军队可以做到与鬼方人同样的悍不畏死、凶狠善战了。"这些人……他们……他们难道就是……"

"是的，为我们赢来了那些胜利的那支神秘军队，就是由这些人组成的。而从本质上讲，这些人和鬼方人，其实毫无差别。"少女武士说道，"你想知道那些普普通通的蛮夷俘虏是怎么变成这样的吗？"

"唔……"崇豹咽下了一口唾沫，同时瞥了一眼不远处的一座筒状粮仓。

"对，就是这个。"少女武士抽出腰间的铜剑，一剑刺穿了用植物纤维编织成的粮仓外壁。当她把剑抽出时，一小把粟米从破口处洒了出来。但是，这些粟米也全都带着些许蓝色的斑点，看上去让人很没食欲，"印和阗把这种行为称为'转化'——只要把俘虏关押在那座大屋子里，在给他们的食物里加入这些东西，用不了多久，他们就会自然而然地变成这副模样。"

捌　入侵

"这究竟是什么巫术？"

"如果印和阗对我说的是实话，那么，这根本就不是巫术，"丽看着崇豹和他那些惊愕至极的同伴，耸了耸肩，"他说，这和超自然力量，和神灵与祖先都没什么关系。只是非常普通的……呃……科学。"

"科学？"其他人全都不解地摇了摇头。毕竟，要等到近三千年后，这个概念才会在世界上普遍地为人们所接受。"等等，印和阗那家伙居然会对你说这个？"崇豹问道。

"没错。很多看上去相当聪明而谨慎的男人，事实上都会犯一个错误，"丽轻蔑地笑了笑，"他们会把女人当成智力比自己低一等的生物，尤其是在女人主动表现得乖巧听话的时候。对于很多人而言，私下里向无害的小动物倾诉点儿什么秘密，可是再正常不过了。"

见识过丽在战斗中的所作所为的崇豹并不觉得她是"无害"的，但他同样也清楚，只要有那个意思，丽绝对可以把自己伪装成想要的模样。但就连他也没料到，印和阗那家伙居然也会有着道儿的一天。"他说了什么？"

"那可多了。那个老巫师知道的东西，恐怕比任何一个中原人都多。他说,他去过非常多的地方,也知道这些年来肆虐的灾难的起因:在离这里非常遥远的地方,有一座巨大的火山把大量的灰烬抛进了天空,造成了不正常的寒冷和干旱。"

"火山?那是什么东西?着火的山吗?"

"我也不太清楚。但印和阗说,那些灰烬里含有某些东西,而正是这些东西导致了一些特殊的变化,"丽一边领着其他人继续前进,一边说道,"你也知道,如果受潮或者储存出了别的问题,谷物有可能会发霉变质……而那些灰烬里的东西,印和阗管它们叫'放射性物质',让那些普通的霉出现了巨大的变化:它们开始形成了所谓'更高级的生命形态',并聚合在了一起,我们之前抢回来的那块'视肉',就是这些东西变异的产物。"

"这听上去简直就像是醉鬼说的疯话。"崇豹评论道,不过,他的直觉却告诉他,自己刚才听到的很可能就是事实……虽然是他难以理解的事实。

"我一开始也不太相信,直到第一批俘虏被'转化'为止,"少女武士点了点头,"印和阗说,因为'放射性物质'造成的变化,那些发霉的粮食可以'转化'吃下它们的人,让那些人变成所谓的'宿主'。而只是和'宿主'接触,也有可能被那些发生变化的霉寄生并控制——当然,有一些人似乎天生就对这种寄生免疫,比如说我们。所以他一开始才会专门挑选出像我们这种反复与鬼方人接触、却一直安然无恙的人为他做事。"

"我得承认，这些都是事实，"崇豹说道，"不过照你这么说，那种所谓的'霉'，听上去很像是会附在人身上的恶鬼和邪灵……"

"确实如此！被寄生的人事实上都变成了那些'霉'的聚合体，也就是'视肉'所操控的对象。他们会下意识地保护那东西，带着它不断迁徙、并且在一路上裹挟更多人。印和阗说，在遥远的西方，也发生了类似的事情。那些被称为'海上民族'的被感染人群攻下了面积比中原还要大的土地，把所经之处的文明完全破坏。由于之前的长期旱灾造成的饥荒，当地人缺乏抵抗的力量，结果很多强大的国家都就此灭亡。"

"他也确实对我说过这种话……就在我们第一次见面的时候，"崇豹咬了咬嘴唇，"这么说来，他让我们夺取'视肉'、抓捕俘虏，就是为了以毒攻毒，创造出一支站在我们这边的'鬼方'军队？"

"如果只是这样的话，那就好了，"丽叹了口气，"但你有没有注意到，那支神秘军队和鬼方人之间的差异？"

"啊？对，这么说倒也确实……那些人比只会乱打乱冲的鬼方人的组织严密得多、看上去就像是同一个人似的。"

"是的，这种差异其实并不难理解：'视肉'再怎么说，也只是一种发生了异变的霉。印和阗说，它本质上还是一种'低等生物'，唯一能做的只是为被感染的人类植入扩散和传播它的本能而已。它没有军事知识，不懂得如何领兵打仗、发号施令，而被裹挟的鬼方人大多数只是普通平民，所以除了悍不畏死、可以不断裹挟新人，外加能在不需要活动的时候转入那种类似于冬眠的状态节省粮食这三点外，他们并没有别的什么本事。"

"但光这三点已经够可怕了，"崇豹的一名家臣嘟哝道，"至少对我们这些普通人而言非常可怕。"

"是的，那么你想想看，如果有人能对这种可怕的军队下达明确的指令、让他们按照自己的意思行动呢？如果操纵那些鬼方人的并不是'视肉'这种无知无识的东西，而是拥有智慧，甚至还足够奸诈狡猾的人类呢？"

"只要那是自己人，我看没什么不行。"另一个侍从说道。

"是吗？在孤身一人，需要别人提供协助时，印和阗那家伙确实是'自己人'。但在他已经掌握了一支对自己惟命是从的军队之后呢？谁还能保证印和阗那家伙会继续协助我们，而不是去策划对我们不利的事情？归根结底，他甚至不是我们的同族，而是一个来路不明的外人！"

没有人答话，但在场的所有人脑海中都出现了相同的答案。"所以说，你打算解决掉他？"崇豹问道，"但没了印和阗，谁还能对抗鬼方人？"

"鬼方人已经在之前的战争中被严重削弱了，现在他们的残余力量寥寥无几……在你们看不到的地方，印和阗一直在派遣他自己的军队不断行动。"在那座崇豹等人花了很长时间才建起的大房子旁，丽停下了脚步。她先是从一旁取下了一支照明用的火炬，投在了覆盖在屋顶的易燃毡布上，然后又朝着一名扛着战斧的侍从挥了挥手，指了指房子的木质门闩，"我们的时间已经不多了。"

那名侍从立即会意，用干净利落的一击砍开了门闩。片刻之后，随着一阵干燥的风从远处吹来，火焰就像一头愤怒的蜥蜴一样沿着盖在墙上的毛毡和毯子腾起，让上百人惊叫着从屋内钻了出来——这些人是一天之前刚刚被送来的俘虏，还没有开始"转化"过程。虽然完全不明白发生了什么事，但怒气冲冲、渴望进行报复的俘虏还是在四散奔逃之前顺手找来了引火物、将周围的粮仓和帐篷逐一点燃。

崇豹一行人并不在乎这些人究竟能否逃出生天——他们的逃脱很快就让整座营寨都陷入了混乱，无论是执勤巡逻的普通士兵，还是那些被堆在棚屋内休眠、在着火后才纷纷醒来的被转化者，都在稀里糊涂的状态下将这群逃脱者当成了最优先的追捕目标。而全副武装、穿着盔甲的崇豹等人却被当成了"自己人"，没有任何人前来拦截和盘查他们。

当然，这正是丽想要达到的效果。

玖　篡夺

"走这边！"在一片人喊马嘶的混乱之中，丽带领着她的同伴们来到了营寨的一角。在崇豹的印象之中，自从来到这座营寨之后，印和阒就一直居住在这儿。在最开始时，充作那位老巫师栖身之处的只不过是一座简陋的帐篷而已，而现在，这座帐篷所在的位置已经变成了一座拥有院落的小型宫殿。虽说大多数守卫都已经前去追捕逃脱的俘虏，但在这座"宫殿"门口，仍然有几个卫兵在坚守岗位。

"你们是……丽大人？"其中一个级别较高的卫兵认出了他理论上的长官，并因此犹豫了片刻。而在下一秒钟，后者就已经一剑捅穿了他的咽喉。崇豹和他的手下也纷纷举起兵刃，在对方尚未来得及做出反应之前就将他们全部砍倒——丽事先已经说过，这些人全都是印和阒特地挑选出来、将他本人奉若神灵的狂热信徒，因此，唯一的解决手段就是先下手为强干掉他们。

当然，这座"宫殿"纵然远不如真正的宫殿那么大，但其中的守卫也绝不可能只有门口的几人。在冲进大门后不久，崇豹就差点在门口的影壁后与一个男人撞个满怀：事实上，他之前曾经和这个壮汉有过一面之缘。在大约一个月前，这名某"蛮夷"氏族的族长在抵抗抓捕时一连杀死了他的三个部下，才勉强被压制住。不过，眼下这人并没有表露出对他的憎恨或者愤怒，在用泛着蓝色的呆滞双瞳瞪着崇豹看了几秒钟后，他高高举起了手中的战锤。

"这是什么怪力啊！"由于对方的动作有些迟缓，崇豹堪堪避开了他的攻击。人脸大小的青铜锤头直接将夯土结构的影壁锤出了一个大洞,然后颇为令人喜闻乐见地卡在了里头。

"这是人类拥有的、真正的力量,"丽一剑捅穿了一个拿着长矛的守卫,这几个守在内院里的人全都是被"转化"的俘虏,不过,与在战场上遇到的那些戴面具的神秘军队相比,他们的动作显然有些迟缓,就像是还没睡醒似的,"印和阗提到过,通常情况下,人们会为了避免让自己受伤而下意识地控制自己的力量,不过,被寄生之后的人类可没有这个问题。这也是鬼方人在战斗中难缠的原因。"

"多谢解释。"就在丽说话时,崇豹的一名家臣从背后袭向了那个壮汉,一剑刺穿了他的喉咙——在上次抓捕这人时,他曾经表现出了相当不错的反应速度,甚至可以同时应对三个武士的围攻,但现在,这人却变得极为"无脑",甚至连丢掉卡住的战锤、拔出腰间的匕首迎战这种简单的事都想不到,"幸好他们不怎么聪明。"

"那是因为这些人暂时还没接到指令,所以才蠢得像是虫子一样,"丽的眉宇之间透出了隐约的欣喜之色,"印和阗现在肯定还没有完成'连接',这是最好的机会!你们几个,留在这里掩护我!"

"连接?那是什么,'机会'又是指——"崇豹还想再问几句,但丽已经躲过了两个行动迟缓的守卫,冲入了正殿之内。虽然崇豹很想继续与他的家臣一起解决掉剩下的对手、确保这里的安全,但一阵突然涌出的不安感让他改变了主意。在虚晃一招之后，他摆脱了朝自己攻来的持戈卫兵，跟着丽进入了正殿。

当崇豹还住在故乡时，他曾经多次进出过自己主君的宫殿：通常而言，这个时代的宫殿中央都设有用于采光的天井，桌案和陈设会在下方被称为"明堂"的区域中环绕天井排列，用于举行仪式、宴会或者政务会议。不过，这座宫殿却像他们之前参与建造的那座大房子一样封闭而阴暗，既没有采光用的天井和窗户，也没有火塘和蜡烛，唯一的光源来自于生长在墙壁上的许多小小的瘤状物——在那次夺取"视肉"的行动中，他在鬼方人村落的地下室内也曾见过一模一样的东西。

而在应当是主君座位的地方，崇豹看到了一幅惊人的景象。

数以百计的人类，或者说曾经是人类的生物，在如同血管般脉动的蓝色"丝线"捆绑中包裹成了一个巨大的球体。这些丝线从他们的口鼻和眼眶的边缘伸出，让崇豹联想到了发霉的干肉。只不过，就像那些被"转化"的俘虏一样，这些男男女女都还活着，在靠近时，崇豹发现，他们的胸膛还在轻微地起伏，脸上的表情则不断变化，甚至时不时地发出诡异的低语和呻吟，看上去就像是在……做梦一样。

"这是……什么？"

"把'视肉'和人'接驳'在一起的产物，或者更准确地说，'视肉'的人为进化产物。"比崇豹更早一些进来的丽用冷静的口吻说道。崇豹注意到，在这些被蓝色丝线纠缠在一起的人群中央摆放着一件像是座椅的物品，只不过，这张只有粗糙轮廓的"座椅"并不是用石材、木料，或者一切崇豹所能理解的材料制成的，构成它的物质是一种灰色的、类似肉块的东西，不断有气味难闻的黏液从上面渗出。来自无数扭曲人体的蓝色丝线伸入这张"座椅"之内，就像是与树桩连接在一起的根须，"这也是印和阗先生最终计划里最重要的一部分。"

"等等，你不能这么做！"就在丽走向"座椅"的同时，印和阗那苍老的声音从大殿的角落里传了出来。此时的老巫师孤身一人，身边既没有卫士也没有"转化者"。而且，他看起来相当焦急，"崇豹先生，请阻止她！"

"为什么？"崇豹问道。

"这……这件东西的用途，是操纵一切被变异真菌所寄生的人，严格来说，是那些已经进入第二或更高阶段的非特殊感染者！包括我方的'转化者'和敌对的鬼方人！"印和阗一口气说出了好几个崇豹没听说过的词儿，不过，他的大概意思倒是不难理解，"我本来打算用它来恢复和平，不过……"

"国王陛下知道这事吗？"

"我……我打算事成之后再禀报他。毕竟他一时半会儿恐怕也不太容易接受……"

"抱歉，看来丽是对的，"崇豹耸了耸肩，"既然这东西拥有如此强大的力量，那就意味着它同样极度危险。我们不能允许像你这样来路不明的人随意使用它。我们会把这东西的存在公开，让国王和贵族们共同决定它的使用方式，这样……"

"但是恕我直言，你的那位朋友好像已经擅自开始启动它了。"

"欸？！"

被印和阗这么一提醒，崇豹才注意到，丽居然已经主动坐上了那张"座椅"、并让无数蓝色的丝线伸入了她的鼻孔甚至眼眶的边缘。"等等，你这是干什么？！"崇豹喊道，"我们不是——"

"抱歉了蠢蛋。不过我刚才突然有了个好主意，"丽嗤笑道，"如此伟大的力量……也许由我这样的人来使用会更好一些。"

"你说什么？！"崇豹拔出丽之前"交易"给他的那把铁刀，朝着她冲了上去。但在下一个瞬间，一个戴着青铜面具的身影拦在了他的面前。

那是一名"转化者"，不过，他早已不是之前大殿外那些家伙的迟钝模样，而变成了一台真正高效的战斗与杀戮机器。虽然这人手中的铜剑质量远不如崇豹握着的铁刀，但在几次金铁交击后，抵不住对方凌厉攻势的崇豹还是不得不退了下去。

与此同时，更多的"转化者"冲入了大殿之中。很显然，无论丽要做什么，现在的她都已经不可能被阻止了。

"唔，原来统御一切的感觉，就是这样的吗？"在那散发着刺激性味道的灰色"宝座"上,丽发出了一阵神经质的笑声,"现在我无处不在,我无所不能……整个世界都在以截然不同的方式,在我的眼前展开……我果然做对了!"

"这……你从一开始的目的就是为了这个?!"崇豹露出了恍然大悟的神色。

"那倒不至于,我原本只是希望能在这次战争中好好表现,为我们的家族谋取一些政治资本……不过,多亏了印和阗大人如此地信任我、告诉了我这么多有价值的信息,"丽"咯咯"地笑了起来,"现在,家族对我而言已经没有什么意义了,连这个国家也是如此——我一手就能掌握整个世界,你知道这是什么感受吗?"

"我没兴趣知道。"崇豹退了一步,与此同时,一群全副武装的人从大殿外走了进来。有那么一刹那,他还以为前来的是自己的家臣们,但在看到来者脸上戴着的青铜面具,以及他们手中兵刃上沾着的鲜血时,他的心情坠落到了最低点。

"无论如何,我还是得对你说声谢谢,"丽继续说道,"如果没有你的帮助,我也不可能体验到如此的……美好的感受。很不幸,我没有任何东西可以用来报答你——除了直接把你送回你祖先身边之外。"

"抱歉,但我不太赞成这么做,丽小姐,"让崇豹略感惊讶的是,虽然局势按理说已经绝望到了极点,但印和阗却并没有露出丝毫惧色。相反,这名老巫师甚至好整以暇地站在一边,朝着那些保卫他们的戴面具士兵摆了摆右手食指,"第一,这么做无论对我们,还是对你自己,都没有任何好处;第二,你也做不到。"

"我做不到?呵呵……真是不好笑的笑话啊,"丽冷笑了两声,"现在的我就算说是'神'也不为过,你根本不知道,我能做到什么事情!只需要一个念头,我就能……呃……唔……"

还没等丽把话说完,她的面孔突然开始剧烈地抽搐起来,双眼就像癫痫发作一样翻起了白色,大量汗珠从她扭曲的脸颊上接连滚落,随着她的躯体开始不断颤抖、痉挛,就连她身下的"王座"也猛烈地抖动了起来。而与此同时,一名站在崇豹面前的面具武士也举起了手中的战斧,但他挥砍的对象,却是身边的同伴……

"这、这是……"当身边沦为一片相互砍杀的暴力漩涡时,崇豹完全惊呆了,"到底是怎么回事?"

"时候到了,"印和阗说道,"我们的这位新'神'看来也不过如此。"

拾　小人勿用

"你确定不想再趁机向上爬一步?国王已经认可了你这次的功劳,要是愿意的话,就算要求获得自己的一城一国,也不是问题。"

"我……以前明明是很想的，但现在却完全没这个念头了，"在走出王宫的大门后，崇豹对老巫师耸了耸肩，"毕竟，这几个月听你讲了那么多……未发生的历史，我才知道，比起文明本身，一城一国根本是微不足道的东西：一个封国，在千秋之后不过是史册上的一个字，或者一个没什么人知道其来历的姓氏；一座城，能留下一点夯土地基和几座坟墓供后人发掘，就算是很好的了。而且，我知道自己不是掌握大权的那块料。自以为能操控一切却没那个本事，可是最愚蠢的……"

"是某位小姐的不幸遭遇对你造成了触动吗？"印和阗问道。

"有那么点吧。"崇豹叹了口气。

就在今天，持续了三年多的对鬼方人的战争被正式宣告结束，在王畿和远离前线的各个邦国，民众被告知，是国王的英明神武和祖先们的庇佑让中原的军队击败了邪恶的入侵者。虽然战局一度显得极为危急，但最终，上帝将神圣的愤怒投向鬼方人，让他们如同疯癫般自相残杀、分崩离析，最终被中原军队一举全歼、无人逃脱。

至于事实，却只有极少数人有机会了解。

"不过说起来，这一切简直像是一场梦啊，"在走向停在宫城之外的车队时，崇豹继续小声说道，"换在以前，我根本没法子想象你告诉我的那些事，什么时间溯行、拯救未来啥的。但我又同样不能不信——因为只有这么解释，已经发生的一切才能显得合理。"

"本人所言字字无虚。"印和阗答道。在战争结束、大军从西北边境撤回的途中,他曾向崇豹讲述了许多听上去像是神话的故事,其中最重要的,是一次发生在遥远未来的灾难:在三千三百年后的某一日,由于全球升温导致的西伯利亚冰原融化,一批古老的冰冻尸体也被掘出,而他们身上所携带的变异真菌菌株随即开始感染其他人。与三流恐怖片里的"丧尸"不同,被感染者在产生对他人强烈敌意的同时,也保留了过去的大多数知识和技能,甚至还表现出了诡异的协调性,由于极为便利的交通条件,在人们还未来得及采取防范措施之前,菌株已经被扩散到了整个世界,并造成了全球范围的社会动乱……以及崩溃。

在那之后的几年里,未受影响的人们一边防守着残存的堡垒区域,一边对这场浩劫进行研究。最终,他们发现了一个惊人的事实:最初在冻土下被发现的带菌者,是在久远的过去被称为"鬼方"的人群中的一员。而类似的感染,在三十多个世纪前的青铜器时代晚期崩溃事件中,已经发生过一次——只不过,在原有的时间线上,那次灾难最终被遏制了。青铜器时代极度落后的交通手段让感染扩散速度变得极为缓慢,而被变异真菌操控着南下的人群,无论是西方的"海上民族"还是东方的"鬼方",都遭到了挫败。只不过,他们的对手也无法将他们全歼,在失败后,大量侥幸逃脱的带菌者本能地逃往寒冷的北方,通过将自己埋入冻土的方式将毁灭之种保存了下来。

虽然从理论上讲,这一迟来的发现已经没什么意义,不过，当时刚刚完成初期开发的另一科研项目：时间溯行装置，却意外地派上了用场。当然，这套装置并不能将哪怕一个分子的物质送往三千年前，但它却可以被用于影响特定人类个体的思维，将原本不应有的知识和记忆送给他们……比如曾经在底比斯城里担任阿蒙神祭司的印和阗。

"大人，我们已经接来了陛下赐予您的新娘，"当崇豹和印和阗走到车队旁时，一名侍从报告道，"您要去看看吗？"

"当然。"崇豹点了点头，走向了一辆用四头牛拉着的四轮大车。在这辆车的车厢里，穿着新娘华服的丽双目无神地坐着，完全没有对他的出现作出反应——当战斗结束之后，她就变成了这副模样。虽然勉强有最低限度的自理能力，但却无法再与任何人交流。由于作为王室旁系的血统还有点价值，因此，国王索性以"联姻"的名义，将她丢给了自己曾经的战友负责照顾。

"真是抱歉，害你摊上了这么一场婚事。"

"抱歉什么的就免了吧，不过话说回来，从一开始，你就打算这样利用丽？"

"是的，我最初的计划是让那些具备对真菌感染免疫力的人捕获'视肉'、也就是变异真菌在大量感染宿主后产生的类似于神经中枢的结构，通过将其改造并与人类连接的方式，反过来掌控被感染者。但在西奈战役中，我发现这行不通：如果只是控制数十和数百人倒是不难，但如果扩大到万人级别，需要的信息处理能力就已经超过了人脑处理的极限。根本无法坚持。幸好，东地中海离西伯利亚远得很，外加埃及海军封锁了海岸线，所以就算我的计划没有完全成功，但'海上民族'也没能跑掉，"印和阗说道，"真正麻烦的是'鬼方'。根据我的计算，要篡夺真菌对全部宿主的控制，意味着需要一次性操纵几十万人，这会在极短时间内对脑功能造成不可逆转的破坏。"

"是啊，真惨。"崇豹看着自己那位盛装打扮的新娘，顿时感到了一阵恶寒，"但你却意识到，这种缺陷同样可以被作为武器……"

"是的。在三千三百年后，人们也注意到，这种变异真菌的'神经中枢'有持续扩增的趋势，并且能够利用人类或者动物的神经系统、尤其是脑组织作为'硬件'。而'神经中枢'的功能越多，被控制宿主的自律程度就越低：被'视肉'操控的鬼方人甚至还有很大一部分自主意识，只是一门心思地想要迁徙和攻击他人，并以此增加被感染者的数量而已。但在被我'升级'之后，那些被操控者的自主性已经相当之低。因此，一旦中枢控制过载崩溃，所有的个体都会陷入彻底的混乱，即使不被消灭，也无法主动逃跑……从而让我们避免未来的那场真正的文明危机。"印和阗说道，"唯一的问题在于，规模足够大后，真菌的神经中枢自身也会产生一些低级的意识。如果抱着终结感染的念头与它们连接，很可能会被迅速发现并遭到排斥——我本人就亲自尝试过。因此，操控者必须真心愿意担任这个角色。"

"而一个充满权力欲望的小人就非常适合这种角色，"崇豹瞥了一眼站在旁边的仆从。他和印和阗都并不太忌讳公开谈论这些事——毕竟，对这个时代的绝大多数人而言，要理解他们的交谈内容，根本就是不可能的，"真是……讽刺。"

"确实，"印和阗说道，"对了，你打算给以后的人留下点什么吗？"

"这是不可能的，你也说过，你拥有的未来知识不能被传播出去，否则，对科技发展的影响会诱发时间悖论，甚至导致我们之前所做的一切本身变得'不存在'，"崇豹耸了耸肩，"不过，如果只是个人体会什么的，那我确实有点东西想要留下。"

"是什么呢？"

"就一句话，"崇豹嘀咕道，"小人勿用。"

作者简介

索何夫，原籍四川，现居江苏，南京师范大学文学学士，新疆大学中亚史硕士，南京农业大学科学技术史博士。因为专业关系，对科幻小说中的或然历史类别颇有兴趣。

创作谈

《伐鬼方》一文，是我近年来创作的多篇以古中国为背景的或然历史作品之一（有兴趣的可以在《科幻世界》过刊中找到本人的旧作《冥灵》《言灵》），在本质上可以被归类为广义上的"生化朋克"。这个故事的来源，是我在博士二年级上学期在南京农业大学某个散发着药物气味的、乱糟糟的实验室门口，与一位研究以植物为寄生对象的真菌课题的硕士生胡吹乱侃时产生的一点儿小小灵感——当时我恰好从图书馆借来了一本讨论青铜器时代晚期大崩溃的书，准备作为消遣读物。这点灵感就像是落入燧发枪火药池的火花一样，顿时点燃了更多的灵感……

然后就变成了这篇文章。

当然，我也想过是否要把故事背景放在稍微晚近的时代，但最终还是选择了商王武丁时期的鬼方入侵。至于原因？主要是殷商背景可以比较合理地安排女性武士出现在战场上，比较符合个人喜好，仅此而已。

希望各位读者能喜欢我的这点有趣的灵感。

第四篇

织　女

短篇小说

织女

作者：张 震

序章 乌鸦

在电子时钟白日计时归零之后，整个城市的上空边缘规整的昼与夜如同书页一样翻过。

乌鸦纷纷起飞，夜降落。

身着防雪服的白发少女一跃而起，敏捷地扑抓住一只乌鸦，双手分别抓住乌鸦的脚与喙，咬住乌鸦的脖颈，猩红血液飞溅到她白得透明的脸颊上。

少女手吐出乌鸦黑色的羽毛与金银两色的微型机械零件。

死亡成为它灰色的瞬膜，乌鸦黑色的眼睛逐渐浑浊。

少女手握着逐渐失温的鸟穿过大半个城市，找到彩衣的萨满。

高山潮认得对方的脸，为自己在梦中将她塑造成如此形象感到好笑。而视角随着少女前进，高山潮逐渐感到这个梦似乎过分真实了。眼睛所能看到的一切是如此的逼真，细节丰富，甚至比肉眼所看到的还要丰富。

继而她发现自己无法结束这个梦，意识到这一点的时候，一种无法言明的强力将她骤然裹紧。她像是蜘蛛网中徒劳挣扎的猎物。

帽顶那由铝片制成的银白色的鸟的剪影随着萨满的动作簌簌抖动。

彩色的条状织物覆盖在萨满银色面具的前额与后颈。眼睛的位置是两块墨色玻璃，做成眼睛的形状，面具的鼻与唇的雕琢都称得上秀丽。面具将萨满的头颅全部包裹，只露出洁白纤细的颈部。

萨满胸口挂着一面雪亮的金属圆镜，压在以灰色为主调的法衣上。前襟与两臂装饰有乌鸦的羽毛。

神鼓随着她的手掌与手指的敲击发出或是沉闷或是清脆的声响。

注意到少女的到来，萨满放下手中的神鼓，按下某个开关，随即响起排风扇的嗡嗡声。她熟练地用刀割开乌鸦的腹部，在柔软的内脏和坚硬的金属元件中找到内存卡，有条不紊地将桌子上的乌鸦尸体扔到脚边的火炉中，打开操作台的龙头洗了洗手，用毛巾擦干水，然后把内存卡插入读卡器。

然而显示器上出现红色的弹窗——"无法检测到目标"。

彩衣的萨满从抽屉里掏出一只通信器，打开与置顶的联络人的对话界面，尝试拨打电话发送简讯，但没有得到对方任何回复。紧接着她打开了整个城市的地图，强制调用了几个点位的摄像头，但都没有找到想找的人。

高山潮连带着感受到了她的不安。

焦虑引发了更多焦虑，梦境中的萨满抬头向四处查看，高山潮因此而感到紧张。

这真的只是一个梦吗？她一面自问，一面尝试着从梦中醒来。

她不知道自己被发现之后会发生什么。梦的蜘蛛会将自己肢解吞食吗？还是就像这样麻醉着她，让她僵直着感受自己的身体逐渐溶解。

最终萨满锁定了高山潮的方向，尽管对方努力对焦双眼，但是从她的眼神中高山潮确信对方看到的只是虚空。

彩衣的萨满挺直后背，拾起放在椅子上的神鼓，像是安抚濒死的动物那样抚摸鼓面。然后她站起来，依照某种规律踩着奇怪的舞步开始盘旋。

她的法衣在旋转中散开，形成优美的圆，缀有银质装饰物的衣摆像是旋转的链锯。

萨满将神鼓举过头顶，随着鼓声敲响，她的动作幅度变大，手臂如同不受控般地挥动，时而蹲踞，时而跃起。

那种类似金属震动的声音再次响起，萨满开始以一种特殊的韵脚与节奏唱诵。

"德乌勒勒，哲乌勒勒，
德乌咧哩，哲咧！
在远古土地，有萨满萨勒安纠，
母亲被魔王囚禁，她的命运不济。
为了解救母亲，误入亡者墟。
时间在那里慢得异乎寻常。
第一个百年，她饮取迷雾，吞食自己的手脚；
第二个百年，她割破虚空，山峰和海浪倾泻而出；
第三个百年，她用意念创造生命，建立王国；
第四个百年，她以所有生命的智慧思索，
洞悉了一切的存在与未来，至此，外界仅流逝三日。
高唱着：众神，请验示我的赤心！
她自亡者之墟归来，
终将战胜恶魔，
她将为她的母亲赢得自由。"

彩衣的萨满的吟唱停止。她的双目仍旧注视着高山潮，注视着虚空。

"这是你的神谕。"

尽管高山潮并不清楚神谕的具体内容，萨满却逼视着她，让她接受。

像是有什么东西在脑子里搅动，在高山潮即将崩溃尖叫的时候，一直压迫束缚着她的那种不可抗拒的力量终于消失了。她猛地睁开眼，确认自己回到了真实世界。

高山潮擦了擦自己满是冷汗的额头，触碰到了额角的肿块。它像是一颗乱动的智齿，这让她更加烦躁。那其中不仅仅有某些硬质的囊肿，甚至还有一些滑动的积液。每当高山潮想到它的存在就感到不可抑制的恶心。

她无法独自处理它，但恶症带来的羞耻感让她无法轻易向任何人求助。

肿疮只是她混乱的生活中的一根线头，刚刚的梦也是。高山潮暂时不打算仔细思考这些，更加棘手的现实的麻烦已经迫在眉睫。

第一章 混乱

高山潮不确定这是否是自己人生最混乱的时刻。

在还有不到一百天终考的关头，她的男友陈程无故失踪。而在她最后的记忆中，他们躺在一幢他们非法入侵的别墅的浴缸里。

高山潮对此感到非常不安。浴缸中的血和没有带走的衣物让高山潮忍不住向最坏的方向猜想。但在那间密室中，唯一可能成为凶手的人只能是自己。

她忍不住开始怀疑自己。这或许是陈程带来的药片所产生的副作用。面临着终考的巨大压力，他们选择聚在一起"放松"。

那是一栋尚未完工的建筑。据说在落成后，这里会接纳更多城市的工作人员。听说全城最好的织女受聘参与设计。

陈程率先发现了这里。他花了一点心思打开它的电子锁，成功之后这里就成为他和高山潮的据点。他们常常在这里约会。

陈程曾经向她保证，没有任何人会受到伤害。

高山潮皱紧眉头，尝试拼凑绞成一团的记忆。

在反锁的浴室里，他们一起戴上用颜料染红的目镜。

防雪服和毛线帽都散落在地上，他们只穿着内衣，倚靠着彼此，半坐在盛满冷水的浴缸中。

舌下压着陈程带来的药片，他们双手与对方紧紧握着，然后逐渐展平双腿，让冷水没过自己的口鼻。

水折射全部光线，世界是一片波光闪动的红色。

接下来他们将会手牵手在那个世界中漫游。那里与此处截然不同，那里繁华热闹，人群熙攘匆忙，运气好的话甚至可以在食品店试吃。装在小盒里的冰淇淋是高山潮从未品尝过的味道，与家里厨房能提供的除了草莓就是橘子味道的冰淇淋完全不同，她珍惜地把它含在嘴里，不舍得吞下。

接下来的事情就变成了完全无法复原的碎片，像是被洗衣机洗过的碎纸。

高山潮只记得自己从浴缸中坐起来，忍耐着头晕摘下了目镜，然而浴缸中的水却仍旧是红色的。她闻到了浓重的血的气息，她四下环视，陈程的衣服仍旧与自己的杂乱地扔在一起，但人却不见了。

在头痛欲裂中，高山潮尝试着继续回想。严豹站在浴缸外冷酷地注视她的画面一闪而逝。而那又是一种违反现实的幻觉。

他们每次都会将那间浴室反锁，而且，从高山潮记事起，严豹就从未离开过轮椅。

严豹是她的母亲。

高山潮躺在卧室的床上，床头的数字时钟显示现在是凌晨三点。再也无法入睡，但还躺在这里多少有些自欺欺人。

高山潮决定去厨房弄点水喝。

路过严豹房间的时候，高山潮从门缝中看到灯还亮着。她还在工作。

虽然她不是出色的母亲，但严豹是最出色的织女。

这项工作是城市中唯一且仅有的工作。通过使用手柄和头显，织女们在数字世界中进行空间设计，如同历史上的纺织女工一样，只是现在她们所编织的不再仅仅是平面织物，而是复杂精密的空间结构。

之后人工智能程序将她们的设计成果转化成为可以直接用于施工和使用的模型。所有织女常年都很忙碌。

对于失去双腿的女人们来说，这是一份非常理想的工作。

在高山潮出生前，这个区域曾经爆发了非常激烈的战争。也因此，直至今日，这座城市依旧保留着军事化的管理体制。

在那场战争中，许多人失去双腿，并因此无法从事重体力劳动。政府为失去双腿的女人们免费提供了几乎无法以肉眼分辨真假的义肢。她们可以非常自然地行走奔跑。但严豹似乎始终无法顺利使用自己的义肢。

从高山潮记事起，严豹就从未离开过轮椅。当然这对她的生活似乎并没有严重的阻碍。她将自己整日关在烟雾缭绕的房间里。如果她想出去，这座原本就由她设计的建筑也能为她提供相应的便利。

城市中的许多重要建筑都由严豹设计，在小时候高山潮也曾暗自为此骄傲。

但现在高山潮认为没有必要去这样做了。与其说这是青春期的叛逆，不如说是一种长期失望后的仇恨。

尽管每天生活在同一片屋檐下，在同一张餐桌上吃饭，高山潮已经记不起上一次有实质意义的对话发生在什么时候。

无论她如何示好与努力，严豹都始终冷若冰霜，遥不可及。她们与其说是母女，更像是被迫住在一起的狱友。

高山潮捧着水杯坐在书桌前，在黑暗中凝视着书架上那些仔细保留下的礼物包装。来自父亲的礼物。

虽然父亲存在,但他的存在感甚至不比餐桌更高。

他永远都在忙碌,很少在家中露面。虽然他会在节日和纪念日传送简讯,或者寄送礼物,但高山潮通常会在垃圾箱里见到属于严豹的那一份。

高山潮曾经尝试着和父亲一起嘲讽严豹的冷酷古板与孤僻,结成过隐秘的同盟,但这对严豹毫无影响。她一直表现出毫无理由的轻蔑和愤怒。

家政机器人将一切都照料得很好,房间窗明几净,每日的菜单都会显示在餐桌旁的备忘录中。一切都是标准化的,符合规范的。而严豹在这里,就像是一块顽固的、永远无法去除的污渍。她不配合的姿态让这个家变得像是监狱和牢笼。

当高山潮挑衅地向她控诉,得到的却只是严豹轻蔑的眼神。

或许是从那时起,她们便不再对话。高山潮强烈的憎恨很快变成成倍的痛苦。

随着高山潮逐渐长大,她觉察到父亲态度的变化。最初他慷慨给予的关注更像是将她当成了某种可爱的宠物。而当他意识到她也与他一样有思想和烦恼,女儿的倾诉似乎变成了一种不需要被理解的、多余的负累。

他不再及时地回复简讯,不关心她的灵魂如何成长,不在意她正在经历的巨大孤独。

高山潮不明白这一切究竟是如何发生的,不明白这一切为什么会发生。但似乎所有的父亲都如出一辙。那么相比较之下,他们的漠视与缺席似乎可以被接受。

她也见过更坏的家庭。大概八年前的某一天,已经接近傍晚,天空还没有翻过去,而楼下的小广场上扫雪机器人正在忙碌地工作。

高山潮听到隐约的哭声。她循声走进客厅,向楼下望去,雪地上留有一段猩红的拖行痕迹,尽头是一个正在挨打的女人。

机器人绕过了他们。而男人的殴打仍在继续。

对暴力的恐惧让女孩僵直地冻结在原地,而很快背后的声音让她转过头,严豹摇着轮椅从自己的房间冲向窗边,她们一起看到了正在挨打的女人。

这座城市太小了,任何人都无法隐藏自己。

那个女人刚刚随为政府工作的丈夫一起来到这里。男人看起来是体面的工程师,然而一旦他开始喝酒,就会变成滥用暴力的魔鬼。女人似乎原本就患有精神方面的问题,搬到这里之后随着挨打次数的增加而越发严重。

之前她们只是隔着墙壁听见女人的哭声,但这一次暴力升级,丈夫醉得很厉害,他拽住女人的肩膀摇晃她,抡起巴掌把她打到雪地里。

白头发的小女孩拖着男人的小腿,被他一脚踢开。

严豹从窗台上拿起一只空酒瓶,用它砸碎了玻璃,又把破损的酒瓶投掷出去。

她的力量与准头都很惊人，正在挥拳的男人被剩下的半只酒瓶击倒在地，头上流出的血很快就浸湿了他大半张脸。

　　他尝试着从雪地中站起来，愤怒地四下环顾，寻找袭击自己的人。

　　严豹毫不畏惧地又向他掷出一个酒瓶，蓝色的玻璃在他脚边炸开。这让他本能地后退了一步。他仰着头看向严豹，而严豹用那种带着杀意的狂怒神情俯视着他，手里还握着另一只空酒瓶。

　　在两人对峙的时候，其他女人们已经快速下楼来到广场，把挨打的女人和孩子带走了。

　　小广场的雪地上全都是血，黑夜的倒计时故障般停止了。周遭的扫雪机器人呆立在原地，男人仍旧在流血，不一会儿警报声响彻整座城市。

　　尖锐的声音像是正在城市上空盘旋的巨大怪物。

　　很快高山潮听到有人在重重砸自己家的房门。在没人应门的情况下，房门被暴力破坏，几台机器人不由分说地将严豹带走了。

　　那次事情闹得很大，高山潮的父亲和其他的父亲都提前回来了。那个时候高山潮还很小，只知道似乎他们开设了法庭，一个月之后严豹回家了，接下来整整一年中每天都只被供给一餐。

　　挨打的女人和孩子留在了这里，施暴的男人再也没有露面。

在这之后，社区中的女人们都轮流接济这对母女，丽绯干脆把两个人都接到了自己家里。

丽绯是高山潮所期待的母亲，是高山潮所认识的人中最亲切温柔的。她乐于照顾所有人，喜欢尝试新菜谱，对家政机器人都非常友善。丽绯也使用义肢，但是丽绯并不让这一切显露出来。她总是有办法把破损的东西修补好。

有丽绯出现的场合总让人感到轻松惬意，高山潮喜欢待在她身边，感受由丽绯所辐射出的饱满的喜悦和幸福。

如果有任何方法可以偷窃丽绯女儿的身份，高山潮一定会不计代价地实施。

但现实中高山潮和丽绯的女儿金江桥深深憎恶彼此。

憎恶来源于嫉妒。

高山潮嫉妒金江桥所拥有的完美母亲，嫉妒她整洁的由丽绯亲手整理过的头发，嫉妒她被爱滋养的讨人喜欢的脸，嫉妒她聪明的脑子。

尽管理论课上金江桥遥遥领先，但实战课高山潮永远一骑绝尘。在终考的结果中，实战课的权重要比理论课高两倍。

高山潮不会错过任何让对方感到不快的机会，她们彼此讽刺挖苦，而最终矛盾的爆发在于高山潮得到了陈程。

陈程并不是整所学校里唯一的男生，他甚至不是最强壮英俊的那个。但他非常聪明，有一种奇妙的幽默感。他的父亲是政府的工作人员。他从不提及父亲的具体工作。不过，他父亲起码有半年常驻在这里。

高山潮亲眼见到人们是如何如同被摘落、被搁置的果实一样枯萎衰败的。

死神长年盘旋在人们的头顶，传闻这座城市遭到战争废弃物的污染，某些有害人体的物质不可抗拒地侵蚀着此地居民的健康。

在陈程父亲一次大病之后，陈程也无法独立行走。他用消瘦的手臂支撑着前臂拐，曾经红润饱满的面颊变得瘦削苍白。

但陈程仍旧和学校中其他男孩是不一样的。其余男孩要么更早地夭折，要么转学。当然这并不完全是性别的问题，学校中夭折的女孩也为数不少。在高山潮还是低年级学生的时候，几乎每周都会参加葬礼。

尽管金江桥先对陈程示好，但陈程选择了高山潮。

人生中的第一次，有人看到了她。

这让高山潮感到前所未有的冲动，为了报答爱而粉身碎骨的冲动。

第二章　想要逃跑的孩子

站台的乘客们整齐有序地排队候车。

高山潮提着书包站在队伍中间，两个女孩在高山潮后面轻声聊天。高山潮从挡板模糊的反光中看到她们手挽着手，自然而然地亲昵。

高山潮一直都难以融入人群中。哪怕她习惯性地弓着背，她也几乎比其他孩子都要高挑，在人群中非常显眼，与周遭格格不入。

她感到孤独，即使她在很长一段时间中都没有正确地对它命名。

从来没有人教会她如何去处理和面对孤独，如何结交朋友，如何原谅摩擦，如何适度地付出爱，如何体面地接受爱和失去爱。

高山潮再次打开和陈程的对话界面，盯着最后一条由自己发出的简讯。陈程已经失联超过一周，她盯着屏幕看了一会儿，又把聊天界面关掉。

轨道上的列车即将进站。

虽然这座城市不大，但这里的公共交通与基础设施都称得上完备。或许是因为在战争期间这里曾经是交通要塞。

列车轨道穿过城市，将它划分成规整的区块。

通勤时间是高山潮最放松的时刻。因为她可以自然地放空，只做一个发呆的乘客。

后来，陈程会和她坐到一起，他们两个会分享一副耳机，或者一些让人头痛的作业。在书包的掩护下手拉着手，或者即使坐在彼此旁边也在聊天框里聊个不停。

货真价实的喜悦让高山潮度过了很多个难以入睡的夜晚。而现在，所有和陈程有关的回忆都变成了让她焦灼痛苦的东西。高山潮把胀痛的头抵在玻璃上。额头的肿块在发热。

她无法从其中明确地指认恐惧、孤独，抑或是爱带来的想念。

列车停站，整所学校中最擅长数字运算、编写代码和文书条例的人走进车厢。

金江桥在上车之后一直在向高山潮这边看，但高山潮感到自己头痛欲裂，实在分不出多余的力气给对方。

尽管整座城市都笼罩着死亡的苍白气息，但是金江桥或许是因为丽绯的爱与关注，看起来更加健康一些。她的容貌在高山潮看来并没有什么出众的地方，但是神情中却总是有让人厌恶的老成。

她看起来像是活了一百多年。永远可以游刃有余地应对一切：应对考试，应对实战课的落败，应对同学们自然而然地拥护，应对陈程对她示爱的拒绝。

高山潮在心中承认，对方的生活有着让自己艳羡的庄严与体面。

而且她拥有朋友，那种真心实意、相互关照的朋友。

是丽绯为她带来的朋友。

高挑的白发少女照例坐在金江桥旁边，和她自然而亲昵地靠在一起。卯卯是学校里为数不多的和高山潮身高不相上下的人。她的头发和皮肤都白得像雪，瞳仁是粉红色的。

八年前她随同为政府工作的父母一起转学来到这里，原本她并不来学校上学，更多时间要照顾精神状态不佳的母亲。后来丽绯把她和妈妈一起接到自己家里后，她就成为金江桥白色的影子。

高山潮病恹恹地看着她们，感到额头的肿块更疼了。

虽然平常她都会用头发把肿块遮住，也涂抹了很多理论上应该有效的药膏，甚至也几度努力想要挤破它，但这个暗疮太深了，高山潮一直都没有成功，它还是一天天肿大，并且发热疼痛。

上午是实战课。依照上次的测试排名，高山潮和卯卯分到一起。今天是击球训练，组内成员要相互击球，彼此配合保持球不落地。

课程内容很简单，是针对反应能力与协调能力的训练。卯卯很快就感到无聊，开始通过耳机与高山潮聊天。

卯卯雪白的头发与粉红色的眼睛或许不是她身上最特别的东西。她的聪明不像金江桥和陈程一样体现在能够被试卷和论文定量评估的方面，总是表现得非常天马行空。她身上总能表现出被温柔教养的松弛和稳定。

卯卯对一切生物都非常感兴趣，尤其喜欢蜘蛛。

托卯卯的福，在无聊的对练课上高山潮知道了很多关于蜘蛛的知识。比如它们也有自己的社群，甚至会收留并抚养误入自己领地的其他种属蜘蛛的幼崽。

对于同一个世界，不同物种有着独特的感知和理解方式。蜘蛛的视觉系统与人类有很大差异，包括对色彩的辨别能力，蜘蛛可能会看到人类无法察觉的颜色。同时蜘蛛的复眼不仅使它们能够像人类一样进行视觉判断，还能从不同角度观察猎物的活动，对移动的物体尤为敏感。

卯卯总是兴致勃勃地讲述她认为有趣的蜘蛛特点，比如她说跳蛛是一种社会性很强的蜘蛛。当一只跳蛛闯入另一只跳蛛的领地时，尽管彼此警惕，但它们并不真的想费力打斗，而是以一种心照不宣的方式彼此应付和糊弄。就像她们现在所做的一样。

在某些事情上，高山潮相信带着爱的眼睛真的能够看到事情的可爱之处。比如在卯卯长期的宣传介绍下，她甚至也觉得蜘蛛可爱了起来。

但终考并不像卯卯说得那样简单。

那是所有想要离开这里的人的唯一机会。

学校的机器人老师曾经为她们描绘过外面的世界。那里繁华先进，一切供给都非常充足。只要通过考试，就可以改变自己的命运，去做人类的英雄，赢得荣誉和尊重。

而更加重要的是，没通过考试的人会一直留在这里，随着年纪的增长、体能的下降，离开这里将变成越发不可能的事。参加两到三次终考之后她们就会干瘪、枯萎，躺在棺材里。她们的母亲会面戴黑纱出席自己女儿们的葬礼。然后这个家庭会再次分配到一个孩子的名额。然后一切周而复始。

有时候高山潮想，在自己之前，严豹是否还有过其他的孩子。如果自己没有通过考试，按照生命的历程死去之后，严豹是否会想念自己。

她对此一无所知。

严豹永远都只待在自己的房间里,用一种无名的愤怒和仇恨与世界划清界限。她把成排的空酒瓶排在窗台上,像是某种战利品。

她看起来不像是那种会想念孩子的母亲。

又是一天结束。高山潮感到焦躁和疲乏。依旧没有陈程的消息,同学中有人好奇他的行踪,但似乎并没有人真的在意。

给父亲的简讯依旧没有得到回复。尽管高山潮在发送之前怀抱着对话能多进行几轮的期望。

头上的暗疮依旧发热发烫,高山潮不知道自己是否因此而起了低烧,整个人浑浑噩噩,她几乎分辨不出自己的晚餐究竟吃了什么,例行洗漱之后就躺回了床上。

她尝试着想,当自己赢得考试之后,一切会变成什么样子。在镇痛的幻想里她的愤怒和焦灼止息了,她把头枕在手臂上,沉沉睡去。

高山潮睁开眼睛,尝试着适应黑暗。

她感觉有什么东西在黑暗中小幅度移动,在她依循本能看过去的瞬间,一个红点变亮,随即又变暗。

一道模糊人影向高山潮走来。在对方身后,数十个红点半浮在黑暗中。

高山潮努力眨了眨眼睛,看清了那其实是在指间燃烧着的香烟。红色光点在对方吸气时变亮,亮得像直接烫在高山潮的视网膜上。

这种感觉很不好。高山潮皱起眉毛。

然而当她看清来人的脸,惊愕让她僵在原地。

严豹又快又稳地走过她身边,在高山潮做出反应之前就离开了天台。

更多的高山潮熟悉的女人们从黑暗中走出来。因为学校家长轮流照管自习的制度,高山潮认得她们的脸。

最后一个从黑暗中走出的女人在路过高山潮的时候掐灭了香烟。

是丽绯。

高山潮茫然地看向她,对方用拍小狗的方式拍了拍她的手臂,然后竖起食指在嘴唇前比出噤声的手势。

高山潮在将醒未醒的梦的边缘。她不知道自己为什么来,又是怎样来到这里的。但她越想搞明白这一切,她的视野就越发扭曲。

让双眼聚焦变得困难,像是操作某种不熟悉的光学仪器。

焦虑中,高山潮明显感到呼吸逐渐艰难,她弓起身体猛力吸气,但无论如何也无法让自己的肺叶鼓胀起来。窒息感在惊恐中加剧,无论多用力也无法再多吸进一点空气。

高山潮从厨房的家政机器人那里领取了饮用水,她靠在水池旁边看向窗外。整座城市都能看到的数字钟表显示还有三个小时日出,今天将是个完美的晴天。

她心不在焉地把水喝完,把瓶子扔进垃圾桶的时候看到严豹又没有按照垃圾分类处理可回收与不可回收垃圾。

高山潮皱着眉头看着垃圾桶里的烟蒂,发现了其中一枚上留有红色的唇印。严豹从不使用口红。

那看起来更像是丽绯会使用的色号。

高山潮再次想起刚刚的梦。

她在焦虑中再次感到窒息,但在现实中呼吸变得更加容易。高山潮做了两个深呼吸,把手中的瓶子扔进垃圾桶,并且打定主意忘掉这个梦。

她自己的烦心事已经够多了,她没有精力也没有意愿去管大人们的事。

第三章　失败的恋爱和失败的婚姻

关于陈程的调查终于来了。

高山潮有些庆幸调查组的成员是人而不是机器人。他们和其他城市政府工作人员一样穿着铁灰色的西装,因为只在此地短暂停留,所以看起来仍旧是健康的。

在训练的间隙,他们四处找人谈话。

高山潮忐忑地在暗中观察他们的行动,同时焦灼地思考自己是否要对他们说真话,能说哪些真话。

调查持续了两天,在接近尾声的时候,他们找到高山潮。像是达摩克利斯之剑终于落下，高山潮故作镇定地把手中的工具放下，跟他们来到教学楼的一个办公室里。

"你是他的女友对吗？"

对面铁灰色西装的男人率先发问。

高山潮点了点头。她实际上仍未准备好面对接下来的质询。

"他失踪之前应该是和你在一起对吗？"

高山潮再次沉默地点了点头，她决定用最小限度的暴露来保全秘密。

"他为你提供了一些违禁药品，你们还非法闯入了施工中的市政空间是吗？"

高山潮勉强组织起的策略再次如同散沙般溃散，她面色惨白地坐在灯光下，点了点头。

然后询问就结束了。高山潮所预想的更多问题都没有被提出。她甚至没有得到机会对别人讲述更多的被保存在记忆中的细节。

回家的路上，把头靠在车窗上，高山潮像是摆弄一把扑克牌一样回忆着过去。

在几乎没有尽头的冬天里，他们从小路步行回家。走在高大的松树下，新雪绵软，发出吱吱的声音，他们尝试着制作并分享一个完美的雪球。散步是愉快的，但需要赶在双脚冻僵之前回家。

但在陈程因为受凉大病一场之后，他们就再也没有在户外约过会了。

高山潮会去陈程的家里。标准的样板间结构，但因为只有陈程一个人，所以更加空旷安静。陈程改装了许多室内的自动化设备，让家政机器人的服务更加体贴周到。

严豹很不喜欢这些东西，家政机器人都被她关在厨房里。

每次高山潮去做客，陈程总是能拿出一些新的改装设备向她展示。高山潮发自内心地认为他比自己更加聪明。

三个月前的一个星期五，陈程再次献宝似地摊开手，白色的药片静静躺在他手心里。

高山潮和他在一起试验了几次才最终找到了使用它的方法：在不受打搅的夜晚，让自己的视域全部变成红色，把身体全部浸泡在水中，水能够更好地帮助隔绝其他感官，集中注意力。

为了避免家政机器人的打扰，他们最终选择了基本完工但尚未入住的空房屋。

高山潮还记得他们第一次进入幻想世界。依照陈程所说的，高山潮想象着自己即将身着的服饰。当她睁开眼睛，幻想中的一切就都真实发生了。他们手拉着手在陌生的街道散步，幻想世界的陈程也发生了变化，他变得高大挺拔、活力健康。

所有美好的回忆对高山潮来说都非常重要，尽管她明白其中很多或许都仅仅只是自己的想象与美化。

绝对完美的恋人与爱情都不存在。

高山潮的意识开始不受控地跳帧。

无法沟通的时刻被回忆起来。从未真正走近的两个人或多或少只是在扮演着自己心中选定的角色。某些真相昭然若揭,高山潮只能通过自欺欺人来逃避。她感到自己的额头剧烈疼痛,肿块正在发热,有什么东西在皮肤下转动。高山潮感到无措的恐惧,她抱紧自己的书包紧咬牙关不让自己尖叫出声。

视野闪烁,她看到陈程赤裸地骑坐在自己身上,而她躺在浴缸的底部,药物和窒息让她只能无力地挣扎,像是濒死的鱼。

世界都是血红色的,曾经温柔的彬彬有礼的男友此刻面目扭曲,他的脸上写满了暴戾和仇恨,高山潮感到自己的听觉失灵,如同真的深陷水底。但通过他的口型,高山潮读懂了他的话,"凭什么可以离开这个鬼地方的人是你,廉价的婊子。"

高山潮不顾一切地挣扎,将自己从那个血红的世界解救出来。她睁开眼,时间似乎只过去了不到一分钟,电车甚至还没有离开学校所在的街区。而她感到一种沉重的疲惫。高山潮尝试着让自己忽视无法论定真伪、也不能被接受的真相,用带着爱的眼睛只看她想看到的东西。

她觉得她需要和人谈谈。

坐在严豹的手边,高山潮清了清喉咙。

"妈妈。"

严豹为这个久违的称呼愣了一下，继而把目光从盘子上转向高山潮，抿紧嘴唇等待着她接下来的话。

"究竟怎样才能被爱？"

严豹握着叉子，高山潮几乎能够看到她脸上关于自己和面前晚餐哪个重要的思考。她们彼此直视对方，最终严豹选择了妥协，她放下叉子。

"你想要说什么？"严豹开口。

"我意识到我一直以来认为的恋爱实际上只是自己的幻想。我以为自己得到的爱实际上只是经过我美化的轻蔑和欺骗。我是不值得被爱的吗？"

严豹的脸上浮现出复杂的表情。"不要把爱寄托到别人身上，你不需要被爱，你的生命不是为了爱而来的。"她下意识地用拇指的指腹摩擦自己其他手指的指甲，"你不需要用被爱来衡量自己的价值。"

"但我真的非常需要爱。"高山潮感到自己的眼睛发烫，泪水积蓄，尽管她清楚眼泪对严豹来说毫无效力，但在此时此刻，累积的焦灼和压力让她只想放声大哭。

"我不需要爱。"严豹给出了并不意外的回答，"你也不需要。我给了你生命，我是唯一有资格向你索取爱的人。而我不需要。不要为了穿进他们递给你的鞋而削去自己的脚趾。"

高山潮在无法被理解的痛苦中抽泣起来。她和严豹坐在一起，但是她感觉自己和对方所使用的像是两个世界的语言和思维。

严豹严肃地皱起眉头。"你自己想一想,你想要的究竟是所谓的爱,还是关注,你为什么需要这种东西?"

"这就像人需要吃饭喝水一样,是最基本的需求……"高山潮尝试为自己辩解。

"吃饭、喝水和排泄是,但被爱和爱人不是。起码你所希冀的那种不是。你得接受生活的真实。不要为了所谓的爱而让任何人践踏你的尊严,做任何人的从属。你首先要是你自己。"

"那你可以爱我吗?"高山潮终于问出了她最想问的问题。

严豹紧紧地抿着嘴唇。"我恨你,恨这里的一切,我不能因为你而妥协。"

"可你是我的母亲,你让我来到了这个糟糕的世界。"

严豹的脸上再次浮现出被激怒的神情,高山潮感到自己的双手因恐惧而颤抖,但是她咬紧牙关不肯转开脸。

"如果可以,我希望你不要出生。"严豹的语气冷硬。

这给了高山潮致命一击,她感到自己所有的力量都被抽空了,痛苦击碎了她的心,她感受不到自己的身体,额头的暗疮在激烈的心跳中更加剧烈地抽动。她冻结了自己的一切感官,不听不看不说不想,像是假死僵硬的毛虫。

高山潮从解离的状态中回过神来,时间至少已经过去两个小时,窗外的天空已经完全变成黑夜。而严豹似乎也没有离开,她仍旧坐在餐桌上。

"我也曾经爱过他。"严豹平静地说。

"我能够理解那种被爱的狂喜,我也曾经经历过你经历的。你所谓的爱是热烈的、眩目的、使人发狂的。我曾经爱过他。

"但那只是诱饵。当我踏入那个令人目眩神迷的陷阱,我就再也无法逃脱。他们把我囚禁在这里,剥夺我的自由,强迫我生育。直面世界的真相吧,所有人都能够感知到的,这座见鬼的城市其实就是一座监狱。"

餐桌旁的家政机器人开始尖叫,它在监听,时时刻刻。

而严豹只是轻蔑地笑了,在机器人所发出的尖锐刺耳的声波中,她的声音依旧清晰。

"他骗取了我们的秘密,我为我的愚蠢与轻信付出了足够的代价。我从未为你的降生而感到喜悦,正相反,你的存在证明着我遭受的欺骗和虐待,提醒着我犯下了如何不可原谅的错误,你让我感到痛苦。"

很快整栋房子的家政机器人都涌进厨房,而严豹反而像是获胜者接受冠冕一样骄傲地扬起头。"我永远不会爱你。"

一个家政机器人动作精确敏捷地为严豹做了注射,她奋力挣扎,但很快,高山潮就惊恐地看到母亲的瞳孔散开。

遭到永久遗弃的痛苦立刻变成狂暴的怒火。"妈妈!"高山潮奋力想要挣脱控制,而很快另外一针也扎在她的脖子上。

一切光都熄灭了,她被沉沉的黑暗攫住,拖入时间的缝隙。

第四章　眼睛们

高山潮和严豹居住的公寓楼外种植着整齐而笔直的松树,墨绿色的针状树叶让这座城市看起来不那么苍白。松树的枝条上总是落着很多乌鸦,那些翼展几乎超过一米的鸟冷酷地注视着一切。

成排的松树围绕着一个正方形的小广场,负责清扫积雪的机器人正在工作,它们的金属外壳反射着雪光。小到每个家庭的琐碎家务,大到整个城市的维护与清洁,比如扫雪与轨道交通驾驶等等,都由机器人包揽。

一方面这些政府服务确实提供了许多便利,但另一方面所有人的生活都被完全限制在城市的规则里。这座城市秩序井然,规划清晰,具有一种冷酷的精密。

而现在,高山潮明白了这一切背后都掩藏着什么。

但她无法把父亲与严豹所说的邪恶的罪犯联系起来。

父亲虽然一直遥不可及,但他几乎还保持着基本的体面。在相当长的一段时间里,他都是高山潮情感的寄托。

但在严豹和父亲之间,严豹无疑是弱势者。尽管高山潮被她的许多恶行伤害,但是她从内心深处更加认同严豹扶助弱势者、维护公义的本心。

尽管当高山潮和严豹被迫生活在一起、用一种无可回绝的方式相互折磨得血肉支离时,但她想要恨的时候,爱却汩汩地流出来。

而父亲,虽然他没有直接伤害高山潮,但当高山潮意识到他和这个庞大的牢笼同为一体的时候,对他空洞的形象感到一种后知后觉的恐惧。

想通这一切后,对生活的控制感再次回到了她的手中。

长久以来,高山潮一直无法原谅自己为什么没有办法得到母亲的爱,不明白为什么母亲对待自己如此冷酷严苛,她也没有途径可以寄托自己泛滥的、无法克制的爱。

而现在,她认为自己终于接近了真相。

然而真相并没有冷却高山潮对爱的渴望,她终于明白了自己在梦中所得到的神谕的含义:"她将为她的母亲赢得自由"。

如果这个世界上有自己必须完成的任务,那便是为自己的母亲获得自由。她会不惜一切代价,做一切事,哪怕这甚至不是一场交易——即使严豹最终也不愿意爱自己。

高山潮愿意打碎自己,为无处流淌的爱找一个出口。

有了牺牲的法门,她就能从等待爱的施舍变为爱的施予者。从现在起,她不再需要等待。她将掌握主动权,哪怕这种权力最终会让她献出自己的一切。

当审讯室的门打开时,高山潮已经做好了决定。

"我会通过考试的。"她率先开口,"我会成为第一个通过考试的人。在我通过考试之后,你们要释放我的母亲。"

这是她能想到的自己所拥有的唯一筹码。

铁灰色西装的工作人员抬起眉毛,玩味地看了高山潮一会儿。"你还没有了解真相的全貌,你不了解这座城市,不了解你自己,也不了解你的母亲。"

"我知道自己想要什么。"

男人耸耸肩,打开了审讯室的门。"我们确实希望你可以通过考试,这对我们来说很重要。现在你可以先回去准备考试。你母亲要在这里再多待一段时间。她需要学会如何遵守规则。如果你通过了考试,她会得到提前释放。"

高山潮站起来,第一次产生了与生活角力而自己必然胜利的决心和勇气。在这之前的十五年,她的每一次抗争都被击打得粉碎,而这一次,她一定会获胜。

而在决战之前,她有一件必须处理的事情。

高山潮申请对自己的暗疮进行摘除。她厌倦了与它经年累月的疼痛的较量。决心面对它是高山潮尝试与过去一刀两断的仪式。

玩味的表情再次浮上对面男人的脸,他点了点头,对着无所不在的监控做了一个手势。

高山潮坐在墙边的休息椅上,对即将到来的手术感到紧张和本能的恐惧。没有人主动和她说话,在紧张中她本能地用拇指指腹摩擦其他手指的指甲,在心中希望自己看起来没有那么傻。

大概半小时之后,两个穿手术服的男人从走廊尽头走出来,双手举过胸口。他们摆摆头,示意高山潮跟他们走。

在更衣室换好了衣服,高山潮进入四下通明的手术室。她产生了对方似乎不是为了帮助自己摘除暗疮,而是将自己剖开检查的恐怖猜测。

"不会的,他们希望我能通过考试。"高山潮如此安慰着自己,在医生的控制下躺在手术台上,麻醉面罩扣住她的脸,她按照要求深深吸气,然后很快失去了意识。

不知道过去了多久,高山潮感到整个房间闪烁着刺目的白光,这时候感觉有人用仪器在自己头上戳弄。因为麻醉的原因,她并没有感到痛苦,而这种麻木感让恐惧在所有感情中占据上风。

高山潮感觉探头戳到了自己的后脑,从她的角度可以看见探测仪器的屏幕。

屏幕上显示有什么在那个肿块里转动。高山潮反应了一会儿,终于意识到那是一只眼睛。现在围在她周围的人都靠拢到屏幕前。高山潮无法听到他们讨论的内容,却感到自己像是站在人群中的怪物。

在恐惧和羞耻中,高山潮本能地尝试逃跑。她的全部感觉似乎都受到扭曲,她的视野无限放大,整个世界就像在她面前摊开了的立方体纸片,她发现自己可以轻易前往任何一个时间和空间点。

紧接着她意识到这并不是人类的移动模式,她尝试向下看,却只看到了八只金属步足。

高山潮惊恐地尖叫,但无法发出任何声音。她尝试着逃跑,但很快意识到自己根本无法逃离自己。

在对自己的恐惧和厌恶中,高山潮的世界再次坍塌。

她孤独地在病房中醒来,面前是看护机器人闪烁着笑脸的荧光屏幕。

"手术很成功,肿块已经摘除了。"

高山潮掀开被子看到了自己的双腿,还是强壮有力的血肉之躯,她又仔细摸索身上是否还有其他伤疤。

手术中的幻觉和之前的每一次一样逼真。

检查完身体过后,厌恶和恐惧再次占据上风,她曲起腿干呕起来。

她没有勇气询问自己在麻醉中看到的到底是什么,她希望那是一个幻觉。那是她耻于面对的东西。

预料之外的人出现在高山潮的家门口。金江桥身边站着她白色的影子。

"我现在没有力气和你吵架。"高山潮哑着嗓子说,让出一条路,让她们离开。

"我妈妈让我来看看你。"金江桥再次露出那种笃定自己的意志必将贯彻的嘴脸。但丽绯确实是高山潮无法拒绝的理由。

"而且现在马上就到宵禁了,如果你把我们赶出去,我们不可能在宵禁之前回到家。"

金江桥再一次成功地达成了她的目的。高山潮把发烫的手指印上门锁,把她们两个放了进来。

"我猜,你选择站在严豹那一边。"金江桥熟稔地为自己接了一杯水,同时用指尖点水,弹向四方。

当她做完这一切后,高山潮感到自己像是被人一头按进水里,一切的细微的声音都被阻绝。

"我们也选择站在母亲这一边。"金江桥向高山潮伸出手,"虽然你这个蠢货搞砸了一次,但一切都还有弥补的机会。"

高山潮皱着眉头看向对方,而金江桥没有收回手。

"还记得那个神谕吗?她将为她的母亲赢得自由。"

高山潮努力将自己的目光聚焦在对方脸上。

金江桥开始讲述起来。"我们现在所生活的世界,是人类肉体存在的世界。

"在二十年前,通过电子程序与化学药品,人类成功地链接了同类族群的意识。在人类共同的意识世界中,诞生了里世界,它超越一切外部世界的限制,只要存在于意识当中,就可以在里世界被判定为真实。

"人可以在共享的意识中获得能够被想象到的一切,甚至通过加快自身的意识活动而相对减缓时间的流逝。

"人类是那个世界中创造一切、掌控时间的神。

"进入里世界需要触发一定的特殊条件:特定的化学

药物刺激，特殊的环境，特殊的宇宙波段。陈程也正是通过这些带你非法进入了里世界。

"他并不是我们这边的，你应该知道了。

"但他也不完全是狱卒们的人，他的权力只比我们多一点点。但这也足够他使用它们来装点自己，让你觉得他有魅力。"金江桥一面说着一面从口袋里掏出银色的面具，"就像它可以掩藏真实的我，也可以给我权力。一切窥探我的人，都会被它欺骗。"

高山潮凝视着那张熟悉的面具，消化着刚刚金江桥说的话。

那些她曾经认为是梦境的东西，有多少是真实。

第五章　预言

金江桥审视着高山潮茫然无措的脸，嘴角露出残酷的笑容。

"我确实憎恨你，因为你对别人的痛苦毫无知觉。即使那不是你的错。你还可以对爱抱有幻想，你甚至可以爱你的父亲，即使你每时每刻都在目睹严豹经历的痛苦。

"'父亲'，他用这个称呼和其他伪装装点自己，他让你错误地相信自己是真的被爱着，但实际上这一切都经不起审视与推敲。

"在他的眼中，你只是流着他的血的怪物。在你被完全掌控的时候,他爱你就像爱自己实验用的大鼠。当你的灵魂逐渐成型,当他意识到你也是一个有自我意识的人,他对你的感情就只剩下厌恶和恐惧了。

"而他表达恐惧的方式就是回避你、疏远你,就像是填埋实验垃圾。

"我时常对自己流着他的血感到恐惧,我不知道他遗留在我基因中的东西会将我塑造成怎样可怖的东西。

"还记得我曾经和你讲过的那个萨勒安纠的冒险故事吗?年轻的萨满误入了死亡之国,并在那里滞留了四百年的故事。

"那是我的故事。

"在我还没有完全学会如何说话的时候,他就开始在我身上进行实验。然而因为实验事故,我掉落到进入里世界的缝隙里。在那个缝隙里,时间的流速甚至比表层的里世界更快。

"我在那里度过了地狱般的四百年,但在实验室里,我只不过昏迷了三天。

"那时候的我幼小得甚至还称不上是'人'。我的心智中混乱占据主导,我的自我世界是如此荒凉。我无法理解和掌握世界的法则,在最开始,我只能吞食自己的手脚让自己活下去。

"嘈杂的黑暗中,丽绯曾经唱给我的曲调轻柔的安眠曲让我没有完全沦落成彻底丧失心智的怪物。我想着她的脸,回忆着她带着爱的注视,让自己浸没在被爱的觉知中。

"沸腾的恐惧和痛苦终于逐渐止息。

"当我的神智逐渐清明,智慧也随之增长。我建设了自己的规则,以自己为模板创造生命。

"通过联通我的造物的智慧,我逐渐弄懂了世界运行的法则。除了自己的死亡,我几乎可以主宰一切事物。我创造生命,我毁灭生命。我是那个世界孤独的神明。"

金江桥的眼中寒光闪烁。

"当我归来,我将验示我的赤心。"

不速之客们在天亮之后就离开了。

在金江桥发表完慷慨激昂的演说之后,卯卯熟稔地在厨房用现有的食材为大家准备了晚餐。

家政机器人与她相处得倒是意外地愉快。

高山潮第一次在生活中与卯卯相处,她确实表里如一的亲切和欢悦。比起金江桥,她从丽绯那里继承了更多的随遇而安。

金江桥没有明说接下来如何行动。她来似乎仅仅是一个宣誓。尽管抱有同样的目的,但这并未给她们带来盟友的关系。

高山潮仍旧感觉自己像是金江桥所织就的网中的猎物。

而在她们离开之后,高山潮不得不独自面对空荡荡的家。她坐在严豹的房间门口,一面想着自己是否真的如金江桥所说,是对自己母亲的痛苦视而不见的混蛋,一面回忆着自己和严豹之间的种种,试图从中找到她们彼此相爱的证据。

两个问题都没有得到很好的答案。她浑噩地睡了过去。

但日子还需照旧,终考依旧迫在眉睫。况且这是高山潮唯一的底牌。她被早晨的闹钟叫醒,味如嚼蜡地吃完了家政机器人做好的早餐,乘坐轨道交通去上学。

高山潮依旧独自坐在车厢的角落里。创口引发了低烧。高山潮感觉自己的关节像是被灌进铅水一样抽搐着,相当疼痛。

高山潮蜷缩在座位上,努力控制自己身体的颤抖,却突然闻到一股血腥味。

一直以来的实战训练让她的战斗本能比恐惧更快接管了身体。高山潮努力集中注意力,她感到自己的知觉在向四面无限扩展。世界不再是复杂的黑暗,多维的信息都被展开成为一张可以被识别的平面。

高山潮确定这是一个完全陌生的地方,这里切实存在在世界的某个角落,而不是VR模拟器中那种由织女们所制造的数字空间。

黑暗中她勉强辨认出这里的地形中低周高,还有很多金属材质的障碍物。而古怪的是,天空悬挂着不止一轮月亮。

随着周遭的噪音逐渐清晰,高山潮似乎更加靠近这个时空点,她感受到了更多的信息。

那些金属的障碍物开始以极快的速度移动,高山潮感到自己更加贴近它们,然后她感受到了激光射线的热度。

高山潮发现了严豹的轮椅。

在意识开始运转之前,高山潮感到自己的心被无形的手攥紧了。她拼命靠近那个刻印有严豹编号的轮椅。

很快她就在附近探知到了严豹的位置。女人跌坐在与轮椅相距不远的地方,然而正当高山潮想要呼唤她的时候,一把寒光闪亮的金属武器从黑暗中闪现,将严豹自腰间一斩为二。

高山潮在惨叫声中奋力挣扎,然而下一刻她发现自己被围在人群中间,而车窗外建筑后退。列车仍在前进。

高山潮狼狈地坐起来,手依旧因为刚刚的场景而颤抖。她被恐惧和痛苦淹没了。

列车上的骚动被层层上报。穿制服的人站在监视器前观察车上的录像。

瘫倒在地板上的女孩在车厢中消失了五十分之一秒之后,再次出现。

高山潮比平日还要拼命地完成训练。恐惧完全攫住了她的心,而她唯一的对抗方式就是让自己赢得胜利。

终考前的练习已经转化为分组练习。所有学生依照自身实力被分成几个组,所接受的训练强度也不再相同。

大部分的孩子都进入了N组,大家心照不宣,这一组通过终考的概率几乎为零。虽然有人当场痛哭出声,而金江桥看起来倒没有什么痛苦。她耐心地为哭泣的女孩递上手帕,温柔地为她拨开被泪水黏在脸上的头发。

卯卯在M组。她们有一定几率通过考试,所以大家还都抱有战斗的意志,在成对进行对抗训练。

在S组的只有高山潮。当老师如此宣布的时候,所有人的目光都投向她,她第一次成为焦点,被关注的喜悦像是肥皂泡的虹光一样闪烁了几下,接踵而来的是强烈的焦虑和恐惧。

她不确定自己一定能赢,但是她无法接受失败的结果。

高山潮尝试着控制自己,将一切混乱庞杂的情绪进行明确命名,并且给每一个赋值。最终的算法将把恐惧换算成为战斗的意志。

但在列车上看到的幻象的数值是无穷大,高山潮只能选择尽量不要回忆它。

她告诉自己,只要胜利,那就不会发生。之前所看到的所有场景都是已经发生过的事情,如果真的发生了如此大规模的战斗,那么自己不可能毫不知晓。

训练结束之后,高山潮申请探视严豹。

她们坐在透明玻璃的两边。高山潮想要向她倾诉自己的决心,或者仅仅是获取她的关注。而严豹抬着头,目光却投向高山潮无法触及的虚空。

高山潮几次尝试开启话题都没有成功，房间里的探视倒计时很快就要结束，高山潮终于慌不择路地倾诉出她最大的焦虑。

"我在幻象中看到了你的死亡。"

话一出口高山潮就感到这似乎不该是母女之间的对话风格。或者起码不是她所期待的风格。

严豹终于回神，她的脸上没有露出被冒犯或者不悦的神情，反而是一种混杂着好奇与欣喜的表情。这是高山潮很少从严豹身上感受到的喜悦。她不得不承认金江桥说得对，自己长期以来一直都在无视严豹所经受的痛苦和折磨。

高山潮对严豹简单地描述了幻象中的场景，严豹出神地想了一会儿，很快就又让自己的表情回归冷漠。但是高山潮看到严豹腕上的检测器疯狂闪着红光。

它大概率代表着严豹的情绪过分激动。

顺着高山潮的目光，严豹也意识到了这一点，她似乎在控制自己不要再将思绪停留在那个她尝试隐藏的秘密上，于是主动岔开话题。

"你将要参加考试了。"严豹能想到的话题只有这个。

"是的。"高山潮想了想，补充道，"妈妈。"

严豹似乎被这两个字重重捶打了一下，检测器的数值继续攀升，愤怒、轻蔑和痛苦飞快在她脸上闪烁，但最终一种平静的同情留下来。

"做你自己。珍惜做你自己的自由。"

检测器的数值终于回落到正常范围,绿色的数值不再闪烁跳动。

探视时间结束了,高山潮坐在回家的有轨电车上,突然后知后觉地感受到了隐秘的、严豹对自己的或许可以称之为爱的东西。

高山潮愿意为它付出一切。她不会让严豹的死亡发生。

第六章　终考

这一天最终还是来了。

在许多个昼夜的训练中,高山潮已经努力做到最好。她意识到全身心投入并取胜的法门就在于不为它增加更多的意义和价值。只把它看成一场考试,检验她所掌握的一切关于战斗的技巧,和她面对恐惧与压力的勇气与决心。

在考试之前,高山潮最后去看了严豹一次。

仍旧是那面玻璃墙,高山潮向着严豹平静的脸保证,自己一定会通过考试,给她自由。

严豹以一种审视的姿态看着她,在沉默中拣选自己想要说出口的话。最终她点了点头。"我也很好奇,你会不会赢。但你不需要为我胜利,做你真正想做的事情。"

考生们进入特殊的房间。

高山潮穿戴好设备，完成规定的誓词宣言后，她感到身处的环境开始以一种古怪的方式扭曲，像是被人从外部捏扁的薄薄铝罐。

这里并非现实世界，而是由织女们所制造的数字世界。但高山潮把手掌放在墙面上，感受到它具有强烈压迫的真实触感。

这是另外一种真实。一种连接着最终胜利的、真实中的真实。

高山潮开始尝试着寻找出口。

恐惧被源源不断地转化成为战斗的意志，她集中注意力，尝试着使用那种特殊的方式感受周围的一切，让整个世界缓缓展开。

所有的过去与未来，东南西北所有方位都在此刻向她展露出彼此紧密的关联。在高山潮感受到这些联系的同时，她自己也成了整体的一部分。任何微小的变化都将对她产生影响，一切都变成了可以感知甚至预知的片段。

高山潮感到自己头顶有某种危险存在。

她立刻尝试着突破现有的空间，克制着自己的恐惧和好奇，不要回头看。

她只逃出了十几步，感到周遭的一切被切开，空间和时间都被破坏，像是被刀切开的黄油。

高山潮为这种力量所震慑，感到一种源自人类血脉本能的恐惧。

过去的实战课所面对的还是可知可战胜的人类，但是这一次高山潮感到自己面对的恐怕并非人类。

　　它体格庞大，移动迅速敏捷，同时可以扭曲时间和空间。

　　高山潮继续向前奔逃，对手似乎预知了她的全部动作，并加以阻拦。很明显在预测对方的下一步这件事上，敌人比高山潮更加擅长。

　　在扭曲的空间中逃了不知多久，空间在不停地变幻。从旷野到街巷，从正常重力场到失重空间。终于高山潮看到了基地中的电子时钟。那上面所显示的倒计时即将结束。高山潮加快速度、拼尽全力冲到电子时钟下，在整个时钟像是被揉皱的纸一样坍塌之前，倒计时结束。

　　高山潮整个人贴着时钟的基座瘫坐在地。她感到脱力，在急促喘息的同时，被肾上腺素刺激的大脑继续疯狂运转。实战课的目的就是为了有朝一日能够在战斗中取得胜利。那么她们即将面对的敌人究竟是什么？

　　恐惧与战斗意志彼此切换，然而这时四面传来了尖利的警报声。高山潮尝试搞清发生了什么，她看到被扭曲损坏的电子时钟再次开启了十五分钟倒计时。而在电子时钟的残骸之上，高山潮终于见到了一直在追逐自己的东西。

　　那是高达五米的巨大钢铁蜘蛛。

　　它八条步足锋利如刀，寒光熠熠。尽管腹部相对来说占比不大，但是因为空间狭小，双方彼此逼近，受角度所限，高山潮几乎看不到对方的胸部以上。在它的腹部与胸部均匀分布了十数双红色的眼睛。高山潮感到它此时在注视着自己。

高山潮试图继续逃跑，但是这一场考试所考察的很明显不再是躲避，而是战斗。

她与蜘蛛所能活动的空间都变得非常有限，如同被困在斗兽场的野兽。而地面上凭空出现了一些长兵器。

依据之前的考试规则，如果她无法在十五分钟内解决战斗，考核就会被算作失败。

高山潮产生动摇，开始思考自己是否要放弃考试，离开这个鬼地方。如果获得胜利的条件是要在真实的战场上与这种怪物作战，那死亡无疑是必然的。

高山潮深深吸气，尝试冷静下来。

"我的勇气会带我去我应该去的地方，让我做出正确的选择。我必须赢。"她像是念祈祷文那样小声对自己说。

高山潮将全部的注意力都放在预测对方的下一步行动上。很明显对方也在这样做，高山潮感觉到对方的想法和预判在不断改变。

高山潮挑选了一柄斧头。从她拿起武器的那一刻，机械蜘蛛就开始对她展开攻击。对方的步足非常锋利灵活，高山潮原本想要攻击对方的关节以破坏它的平衡，但绝望地发现自己的武器还不足以伤害对方的金属肢体。

但值得庆幸的是，在有限的空间内对方肢体的灵活度也大打折扣。高山潮又从地面上拾取了一柄斧头，跟着几步跃上电子时钟的残骸。

随着高度的增加，高山潮终于能够看到更多的金属蜘蛛的情况。原本应该是蜘蛛头与胸的部分由一团奇怪的马赛克取代。像是某种故障图像。这种荒诞的场景让高山潮稍稍增强了信心，这只是一场考试而已。她一边安慰自己，同时集中注意力在预测对方下一步的行动上。

她们再次僵持了一会儿，然后高山潮尝试着向那团本应该是头部的位置掷出一把斧头，在即将击中之前，蜘蛛用混沌中的触指与一只步足拨开了斧头，而像是回到了上个存档点，高山潮还没有做出反应，时间似乎被回拨，斧头再次回到她手中。

高山潮一面下跃，一面抬手格挡蜘蛛愤怒的步足的攻击。

看来攻击头部并不是正确的选项。

高山潮落回武器旁边，思忖片刻，再次挑选了一支长枪。

她瞄准了蜘蛛的胸腹连接处。

她赌这里是蜘蛛身体最脆弱的地方。

在她的幻觉中，高山潮看到蜘蛛用钢铁步足阻挡，但她随即基于这个预判，在蜘蛛的视觉死角掷出手中剩下的一把斧头。

随着攻击的成功，金属蜘蛛不再移动，倒计时还有两分钟才结束，高山潮脱力地跌坐在地上，战斗所带来的肾上腺素让她仍在微微颤抖，她小声告诉自己，*我赢了*。

从今天开始，我能够掌握自己的人生。我将在之后的每一场战斗中取胜。

倒计时结束，一切画面消失，高山潮从战斗舱中醒来，她去淋浴间换衣服，把湿透的战斗服换下来。

清洗头发的时候她摸到自己后脑又出现了一个不大不小的肿块。高山潮按了按它，感受到了熟悉的肿胀发热的疼痛。

懊恼和厌恶迅速占据了她的心，但她深呼吸让自己平静下来，她决定把这些都交给明天。

而现在，此时此刻，她将要带着自己的胜利去释放严豹。

人生的第一次，她确信无疑，自己值得被爱。

飞快冲洗完，高山潮头发吹到半干就冲出浴室，迫不及待地踏上回家的列车。

严豹已经回到了家里。

高山潮开门的时候，她正凝视着自己的膝盖出神，而高山潮一面欢快地大声呼喊着"妈妈"，一面小鸟似的冲进她怀里。

这一切她在金江桥和丽绯身上见过许多次，在心中演习过更多次，此时此刻，她终于按照自己的设想，结实地抱住严豹。

严豹有些茫然地抬起头，高山潮的头埋在她的肩膀上。她们双方都认为在此刻不应该对视，罕见地达成了默契。

这一天的晚餐格外丰盛。

高山潮主动把严豹的餐具摆好,殷勤地给她分餐,兴高采烈地畅想着未来的人生。她取得了前所未有的胜利,她相信这会给她们带来前所未有的优待。

严豹用刀叉优雅仔细地切分食物,高山潮注视着她慢条斯理地进食,意识到如果严豹想,那她完全可以是自己一直憧憬着的、优雅体面的母亲。

高山潮从未对自己的人生产生如此大的期待。

"我希望我们可以去里世界。那里非常繁华,冰淇淋有数不清的口味,我们可以每天都去吃不同的味道。那里的气候总是不同,不总是冬天。有一次我还见到了晚霞,就是在白昼和黑夜之间的时段,太阳会缓缓沉落,四面的云都被染成了橙粉色。夜是慢慢将一切包裹收拢的,星光闪烁。对了,我还没有见过那个世界的月亮……"战斗的亢奋情绪仍旧没有褪去,肾上腺素似乎仍旧作用在她的身体里,高山潮感到自己从未如此多话。

严豹沉默地听着,她们的晚餐已经吃完,家政机器人已经把空盘子收走,摆上了两个橙子做餐后甜点。

第七章　还是不对

严豹用手掌揉搓橙子,配合地对高山潮讲述的内容点头。

高山潮从来没有如此长久地被严豹平静地注视过，在她的记忆中，她们之间似乎就没有如此平和的时刻。

高山潮想要再多说些来让这一刻更久一点。

"尽管我感到恐惧，但我更渴望胜利。这种渴望压倒了我想要逃跑的冲动，反而让我更主动地展开攻击。我找到了它身上最脆弱的一点，它胸腹连接的地方。那是蜘蛛最脆弱的地方，那也必然会是它最要防卫的位置。我预见到了它的下一步行动，我看到了它格挡的动作。而我依此改变了进攻的方式，选择投掷手斧。尽管投掷的力度无法与直接挥动武器相比，但那已经足够了。我的斧头劈开了蜘蛛的胸腹，改变了看到的未来。在那一刻我同时预感到了我的胜利。"

高山潮开始讲述自己是如何获胜的，如果这时她能够稍稍将更多注意力放在严豹越发阴沉的脸上，她或许就能够及时转开话题。

但她从来都没有和严豹讲过这么多的话，她从来没机会去完整地表达自己。

严豹的脸色愈发难看，高山潮仍旧沉浸在自己胜利的喜悦中，严豹骤然将手中的橙子摔在地上，用愤怒的声音说："闭嘴，我不感兴趣。"

黄色的果肉在地砖上摔得粉碎，四溅的汁水仍旧是甜蜜，高山潮茫然地看着严豹的脸，而对方不再多说一句，调转轮椅离开了餐厅。

高山潮坐在自己的椅子上,橙子的气味充盈在整个空间。

她不明白一切为什么急转直下,不明白自己是如何惹怒严豹的,而最让她困惑的是,为什么严豹要用那么恶劣的方式对自己讲话。

她们明明应该是亲密的。

她完成了了不起的胜利,为严豹带来了自由,但为什么严豹还是没办法用称得上是"爱"的方式来对待她。

高山潮感觉自己像是一根正在被痛苦融化的盐柱。她意识到无论自己做什么,都没办法获得严豹的爱和尊重。

高山潮握着自己的那个橙子离开了家。

俯视整座城市的时钟显示距离宵禁只有十五分钟,但高山潮不知道自己还能够去哪里。

她已经完成了自己能做到的最大的成功,但是这也无法为她带来她想要的东西。

她感到孤独。对爱的渴望再次淹没她,让她感到无法呼吸。

"来。"

高山潮闻声抬起头,看到一只金色眼睛的乌鸦。

她知道,是谁在通过乌鸦传话。

高山潮随着乌鸦走了一段路,在宵禁开始之前来到一座仓库门前。金属门打开之后,在仓库的更深处,萨满敲击着手中的神鼓,演奏出一种特殊的旋律。

这是高山潮第一次在意识清醒的时候来到金江桥的领地。

在深入这个房间的过程中,高山潮闻到了蛋白质烧焦的气味、辛辣的植物燃烧的气味、电脑主机持续运转所发出的灰尘被加热的气味。她本能地感到危险,但她带着自厌自弃的想法继续留在这里,像是自愿走入蛛网深处的猎物。

如果无论如何也无法得到爱,活着实在是一种折磨。多活过一天,就多经受一天的折磨。无法止息的对爱的渴望转变成为对生命的憎恨,她要毁灭这个廉价的容器。

神鼓有节奏地响着,萨满神帽和法袍上装饰的银白小鸟随之轻轻颤动,像是对猎物的引诱。

随着距离的缩短,高山潮在萨满胸前的镜子中看到自己的脸。她已经很久没有仔细端详过自己的脸了。她额角的伤口已经愈合,脸颊在这段时间的特训中变得瘦削,这让她看起来与从前不太一样。但她从中看到了严豹的影子。模糊的,或许是眼睛的轮廓,或许是嘴唇的形状,是血亲之间的相像。

悲伤再次击中了高山潮的心,她不再向前,用双手捂住眼睛,眼泪顺着她的手腕流下来。

萨满开始唱歌,用一种奇怪的在喉咙里的共鸣,听起来更像是某种金属在震动。回环重复的曲调让高山潮逐渐放松。她们隔着面具对视,过了十分钟,又或者更久,高山潮最终在僵持中败下阵来,疲惫地垂下头。

"你已经决定做出牺牲了,对吗?"

金江桥盘起双脚,不知从哪里掏出一盒香烟,自己点上一支,又点燃一支举高递给高山潮。

高山潮俯身接过,学着对方的样子吸了一口,猛烈咳嗽,但同时感到一种熟悉的轻松感。灰蓝色的烟雾从她们的口中吐出,一切都变得暧昧而模糊。

"是的,太多失望了,我厌倦了这一切。"

很明显这并不是普通的香烟。恐惧被灰蓝色的烟雾裹住,变得浑浊而沉重。

"很快关于你的通缉令就会出现在这座城市的每张屏幕上。你会成为我与他们谈判的筹码。"

金江桥熟练地掸落烟灰,它们在高山潮惊讶地注视中变成灰色的细蛇游进金江桥彩色的衣摆下。

"你已经进入了我的世界。由我塑造、由我主宰的世界。你和我的时间体验不变,但是空间内的时间流速更快,所以这里的一个小时或许只是他们世界的千分之一秒。

"所以为了打发时间,也因为我想让你知道。听听这个世界的真相怎么样?"

高山潮在金江桥旁边坐下来,头以一种别扭的姿势靠在对方肩膀上,小心地举着烟不让烟灰落到对方身上。

她感到自己像是被紧缚在网中的虫豸,网的主人已经咬破自己的皮肤，将麻醉与镇痛的毒药注入自己的身体。

"随便吧，无论是怎样的真相对我来说都不重要了，结束这一切吧。"

金江桥说："我憎恨你，最大的原因是，你继承了更多母亲的力量。你是织女的孩子，而与我们不同的是，你长出了织女的眼睛，你可以在现实世界任意时间空间内进行跳转，甚至干预时空。而人类在现实世界中的时间只能单线性地前进。

"有些人类的论文讨论，这或许是因为织女感知世界的器官和人类不一样，她们有很多对眼睛，对动态的东西格外敏感。她们有着与人类截然不同的时间概念。一切既定的仍旧会发生，她们的干预也是最终结果的一部分。"

高山潮感到自己的意识糊成一团，她努力把思绪厘清。"很多对眼睛？"

"如果你更关心你母亲一些，你应该就能注意到她额头的伤口。那曾经是她的四对眼睛。你额头上的原本也应该是你的眼睛。那证明了你是目前为止最成功的实验品。"

高山潮本能地感到一种被冒犯的愤怒，她想要矢口否认，但很快愤怒消散了，她沉溺在一种暖洋洋的轻松愉快中。

她不知道这是否是神经系统被溶解的前兆，但是这一切都太荒谬了，自己是非人混血怪物的事实似乎也能够很好解释为什么严豹那么不通人性了。

她被自己逗笑了，但紧接着又痛哭起来。

即使她是怪物,那也不是她的错。

她没有要求来到这个世界。她做了她能做的一切,但是她什么也没有得到。

她的母亲憎恨她,父亲恐惧她。她无法找到一个能够支持自己的社会组织。

唯一能够兜住她的,只是现在她所身处的、捕食者的蛛网。

如果她的死亡能够为严豹带来自由,那么拿去吧,这烂贱的生命。

不知过了多久,金江桥站起来,高山潮的头从她膝盖上软绵绵地滑落到地上。濒死的幻觉已经完全吞噬了高山潮的意志,她感到一种前所未有的轻松。

"我希望你能够成为解放所有织女的筹码。"金江桥居高临下地俯视她,"但那终究只是我的希望。对他们而言,这座城市里的孩子只是他们廉价的实验品,母亲才是更加宝贵的财产。"

高山潮感到自己的血一点点变冷,她意识到自己最后的价值也破灭了。

"他们不会为你而释放我们的母亲。"

金江桥的脸隐没在面具背后,但是双眼却寒光凛凛。

"但这也在我的预计之中。即使你没有你想的那么重要,我也仍旧有办法打开这座城市。他们无法窥看我的世界,我有足够的时间来做推演。"

金江桥俯下身,像是捕食者一样凝视着高山潮。"最终我还是要走到这一步，必须有人流血，整件事情才能收场。"她摘下了脸上的面具，高山潮读不懂她的表情，她看起来又自负又自厌。

"你还记得卯卯的父亲吗？当年严豹击伤了他，系统感知到有人类失去了多到足以丧命的血液，整座城市因此而停摆。通过我的调查，更加完整的流程是，只要有足够多的人类的血，系统就会自动向外发送求救信号，同时对离开此地的一切放行。原本流血的人应该是陈程，高山潮。"金江桥咬紧牙齿，从齿缝中吐字，"如果你没有和他交往，如果你没有和他幽会，如果严豹没有为了保护你而在盛怒之下杀死他，一切都会按照我的计划发展。他的血将会成为打开这里防御系统的钥匙。外界的织女一直在尝试营救自己的同类，但始终无法成功对城市定位。而防御系统打开的时刻，将是她们行动的最好机会。"

金江桥蹲下身，用手指抚摸高山潮脑后那尚未发育完整的织女的眼睛，像是蜘蛛抚弄自己的食物。

"现在我能够得到的人类，就只有卯卯。"

第八章　妈妈

高山潮在惊恐中变得僵直。

当她想到卯卯的名字，白化病的人类女孩的脸就浮现在她脑海。

她总是欢欣喜悦的,如果金江桥在某些方面继承了丽绯的容貌,那么卯卯则获得了丽绯轻盈温柔的性情。

高山潮记得卯卯用带着爱意的语气讲述这世界上多种多样的蜘蛛,记得她在站台和金江桥整理彼此的头发,记得她在雪地上拖住施暴的父亲的腿,勇敢地保护自己的母亲。

长久以来,卯卯一直都是金江桥白色的影子,这曾经是高山潮艳羡不已的友谊。

但此时,金江桥以一种平静的语气宣告着自己即将进行的谋杀。

她第一次真实地感到面前的人,流着怪物的血。

"如果不是你,我不需要让卯卯流血。但如果不这样,谁也走不了。"

"丽绯知道吗?你要……"

金江桥猛然掴了她一个耳光。"不许你提我妈妈的名字。事情到现在这一步,全都是因为你!"

高山潮抬起头与她对视。"丽绯不会同意你这样做的。"

"她所需要知道的全部就是,我为她获得了自由。所有的织女都将被解放。"

"你会后悔的。你会在接下来人生的每一天都后悔现在的决定。"

"我不会。不会有接下来的人生了。"金江桥冷酷的面具终于破碎,她哭起来,她或许也并不像是宣称的那样冷酷。"如果我可以,我更希望死去的是我自己。我没办法继续忍受孤独。"

金江桥的眼泪让高山潮感到愧疚。

她理解孤独的滋味。

尽管在大多数事情上,高山潮和金江桥全无相似之处,但孤独使她们产生共鸣。高山潮没法想象,如果是自己,被抛诸混沌中四百年,将会是怎样可怖的折磨。

如果是自己,面临解放母亲和杀死伙伴的抉择,将会被怎样巨大的痛苦彻底粉碎。

如果她没有因为虚荣和孤独与陈程交往,或许金江桥的计划就可以顺利进行。

但愧疚转化为愤怒和狂躁,高山潮不明白为什么,为什么总是自己来承担这一切。她明明什么都没有做错。错的是将异种监禁实验的人类,是这座荒凉寒冷的监狱。

在愤怒中,高山潮感到自己的心脏剧烈跳动,后脑的眼睛在发热,其中的眼球在疯狂转动。

三维的世界被剥离成为无限延展的平面。

像是展平一枚骰子,所有位面的点数都以一种新的形式组织并串联起来。她来到了一个陌生又熟悉的空间。

在曾经的预言中,她在这里看到了严豹的死亡。

高山潮几乎无法克制自己的颤抖,她尝试着开始在这个中间向内凹陷的、类似礼堂一样的空间进行探索,她对此行几乎毫无规划，此刻在近乎黑暗的环境中只能徒劳地挥舞通信器，尝试照亮更多空间。

而当她逐步前进，她闻到了浓重的血腥味。

高山潮的心中升起非常不祥的预感，她一面喊着严豹的名字，一面通过嗅觉判断方位，跌跌撞撞跑了过去，中间虽然被绊倒了好几次，但最终她来到了整个凹陷空间的中心。一个人形躺在血泊中。

任何人类如果失去了那么多血，她都必然无法幸存。高山潮拼命把眼睛里因为恐惧和痛苦所产生的眼泪眨掉，半蹲下去，用颤抖的手举着通信器尝试着照亮对方的脸。

是卯卯。

对方面孔青白，双目睁大，脸上仍旧保留着最后的惊讶和恐惧。

高山潮试图寻找对方身上的伤口，徒劳地帮她止血，但是除了她脖颈可怖的伤口之外，她的腹部和大腿似乎也都存在着深深的伤口。

高山潮尝试着把对方抱到怀里，她的身体仍旧是柔软的，但是已经开始变冷。高山潮不知道自己还能为她做些什么。

不。

我拒绝这样的未来。

高山潮用尽全力将自己从所在的时空点位撕扯下来，所有的因果彼此勾连，她与自己角力，像撕开一块超大号的尼龙搭扣。

终于在某个角度,她成功了。

思觉的触角向外延展,过去、现在和未来短暂地联结起来,所有曾经无序的存在终于在正确的角度被观察。

现在她清晰地知道了,自己要去哪里。

年轻的情侣在雪地上前进。

高挑的少女弯腰捏了一个小雪球,一面大笑着一面向恋人扔过去。少年用毛线帽、长围巾和防雪服将自己全副武装起来,只露出一对眼睛。他没有躲,而是举起双手做出投降的姿势。

女孩又几步跑回他身边,把手上的雪拍掉之后才去挽对方的手臂。

高山潮凝视着自己与陈程的背影,感到惆怅的酸楚。无论结果有多么不堪,但是在那一刻,她曾经感受到被爱。

可她不能停留在这一刻,她必须顺着时间的脉络继续向前。

她看到陈程赤裸地骑坐在自己身上,而她躺在浴缸的底部,药物和窒息让她只能无力地挣扎,像是濒死的鱼。

她拒绝了他的求欢,而在药物的催化下,他挣破了曾经的伪装,将真实的自我暴露出来。

世界都是血红色的,曾经温柔的彬彬有礼的男友此刻面目扭曲,他的脸上写满了暴戾和仇恨,她听见他说:"凭什么可以离开这个鬼地方的人是你,廉价的婊子。"

而紧接着一切像是被揉皱的纸那样开始扭曲变形,陈程的身体也受到了影响,掐在高山潮脖颈上的手失去了力量。

紧接着陈程的身体随着空间的恢复而变成了碎块。

那是严豹所制造的空间,她是那里的主宰。

恐惧和耻辱涌上高山潮的面颊,但同时她冷静地控制住自己,用意识将陈程的碎块包裹起来,他全部的血肉和毛发。

高山潮把它们投掷到那个中间向内凹陷的、类似礼堂一样的空间。她曾经目睹卯卯和严豹死亡的空间。

这就是为什么,之前没有人找到陈程的尸体。

人类的血成功地引发了城市的警报,中央高大钟塔的时间停摆,巨大的警报声在城市上空盘旋。

高山潮成功地改变了既定的未来。在这个空间的极高的顶部,一轮红色的月亮逐渐从黑暗中露出。

在血红色的月亮的照耀下,高山潮看到了许多金属蜘蛛的残骸。闪烁着寒光的蜘蛛断肢散落在黑色的土地上。它们甚至要比之前在考试中见到的还要庞大。

而紧接着,又一轮红月从黑暗中浮出。高山潮困惑地看着,直到第八轮红月出现,在天空连成奇怪的弧形。

高山潮才意识到，那并不是月亮。

那是蜘蛛的眼睛。

整个空间被一种无形的力量展开，她感觉到红色的黑暗以此为中心正在向整个基地扩散。而黑暗中巨大的钢铁蜘蛛的轮廓也逐渐浮现。

高山潮感受到有人，有许多人正在向这边靠近。

她看到黑暗中有人全速冲了过来，双腿矫健迈动，有力地落地又抬起。

是严豹。

高山潮的脑海中满是曾经在幻觉中看见的场景，她大声尖叫着不要过来，而几乎是同时，严豹的身体被从天而降的巨大金属步足拦腰斩断。

高山潮在崩溃中发出尖叫。

为什么这样的结局无法被改变？她几乎手脚并用地向严豹冲去。而很快更多的钢铁蜘蛛阻隔在她们中间。她尝试着在周边寻找可用的武器，而当她尝试将自己的意识延展开去，却再次发现了严豹。

她被某种近似于蛛丝的东西包裹着悬在半空，仅存的上半身仍旧能活动，却并不是挣扎，反而是将蛛丝缠在手臂上以借力向上攀爬。她几乎可以称得上灵敏地进入了一只钢铁蜘蛛的头部，继而入口闭合，那只布满尘埃的蜘蛛站立了起来。

严豹并非受到了伤害，而是主动抛弃了自己的双腿。

与此同时，高山潮感到自己后脑的眼睛在剧烈地转动。她感到它在以一种恐怖的速度胀大,最终,覆盖其上的皮肉绽开,它完全暴露在空气中。

血顺着高山潮的后颈流下来。她感到一种宏大的喜悦和悲痛。

在近百年的监禁之后,所有的织女终于得到了解放。

她们的泪水像是浪潮一样重重拍击在时空的边界,引发巨大的震荡。金属的步足是如此轻盈,使用它们的感觉远比人类笨拙的手臂与双腿轻松。

曾经的视野是如此窄小而逼仄,高山潮抬起头,她第一次以如此清晰的视角观察浩瀚的宇宙。时间的经线和纬线如同规律的织物一样在她面前铺开,高山潮可以感受到每一条线上轻微的颤动。

第一次,那些无法破解和明白的,关于严豹的一切,都在此刻清晰起来。高山潮感到自己获得了全新的眼睛和耳朵,她进入了织女的知觉之网。过去、现在和未来,都在她面前清晰地铺陈开来。

带着恐惧和喜悦,她迫切地想要了解自己的母亲。

"爱欲和食欲几乎无法区分。吃掉他,吃掉这个卑微、弱小的、柔软的、多汁的肉体,折断他的骨骼,撕开他的肌肉,品尝他的脑与心。"

"又或许再等一等。"

"他怎么敢欺骗我?!"

"我再也无法看透人类的未来,他们改变了时间的流向，让一切成为地下的暗河。"

"因为我，我的同族变成了奴隶。"

"他们切断了我的腿，剜去我的眼睛，把人类的器官移植到我身上。人类的胎儿就像是寄生的肿瘤。"

"我感到它在我的身体里长大，它与我的身体争夺养分，操纵我的情绪，它是让我感到恶心的怪物。"

"我憎恨她，她代表着我全部的耻辱。"

"但她是我的女儿，她流着我的血。"

"那个肮脏的人类，他怎么敢?!"

来自过去的声音嘈杂地将高山潮的全部意识包裹住，而很快她的世界就安静下来，像是突然被踢出了特定波段。

但一切也都已经明晰了。

从严豹明明可以行走但是拒绝使用双腿，从她一以贯之的对自己的厌恶，还有她在餐桌上的发怒，以及高山潮在幻觉中多次看到的、女人们的秘密集会。

它们都是真实发生过的事情。

许多高山潮无法理解的东西实际上都有迹可循，这世界上没有无缘无故的恨。

但比起纷繁纠缠的情绪，生死存亡的战场似乎更加值得高山潮全力以赴。

无论她的母亲是否爱她，高山潮早已下定决心，要为严豹获得自由。

这不是交易。这是爱的本能。

大部分的孩子选择为了母亲而战斗，但也有些决定捍卫人类的城市。战斗来得毫无征兆，但所有人都很快选定了自己的阵营。

高山潮看到了卯卯和金江桥站在一起。

更多的，曾经一同坐在教室的同窗在此刻兵刃相向。不过他们并不是战斗的主力。

逐渐有许多机器人越过高山潮，原本专职清洁、家政又或教学的机器人们与钢铁蜘蛛展开了战斗。这些熟悉的、几乎参与了高山潮每一天生活的机器人具有惊人的战斗力。它们一开始就不仅仅是为家政和教育服务所设计的。

但最强的战斗力仍旧属于钢铁的织女。钢铁蜘蛛的步足如同切开黄油一般轻易地破坏所有血肉之躯又或者钢铁武器。她们原本就是战斗的王者。而在此之前的近百年中，她们都被监禁在窄小逼仄的人类的造物中，被迫产下混杂着人类基因的怪物。

高山潮为她们感到痛苦。她感受到了严豹的痛苦。

一切都太迟了。高山潮预见到了必然的分别。无论哪条因果的线索，最终通向的都是永不相见的结局。

但高山潮不想接受这样的未来。她深深吸气，用自己最大的声音喊道"妈妈"！

女儿们的哀哭声在战场上空回荡，并不恋战的织女大多数已经隐没进入黑暗之中,与前来营救的同类一同撤离。一些尚未走远的织女闻声回头,短暂地停留了一刻,但最后她们都消失在黑暗中。

在高山潮的注视中,严豹没有回头,她快速迈动八只步足,投入黑暗。

作者简介

张震，前搞博物馆学的，从展厅出走之后目前还在中年危机中挣扎。试图对一切可移动文物和不可移动文物、神话传说以及历史故事进行幻想文学转码。

创作谈

2023年，北京飞乌鲁木齐出差的飞机上，异常颠簸的机舱里，我抠着扶手，意识到，"如果现在就死，那么还没有完成一篇让我感到骄傲的作品。织女还没有写完。"在那一刻，我如此清晰地意识到了，人生最重要的东西是什么。23年年初我辞职离开了北京，终于尝试把这个故事从概念里降落到纸面上。

这个故事盘踞在我脑海里，或许已经超过了四年。再向前追溯，或许它诞生于更早的我与母亲彼此失望的时刻。

完成它的过程是痛苦的。在四十度高温、因为拖欠电费而被停电的出租屋里，脚边擦眼泪的餐巾纸堆积如山，写到整条手臂没办法抬起来。许久不联系的母亲在生日那天给我转了一笔金额不小的钱，我感到一种混合着愧疚、羞耻和积怨难平的怨怼，道谢之后把钱转了回去。

而在当我终于把它写完的时候，一部分怨怼消解了，终于 case closed。

它确实是一篇让我感到骄傲的作品。很感谢你们阅读它。

杂的文

重返我们的神话
幻想的现实之道

重返我们的神话
——读骑桶人《伏羲与句芒》

作者：舒飞廉

二十多年前了，我在《今古传奇·武侠版》杂志，蒙"木剑客"这一面具做编辑，始读到桶兄的一系列短篇小说，《归墟》《夜叉》《喜福堂》《春之牙》等等，以春冰红蓼一般的文字，讲《太平广记》式的传奇灵异故事，仿佛谪仙人。后来网络兴起，以穿越、仙侠、架空、无限流等为主题的网络小说，以数百万计的作者队伍，上千万字的文本规模，在风投资本的鼓舞下，狂飙突进，创造无限，很快就将以纸质杂志载体、中短篇小说规模、武侠奇幻题材为特色的"大陆新武侠浪潮"击溃。当然，这一现象也可理解为"大陆新武侠"移师网络，在互联网上重生，发动了更加汪洋浩瀚的文学运动。"大江东去，浪淘尽，千古风流人物"，武昌黄州的长江如此，文学史也是如此，很多作家消逝了，很多作品被遗忘，当日联络作家、生发文本的杂志，也陆续关门大吉，编辑团队风流云散。去年小酹老师找来，她曾是我们杂志的读者，现在以出版社编辑的身份，热烈推荐桶兄的中篇新作《伏羲与句芒》，这几天读完，怅然而喜，喜的是重逢故人，骑桶人还在写，愈往中年，愈加精进，故垒西边的周郎，并不介意学习吴下阿蒙，一变再变，潜见飞亢，龙德可畏，这一篇小说讲龙的故事，桶兄也在向我展示这些年来，他在创作中的神龙变化吗？

　　我的第一个印象，是他写长了。他早期的小说很难超过一万字，篇幅短，是《聊斋志异》一类的体例，精微活跃，灵怪翕动，清新喜人，所以给了我冰山化解成冰块、绯色细粒的红蓼花开放在清溪边之类的"象"。也有评论者将他封为"中国的卡夫卡"，卡夫卡小说主题积郁而荒凉，骑桶人的小说却是浏亮而温和的，并不同，但形式上，的确以短小多变见长，而且想象力惊人，"骑桶人"这一笔名，也是由卡夫卡的某篇小说里得来的，说明桶兄的确刻苦研习过卡夫卡的小说。在精通了短篇小说精微的技术之后，如何写得长一些，如卡夫卡写《城堡》，鲁迅写《阿Q正传》，契诃夫写《草原》，是需要进一步的聚气用力的，毕竟，这一个赛道上的作家，不太可能像网络小说家那样日更万字、洋洋洒洒，写短篇是拳掌刀剑法，腾挪跳跃，写中长篇，则是舞长枪，是六合回旋，纵横驰骤的功夫。写长需要开辟出更多的空间，纳入更长的时间段，在这一新的时空体里，展开更为复杂的人事变化。以《伏羲与句芒》而言，"六合"是以雷泽为中心，雷泽南，雷泽东，雷泽西，雷泽北，地上的草木鱼虫，飞禽走兽，天上的神灵往来，神灵之上，是日月星辰，庄严宇宙。以时间而论，则是重返洪荒混沌的神话时代，东亚的人类，在经历了数以百万年渔猎生活后,向刀耕火种的新生活跃进的关键数万年,近乎于停滞的时间之流忽然加速、凝聚,存在的意义随着一个伟大的抉择绽放出来。这一抉择是由来自雷泽四周各氏族的英雄们一起做出的,伏羲与句芒是其中的代表,他们以泥人的氏族,与蛇人、羽人、牛头人的部族合作与对抗,与统治着他们的神灵,其中最主要的是雷神,拼命达成新的约定。蛇人少女履雷神脚印而怀身孕,生产雷神之子伏羲,伏羲以葫芦、庖牺、伏羲、太皞的得名,变化成为新人类的祖灵。这个超大时空体里英雄诞生的故事,也是天地人"三才"确立的故事,开阔、宏大,元气淋漓,就好像伏羲由一枚青黑的卵里出来,由蛇身人首的稚弱人子,一变成为神龙,再变又成为苍龙七宿中的大火星。骑桶人由异色的短篇小说出发,已经写出来"群龙无首"的大故事。

我的第二个想法,就是桶兄写得更古了。之前他写《归墟》等系列作品,是以清澈生动的白话文,来改造《太平广记》神怪系统。这一系统历尽两汉魏晋南北朝的发育,唐传奇一变,宋话本一变,再传至明清时代,三言二拍的拟话本传奇,《阅微草堂笔记》《聊斋志异》的文言笔记体小说,经过《西游记》《镜花缘》等长篇大书的总结,体量巨大,内容丰富,聚合着儒、道、释三种观念里的神魔与妖怪,已经是一个完备的体系,置诸世界各民族幻想故事的宝库,都是首屈一指,遥遥领先的,遂成为平江不肖生、还珠楼主、金庸、黄易,及至当下大陆新武侠作家与网络作家创作的"前结构"。骑桶人《东柯僧院的春天》一书中的数十个精怪故事，大概就是由这一结构里重新焕发出来的。这些故事经过了现代白话文的清洗，也经过了现代观念的清洗，轻灵而富有诗意。《太平广记》神怪系统向前推，大概要算是完成于西汉初年的《山海经》神话系统，我们大概可以通过《山海经》《庄子》《诗经》《尚书》《楚辞》《淮南子》等典籍，来感受这一体系，其实很难说这是一个"体系"，它支离破碎、晦涩难懂，又经后世学者们意见不同的解读，而变得歧义重重，众说纷纭。幻想小说家们懂得这一更古早的宝藏的价值，他们在开发过《太平广记》神怪系统后，也在向《山海经》神话系统进发。我读过不少定位于西汉之前，以夏商周与史前时代为背景的武侠奇幻故事，我觉得成功的并不多。主要的原因还是"返古"不易，"开新"尤难。我们以现代人的想象，以"旅游观光"的办法，坐着旅游大巴一样的时光机，强行回到神话时代，往往是简单粗暴，生吞活剥，观念横行。好莱坞的那些神话大片，已经将这些"大话"的可能性消耗完了，更何况，华夏的神话是如此微妙繁杂，像姑射山的神人们，难以理解，难以亲近，往这个神话的桃源去的路，需要渔人的好奇与执着，需要不可思议的运气。这样的运气需要由阅读中来，除了相关的海内外奇幻文学作品，我觉得骑桶人看过不少神话学、人类学、历史学、考古学、现象学的经典著作，图腾的理论，火的运用，早期人类心智与技术的研究，易学，等等，为人物的再生与情节的展开，搭建出精良的脚手架。我读到相关章节时，常有会心，只是对普通读者而言，这些脚手架在文本的八宝楼台生成后，已经悄悄地拆除掉了。所以骑桶人骑着他的木桶重返神话的旅程里，他的桶里是装着经书的。

第三点，我还觉得这样的重返神话之旅，其主旨是"复魅"。前几年韩云波兄活跃在大陆新武侠研究的前沿，他提出步非烟等新一批的作家在践行"新神话主义"，我亦非常赞同。重返神话并不是要恢复神话，将隐晦而零散的《山海经》体系，凭借作家的想象与共情，拼合成一个完整的系统，而是要将文本的生成置诸在我们民族神荒的"史前"，在这一史前的地基上，进行全新的创造。而创作的脚手架，的确就是人类学与考古学最新的发现与理论工具，像创作科幻小说一样，进行理性的、清明的"重写"。我就特别喜欢《伏羲与句芒》里，伏羲与句芒这一对"英雄"与"神巫"的设定，他们都将氏族的存亡、人的存亡放在首要的位置，是"以人为本"，伏羲要向前创造不可知的未来，句芒却保留着对神的敬畏，是向后保守的力量，伏羲的能量稍稍超过了句芒，所以故事有了"人定胜天"的主题，人是可以自己变成龙，变成神，来主导自己的命运的，这恐怕也是中国玄幻比较西式魔幻，主题不同之处。但是，我最佩服的地方，还是骑桶人在这一"人定胜天"的主题里，所保持的分寸感。清明的"复魅"，并不是要以科学与理性替代神话，也不是驱逐科学与理性，完全复原神话,而是要在文本中描绘出神话、不可知的世界、神的确定的位置,对雷泽与雷神有清醒的认知。

我还特别喜欢,在桶兄这个返古开新的大故事里,神巫句芒的存在。句芒在故事里有很大的变化,虽然作者还没有来得及将他的转变令人信服地写出来。巫的存在是必要的,他立在人与神之间,能够告诉我们何为人,何为神,何为理性,何为神话。幻想作家们就是在人神之间、理性与神话之间,开始他们的劳作的。在某种意义上,桶兄这样了不起的幻想作家也是神巫,他们将承担起让以腹呼吸的浑沌复活的使命,让我们在这个日益信息化与数码化的时代,将浑沌的位置留给浑沌。希望能陆续读到桶兄在这一领域里的新作。如果说鲁迅当年的《故事新编》,承担的是解构与提问的任务,接下来的工作,可能就是要艰难地将这些故事重新讲出来,像蛇人少女在雷泽边将又大又黑的卵生下来,孵出来,作为新时代的解药,送给最新一期的"泥人"们。

幻想的现实之道

作者：姜振宇

小说是虚构的，幻想文学拥有预先确认并始终承认这一点的勇气。正是因为所有的故事都建立在这样的前提之上，发展到今天并将继续演进的科幻、武侠、推理、玄幻与奇幻等等，才拥有了柏拉图和亚里士多德都无法想象的自由——虽然他们也未必歆羡，甚至将虚构和虚假视为幻想家们的痛脚。这本身不是什么问题，除非这些书写者们也尝试去现实里寻找自己的根脚：他们不但将要遭遇痛苦，在体验和传递中延续这些痛苦，而且会与已死或将死的同道们，依托对相似痛苦的沉溺，辨认出同类的气味。

当托尔金和刘易斯将他们的虚构世界接续于人类神话时代之前的时候，当刘慈欣和何夕要用现实的科技进展为主人公的疯癫与失败辩护的时候，他们就已经把自己安置在"现实"的天花板之下。这些诞生于主动逃离与渴求接纳之间的迷惑、焦虑、游移和自暴自弃，正是幻想文学痛苦与妙处的来源；而其间偶然瞥见转瞬即逝的伟大光辉、艰难但也许猝然达致的福至心灵，以及诸多"被击中的瞬间"，就成了支持着读者与作者们继续阅读、继续书写、继续想象的应许之地。

幻想文学的现实存在及其不确定

我们不得不指出一个事实：当我们尝试讨论幻想以及它们的文学形态的时候，既包括在印量、版税、cip号、死线、编校和版权里挣扎的文类出版行业；也包括被前述行业视为标签但远不能为其所垄断的、深深嵌入到人类一切实践活动当中的幻想行为；特别还应该把那些沉浸其中的人类个体与群体，也都视作可堪共情、理解与恼怒的"我"和"我们"。

在这个被视为"未来"的世纪的头几年，今何在尚且是一个年轻蓬勃且愤怒的文化及商业实体的扛旗人之一。他选定的对手似乎是罗琳和她的《哈利·波特》——在这个被当时的教科书视为"童话"的系列故事面前，今何在的判断是"超越《哈利·波特》并不难，难的是超越它的版税"。这个判断在今天非但继续有效，而且似乎变得更加切实了：当罗琳本人陷入舆论风波的时候，"版税支票"成了自嘲和反讽的道具——相当有效的那种。类似的情况当然也出现在每一个被"圈外"的人类听说过名字的作者身上。

于是我们遇见了更为持久、剧烈且无法排解的痛苦。被罗琳这个名字所遮蔽的，是更多仍在渴求关注的写作者和出版人。他们如何抱团，如何组织，如何创造和争夺经济和文化资源？当他们死去之后，又将如何被召唤、利用，被更替、重塑，以至于开出新的爱之花来呢？我们往往把这种追问和追溯的过程视为"文学史",并假设在这无与伦比的混乱、混沌、激情、颓丧和愤恨当中,存在某种超越性的规律,并且进一步假设我们能够获得乃至利用这些规律。当迷恋幻想的人们开始获得某种权力的时候,这些假设也就逐渐忘却了它自身的虚构性,我们把这样的忘却和确证叫作"现代"。

幻想文学的细分,也正是"现代"到来之后的产物。在"未来"尚且只是一种"主义"的上世纪之初,有一小群颇具野心并且在后来也证明了自己拥有实现其野心的能力,或者改变其野心而后加以实现的能力的人类,"相信文学是一种工作,而且是于人生很切要的一种工作;治文学的人也当以这事为他终身的事业,正同劳农一样"[1]。不巧的是,当时已然存在的想象性的故事,大抵是被归到"高兴时的游戏或失意时的消遣"里头去了——不过即便是未曾加入那个小团体的鲁迅,对于神魔仙侠三哼经[2]一类,情感也很复杂。一方面,文学也好,科学也好,对于辛亥年代的人类来说,到底是要"有用"为先——一百年后的今天也是这样;另一方面,个人情绪里头的"喜欢"总归是藏不住的,写些厉害的东西的时候,原型啦、意象啦,那些前人和同辈们假想出来的东西啦,也会不知不自觉地自己跑出来——一百年前乃至三五千年的过去也向来如此,并且大概的确是对的。

---

[1] 引用自《文学研究会宣言》。
[2] 即《山海经》

幻想文学的家族分类及其偶然

我们会乐于把志怪传统与奇幻小说联系起来，把"三国""水浒"与武侠联系起来，把"公案"与推理侦探联系起来，黄易们要回到老子那里去取一个"玄"字，甚至连科幻也能勉强和《镜花缘》扯上某种联系——这种思路或许看上去有些粗劣，可但凡能够拉起大旗来，就不能说是全然白目。认已经作古的前人作为家族的先祖，以此表明因为"我祖上曾经阔过"所以"我较你为优"，可算是人类最普遍的文化基因之一了：科幻界的这种风潮最为刺眼，先是美国人说科幻是从地摊读物或者"纸浆小说"（pulp fiction）里生长出来的，然后是欧洲人说科学罗曼司（science romance）才是玄门正宗，现在是中国人在讲"科学小说"这个中文词的出现就比"science fiction"早上一代。

在这个意义上，梁启超确乎是在新旧时代东西空间的立足点上，划分题材、破立壁垒；我们今日所谓"幻想文学"的种种分别，实在是在他1902年的"新小说"里，就定下了大致的标的——尤为有趣的一点，是梁启超通过一个未署名的广告完成了这项工作：

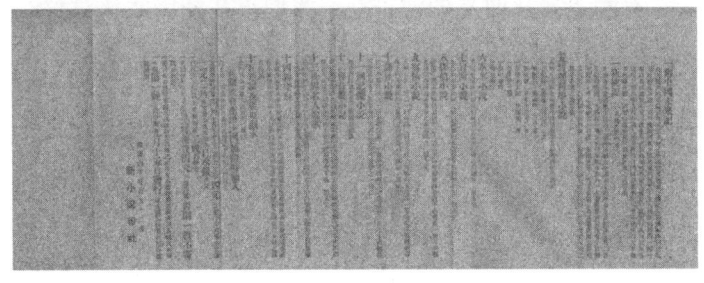

梁启超列举了历史、政治、哲理科学、军事、冒险、探侦、写情、语怪、札记、传奇，总此十类，这是他的功绩；但他把它们都归入"有用"之属，特别是精确地指出特定文类可以"发明哲学及格致学""养成国民尚武精神""激励国民远游冒险精神"等等，就落了下乘——甚至可说遗毒无穷，害处堪与雨果·根斯巴克相当。正是在梁启超的影响之下，周树人也用"导中国人群以进行"的框框来套住科幻小说，以期待它的——几乎总是无法实现的——功用；而后在意识到这种功用无法实现之后，就彻底放弃了这个类型。这种放弃直到大半个世纪之后才得到纠正，而对它的解释直到今天仍未完成。

类似需要得到解释的，是诸如"林译"和"鸳鸯蝴蝶派"小说的商业逻辑。一个常见的辩护，是它们"既因为消遣而席卷阅读市场，又因为消遣而销声匿迹"，而后让位于"鲁郭茅巴老曹"的正典文学：这种说法的内部逻辑，仍旧是"一代有一代之文学"这个古早的错误判断。这种错误甚至能够给出一种虚假的希望：文类势力的消长，有赖于文化时局的演进——我们正在经历武侠对科幻的让渡；也许若干年后，会迎来奇幻与推理的上场；网文则悄悄怀揣着把它们全部摧毁的野望。

实际上发生的事情，就偶然和微妙得多了。金庸想搞的从来都是政治，刘慈欣最开始只是不想打牌，叶永烈不忿自己的科普书稿蒙尘，菲利普·迪克穷其一生都想被主流文化认可，凡尔纳只想写点跟老师大仲马不一样的。他们唯一的共同之处，在于把一部分时空、精力与魂灵，献祭给了并不存在的他者。然后我们人类就把华山视为论剑之地，把地球当成流浪的载具，而未来则是载具可以抵达的别处；我们期待在高城堡的某处记载着历史的真相，在海底与地心则埋藏着无名的故事。在《2012》的末尾，三流科幻作家带着自己的滞销书上到末日方舟，由此自己和自己的作品都成了劫后余生的人类文明的组成部分。

这些幻想的流传，也许在某个时代对某些人是有用的，也许全然出于误会和偶然，也许只是灾劫之下的幸运。与现实武术之精微神采的断绝不同，瞬间的、天才的想象力一旦被忘却，是无法被二次创作出来的。人的肉体无非两手两脚，两百多块骨头，六百多块肌肉，再加上若干条筋膜，与"不传，不传！"同步发生的，是"鞭没了，神还在"，是"我悟出了更好的"①。人的大脑激情情绪和知识结构本就千差万别，而想象则意味着对这些已有之物的突破。

幻想的目的是幻想本身，也许还包括人

"幻想与梦想不同"，这是人类目前活着的最卓越的科学家之一在1995年给《科幻世界》写下的题词。这个名叫杨振宁的人在当时以为，幻想是"有序的、有意识的思维活动""是创造性"的。这就恰如其分。

大多数想象都止于想象本身。就像大多数科学家不是科学教徒，不会因为物理规律的改变而自杀；大多数案件没有高智商和密室，破案主要依靠的是摄像头和走访、蹲守；大多数习武之人既没有清晰的传承，也一辈子不曾动过几次手；大部分——哦全部的——魔法师都只是魔术师甚至是道具师而已。但这些拥有幻想、描述幻想和呈现幻想的人类，都能够在现实的、大多数的和没有的缝隙里，窥见突破边界的希望。

重点不在于希望的实现，而在于希望本身：它们当然是只发生在脑子里的事情，但显然也是无比真实的存在。事实上，认同于这样的幻想还是那样的幻想，相信这里的权威还是那里的偶像，尊崇这一位的指导还是那一条的准则，以及倾向于混沌、秩序还是执两用中、模棱两可、首

---

① 以上引用出自《断魂枪》《神鞭》和《箭士柳白猿》。

鼠两端，这就已经发现了一系列的标准的外部性——正是在这样的幻想、选择、犹豫和怀疑当中，人的个体发现了自己。幻想使人成人（姜佑怡语）。

没什么比在故事当中呈现这些冲撞更加丰富、恢弘、深邃且基本上无害了。最早发现这种功能的古希腊人，以为那些情绪是值得被净化与宣泄的：舞台赋予观众以距离感和安全感，舞台上的表演则让他们沉浸其中；柯尔律治和托多洛夫都以为自己重新发现了这个过程，他们意识到诗和传奇作为与现实相对抗的文本，都要求读者徘徊在悬置怀疑和主动选择相信之间；亚当·罗伯茨则语带夸张地描述，星战迷如何用他们眼中的"现实"来批判新上映电影的"不现实"。

幻想文类距离现实越渺远，就越能够呈现这些同样幻想出的理想、理念和理解的演变与竞争。乔峰充其量不过以一人之名汇聚两个民族的冲突，罗辑的心脏就可以链接人类文明与三体人文明的未来走向。这种远离现实的呈现是创作者和读者共谋完成的：奥特曼意味着对光明的信仰，你要去讨论M78星云的社会组织构架和行政效率就错过了重点；定海神针当然是天上地下最棒的棒子，你要说非法改装的"百吨王"一趟能拉七八根就有点不给老孙面子。

而倘若它距离现实越切近，也就越能提供渗入物理世界的力量。嫦娥当然是不存在的，但无碍于我们在中秋时眺望月亮；联盟和部落当然也是构想出来的，但黄浦江畔的"血吼"已经被二次重铸;"星球大战"是美国冷战期间的战略欺骗工程,"降维打击"现在是可行的市场战略,"仿生人"(Android)的装机量超过了三十亿;元宇宙在声名狼藉之前,已经进入了招股书、科技专利、产业园建设和政府工作报告。

  我们此刻正在目睹的,是现实世界中幻想成分的不断暴露。从树上下来之后,人类的演进几乎总是发生在幻想的涌现、记录、忘却和新的涌现当中。我们的幻想家和写作者们总是会不由自主地暴露出与读者相似的笨拙、幼稚和脆弱;当然还有他们希望呈现并被记住的,关于活着的无限可能,尤其是不可能的可能,以及死亡和规律所带来的绝望面前的可能。牛顿把彩虹从白光里解放出来了,我们将会新写出怎样的诗呢?